これより読者諸氏に披露いたすのは，尊敬すべき検死官リー・スローカム閣下による，はじめての検死審問の記録である。コネチカットの平和な小村トーントンにある，女流作家ミセス・ベネットの屋敷で起きた死亡事件の真相とは？　陪審員諸君と同じく，証人たちの語る一言一句に注意して，真実を見破られたい——達意の文章からにじむ上質のユーモアと，鮮やかな謎解きを同時に味わえる本書は，著名な劇作家のワイルドが，余技にものした長編ミステリである。江戸川乱歩が激賞し，探偵小説ぎらいだったチャンドラーをも魅了した幻の傑作，待望の新訳。

登場人物

オーレリア・ベネット……作家
チャーリー・プラット……ベネットの甥
メイベル・プラット……チャーリーの妻
アリス・ミンターン……チャーリーの娘
ウィリアム・ミンターン……アリスの夫
ハワード・スティーヴンズ……チャーリーの甥
エレン・スティーヴンズ……ハワードの妻
オーレリア・スティーヴンズ……ハワードの娘
タムズ……ベネットの執事
クララ・ハーモン……ベネットの秘書
ドワイト・チャールトン……ベネットの出版代理人
ジョン（ジャック）・L・ピーボディー……出版業者
イーディス・ピーボディー……ジョンの妻

オリヴァー・ブライ・スティックニー……文芸批評記者
ベン・ウィリット……村の芝刈り人
ジム・エスタブルック……配管工
リー・スローカム……検死官
フィリス……速記者
イングリス
アンジェロ・イアニチェリ
ウォーレン・バートレット
ビル・ハッチンズ
スティーヴ・ニューマン
トム・イーストン……検死陪審員

検死審問
—インクエスト—

パーシヴァル・ワイルド
越前敏弥訳

創元推理文庫

INQUEST

by

Percival Wilde

1940

目　次

検死審問
——インクエスト——

ふたりの検死官との夕べ

この作品はある不思議な夜の産物である。わたしはコネチカット州の北西の果てに夏の別荘を持っている。

連なる山々とフーサトニック川によって州のほかの地域から隔絶されたその地では、地方新聞が購読され、紙面の多くはニューヨークとの州境より向こうの村々で起こった事件に割かれている。痛ましい事件の検死審問がおこなわれた話をしばしば読むにつけ、わたしは生きているうちに一度、検死官という役柄の人物と会って、その風変わりな職務について、〝人間的興味〟の観点から意見を交わしたいと考えるようになった。

ダッチェス郡の監察医、ドクター・S・E・アペルは、わたしの出した手紙に快い返事をくれた。そして、わたしが彼の家を訪ねた晩、ダッチェス郡の前検死官、ミスター・エロル・B・ハフカットにも電話で声をかけてもらったところ、すぐさま来てくれた。わたしの訪問を事前に知らされていて、この会談にも乗り気だったという。

ふたりの話によると、ニューヨークの多くの郡では、一九三二年に検死官の職が廃止されたらしい。特権が濫用されがちだったからだ。検死官は審問裁判官として、思うままに証人を召喚することができた。審問の時間には制限がなく、どの証言を有効とするかも検死官の一存で決まり、一般的な法廷の規則に従う必要もなかった。陪審員を招集してもよいし、独断で判決をくだしてもよい。本書に登場するリー・スローカム閣下のように、三ドルの日当をありがたがる友人たちを陪審員に指名してもよかった（ミスター・スローカムに金欠の友人がもうひとりいたら、小うるさいミスター・イングリスなど選ばなかったにちがいない）。

審問の場所と日時は検死官が決定した。公判を長引かせたければ、午前十時半に審問を開始し、正午から午後三時までを昼食のために休廷して、午後の審問を四時半で終了してもよい。死体が二体以上の場合、本書でも描かれるとおり、日当は死体の数を乗じた額になった。四人のやくざ者が別の悪党どもにつかまって殺された事件の審問が実際にあったが、担当の検死官が故意に経費を水増ししたと考えられる根拠はないものの、郡は高額の出費を強いられた。そして、理由は定かでないが、悪党どもが殺戮を別の郡でおこなうようになると、検死官の収入は激減した。ここでおことわりしておくが、ミスター・バートレットが検死官に言ったことばはまったくの虚構のものである。

不正行為の疑いがある場合、検死官は地方検事局に検察官の派遣を要請してもよかったが、逆に、そうした要請がないかぎり、検事局が関与することはなかった。自分の管区において、検死官は最高権威者であり、意のままに審問をおこなう権限を有するばかりか、職務遂行に必要な費用を郡の財源から無制限に引き出してもよく、上からの叱責を恐れることなく審問に存分の費用をかけることができた。当然ながら、いまではニューヨークの多くでこの職務は監察医に交替しており、コネチカットでは郡の弁護士の手に委ねられて、郡区の監察医の要請で呼び出される形になっている。

必要以上に物知りな読者諸氏は、わたしの州ではリー・スローカム閣下が検死官に選ばれることなどありえないと指摘するだろう。これについては、承知のうえだとお答えするしかない。それに読者諸氏もわたしと同様、些細なことに目くじらを立てて楽しみを台なしにしたくはないはずだ。その気になれば、舞台をまるごとニューヨークとの州境の向こうへ移すこともできたが、わたしはそうしなかった。コネチカットでは、自分たち州民だけをニューイングランド人と呼び、西隣の傲慢な州の住民を同類とは認めない。ゆえにわたしは、時代遅れと評されるのを覚悟で、本書の大部分を、わがよき隣人たちの癖の強いことばで書きあげた。その話し方はときに堅苦しいが、必要とあらば彼らは、強引な二重否定など、ニューイングランド特有の言いまわしを駆使して、さらにその度合を強めたりもする。生き生きと鮮やかに語るという大義名分のもと、文法を無視することも少なくない。

この作品の大筋は、わが友である前検死官と現監察医との会話からできあがった。その会合の終わりに、ミスター・ハフカットは親切にも、自分が担当した数百件に及ぶ検死審問の記録をわたしに預けてくれた。わたしはそれを丹念に読んだ。まず言っておきたいのは、そこに記されていた検死官の仕事ぶりが、実直でこのうえなく良心的なものだったということだ。審議を引き延ばして自身を益する機会がつねにあったにもかかわらず、ミスター・ハフカットは簡潔かつ合理的かつ正確な方法を貫いている。それから、もうひとつ言い添えるほうがいいだろう。わたしがリー・スローカム閣下に語らせた文法のおかしな英語は、ミスター・ハフカットの話す正しい英語とは似ても似つかない。

アメリカの検死官の職分は死因を特定することである。ジョーンズが左心室に受けた銃創によって死んだとする。その傷がスミスの発砲した拳銃によるものかどうかを探るのは検死官の仕事ではない。ロビンスンが頭蓋の骨折によって死んだとする。クラークの乱暴な運転のせいかどうかを見定めるのは検死官の仕事ではない。どちらの場合でも、検死審問の際に集められた資料は地方検事の一助となり、証拠はその後の訴追で効力を発揮する。だが、この作品で引用されるコーキンズ検死官の有名な評決は、完全に法に則ったものである。

わが手に委ねられた記録の束を読み進めていくうちに、わたしはごくふつうの人々の生、そして死のなかに劇的なるものを鋭く感じとれるようになった。いまも記憶に残るものは多い。たとえば、井戸へ水を汲みにいかされた幼女の話。なかなかもどってこないので、代わりに自分が水汲みをさせられていたかもしれない親戚の少年が捜しにいって、悲惨な死を目撃した。その背後にどんな物語があったのだろうか。

そして、十六歳ながら四歳児の知能しか持たなかったジョン・ドウ（仮名）。ふらふらと道路を渡っていたとき、暴走してきた車に轢かれて即死した。知的障害をかかえて長い年月を生きなくてはならないことを考えると、この若者にとっては幸運な最期だったはずだ。仮にそれなりの高齢まで生きながらえ、ようやく憐憫の情を覚えた神が火車で迎えにきたとしても、本人は自覚できなかっただろう。

さらに、八十歳を目前にしたメアリー・ロウ（仮名）。真夜中に胸の痛みを訴えたメアリーを、数歳上の夫が腕に抱いて慰めてやった。おかげで気分がよくなって、痛みも和らいだと老女は言った。ほどなく、痛みは残らず消え去った——同時に、魂もその肉体から去った。六十年以上のあいだ、夫に頼るたびに慰めを得てきた老女は、いまわの際にも惜しみなく慰めが与えられることを知り、幸せに息を引きとった。

繰り返し言うが、わたしはこれらの話を検死審問の記録のなかから見つけ出した。そして、命のあるところには、命の終わりもまたあると実感した。ミスター・エロル・B・ハフカットとドクター・サミュエル・E・アペルに、多大なる感謝の意を表したい。本書に記された正確な事実はふたりが提供してくれたもので、読者が怪しげに感じる記述はわたしの想像によるものだ。

また、ウィンチェスター連発銃製造会社のジョン・W・ヘッション少佐にもお礼を申しあげる。ヘッション少佐は現在のアメリカにおいてのみならず、古今を通じても最高級の射撃の名手である。当初から少佐に関心を持ってもらえたのは幸運だった。数多くの質問に対し、少佐は辛抱強く、懇切ていねいに、機知に富んだ答を与えてくれた。

最後に、この作品はどのような意味においても、ありきたりの無味乾燥な推理の問題として世に出すものではない。主たるからくりは、聡明な読者ならば、わたしが解決を示すよりはるかに早く見抜いてしまうにちがいない。わたしがおもに関心を持っているのは人物とその背景である。長年隣人であった素朴な人々への興味は尽きない。読者のなかにも、わたしの興味に共感してくださるかたがいることを願ってやまない。

コネチカット州シャロン――
フロリダ州マイアミビーチ――
イギリス、ロンドン

第一回公判

検死官リー・スローカム閣下と検死陪審員列席

検死官　陪審員は静粛に……さて、ここにいる面々はわたしの義弟のジム・エスタブルックを知っていることと思う。ジムを知っているね、ミスター・イングリス。
イングリス　はい、知っていると思います。
エスタブルック　知っておいでのはずだ、ミスター・イングリス。この前の冬にフロリデへ出発なさるとき、お宅の水を止めた者ですよ。
イングリス　それならよく覚えている。水は漏れるわ、水道管は一本破裂するわで。
エスタブルック　あれは本管のバルブですよ、ミスター・イングリス。前の夏に、新しいのと取っ替えさせてくれって言ったのに、いまだにほったらかしだ。言っときますがね、あと何か月も持ちゃしませんよ。本管にもっと高い水圧がかかったりしたら――
検死官　ジム！
エスタブルック　この人のためを思って言ってるんだ。
検死官　みんな、ジム・エスタブルックを知っているね、スティーヴ、ウォーレン、トム、ビル、アンジェロ？
イアニチェリ　わたしは少し耳が遠いんですよ、ミスター・スローカム。

検死官　では、ジムは大きな声で話すように。さあ、すぐにはじめて。

検死官の義弟の疑念

あたしは配管工です。

みなさんご承知かとは思いますけど、はじめにお伝えしても悪くはありますまい。配管工が必要になったときに思い出してもらえますからね。電話番号W－86、ジム・エスタブルックですよ。

きのう、七月三日の朝に、ニューヨークからもどってきました。出かけたのはおととい、七月二日の土曜日です。イースト川の近くの九十八丁目にあるナショナル配管用品商会へ、資材の買いつけに出かけたんです。

二、三か月に一度は出向いてますよ。店じまい大売り出しのたぐいではいっさい買わないことにしてるんです。粗悪品を使ったら、お客さんに嚙みつかれますから。

とにかく、必要な品はみんな手に入れました。ミセス・ハリス用に、クロームめっきの金具のついた新品の浴槽、それとミスター・グリスコム用に、十八インチ×二十二インチの新品の洗面台――この人は愛用のやつが割れたもんで、あたしが勧めたとおり、しゃれたのをつけることにしたんです――それから自分用にも、バルブやらT字管やら金具やらを買いこみました。

夜は映画を観ました。ここらとやることは同じなのに、劇場が広いってだけで高い料金をとられましたよ。悲しい映画で、泣いてる客も多かったけど、あたしは泣きませんでした。

あくる朝は、八時三十一分発のトーントン行きに乗りました。きのうのことです。日曜だから列車は混んでました。

百二十五丁目に停まったとき、あたしのいた喫煙車両に男がひとり乗ってきて、隣にすわりました。隣に来ないよう、二席にまたがって脚をひろげてみたんですが、だめでしたよ。

男は三十五歳か四十歳くらいで、分厚い眼鏡をかけてました。

あたしの隣にすわるとき、「かまわないかな」と訊いてきました。

こっちとしては、二席をひとり占めしたかったから、かまわなくなかった。けど、その車両は混んでたんで、「いいですよ」と答えました。

男は本を読みはじめて、しばらくだまってたけど、車掌が切符を集めていくと、話しかけてきました。「トーントンへ行くんだろ?」って。

あたしは言いました。「好きこのんでトーントンへ行っちゃいけないわけでも? そこに住んでるんだよ。ブリキ加工、屋根葺き、配管のご用命はW‐86番のジム・エスタブルックまで」そこでふと、トーントンへ向かってるのをなぜ知ってるんだろうと思ったんです。「行き先がトーントンだってどうしてわかったんです? 二十や三十は駅があるってのに。車掌に渡した切符は見てなかったはずだ」

男は小さく笑いました。「見てないな」

「なら、どうやって?」

男は言いました。「いいかい、これは観察力の問題なんだよ。きみの切符を見たわけじゃないが、きみの目の前にある座席の背に車掌が差しこんでいった半券はだれにでも見える。〝四十二〟と書いてあるな。おれの目の前の半券にも〝四十二〟とある。おれの行き先はトーントンだから、きみの行き先も同じにちがいない」

あたしは言いました。「なるほど、なかなかうまい手だ。はじめて聞きましたよ。どこでそんな技を覚えたんです?」

男は言いました。「技でもなんでもない。観察だよ。それはそうと、きみと話がしたいんだが」

あたしは言いました。「もう話してるじゃないですか」

男は言いました。「たしかに。鋭い返答だな。で、きみはトーントンに住んでいる。作家のミセス・ベネットを知っているか? ミセス・オーレリア・ベネット。トーントン在住だ」で、あたしは言いました。「もちろん知ってますよ。お得意さんですから」

「彼女のことを話してもらえるかな」

別に害はあるまいと思ったので、話しましたよ。知ってることは全部ね。ミスター・モーズリーのものだった家を買ったこと——あの家の右のかまどは、内張りにはいったひびのせいで火のまわりが悪くってね。それから、あそこの家が真っ先に自動湯沸かし器を取りつけたこと、ほとんど毎冬、台所の水道管が凍結して、あたしが氷を融かしにいってること、目が悪くてあんまりよくものが見えないこと、それなのに、あたしが浴室のニッケルめっきの金具にうっかりスティルソン・レンチを使ったときには、癇癪《かんしやく》玉を破裂させたこと。金具の傷は自分で見つけたんじゃなく、ミス・ハーモンが言いつけたに決まってます。土曜の夜に風呂にはいったとき、蛇口をひねって傷にさわったのかもしれませんけどね。

男は言いました。「実におもしろい話だな。ミス・ハーモンというのは何者だ」

ええ、それも教えてやりました。ミセス・ベネットの秘書で、口述筆記をしてるってね。だけど住みこみじゃなくて、ひどい雨降りのときのほかは、村の反対側のはずれにあるウォーレン・バートレットの家まで帰るんだと。それから、ミセス・ベネット本人のほかにあの家に住んでるのは、黒人の料理人と、ささやき声でしか話さない使用人のミスター・タムズだけだとも話しました。

男は言いました。「おれは心臓が弱くてね。興奮するのは体に毒なんだ。本を読ませてもらってかまわないかな」

で、それから一時間ばかり、男は読書をして、あたしはうとうとしてました。

男が本を勢いよく閉じたせいで目が覚めました。「ほしいかい」

「何をです?」

「これだよ。ミセス・ベネットの本だ」

とっても立派な本に見えました。「それをくれるんですか?」と訊くと、「そうさ」と言うので、こう答えました。「じゃ、いただきますよ。ありがたいことで。十七年前にミセス・ベネットがトーントンに越してきたときから、一冊はあの人の本を読もうと思ってたんです。こんどの冬には読む暇もできるでしょうよ」

あたしは本を鞄にしまい、男は居眠りをはじめました。見ず知らずの人間にただで本をくれるなんて、おかしな話だと思わずにはいられませんでしたよ。

男はトーントンに着く直前に目を覚まして、とんでもなく妙なことを言いました。「熱くまばゆい太陽、あたたかい日和、カタツムリが棘《とげ》の上を這い、山腹の露は真珠のごとくきらめく。殺人にはもってこいの日だ」

あたしは訊きました。「なんて言いました？」

男は言いました。「忘れてくれ。内緒だよ」

でも、あたしは忘れませんでした。そうしたらゆうべ、姉夫婦の家にいるとき、リーに電話がかかってきて、急いでミセス・ベネットの家へ来いって言われてたもんで、思い出したんです。姉のメアリー・スローカムにその話をしたら、リーが帰ったら伝えると約束してくれました。

検死官　質問のある者は？

イングリス　その男の名前はなんといいますか。

証人　知りませんね——でも、ミセス・ベネットの家へ向かったのは知ってます。行き方を訊かれて、教えましたから。車で送ってやってもよかったんですが、かみさんが子供たちを連れてきててね。子供って、列車がはいってくるのを見たがるでしょう——だから、あたしひとりが乗るのがやっとだったんです。

検死官　名前はオリヴァー・ブライ・スティックニーだ。

イングリス　ああ、あの批評家の？

検死官　わかっているのは名前だけだ……ほかに質問は？

イングリス　検死官、「殺人にはもってこいの日だ」などという軽口を重視なさるのですか。

検死官　まあ、のちに起こったことを考えると、なかなか気のきいたことを言っているようだ。

イングリス　ですが、のちに何が起こったのですか。何も教えてもらっていませんよ。あなたは陪審員を選出した。証言を聞くようにと言った。死体が出たということだと思いますが。

検死官　それはそうだ。

イングリス　犯罪が——

検死官　たしかに。

イングリス　殺人？

検死官　そのようだな。

イングリス　それに、わたしたちは被害者の名前すら知りません。検死官、これは通常の進め方とはずいぶんちがいますよ。

検死官　これはわたしにとってははじめての審問なんだよ、ミスター・イングリス。新米なりに全力を尽くしている。法律書をじっくり読むくらいのことしかできないがね……ジム、もう退室していいよ……用意はいいかい、フィリス？　これから法廷速記者がベン・ウィリットの供述を読みあげる。ゆうべ数時間かけて口述させたものだ。

イングリス　あの男が口述したと？

検死官　そういうことだ。

イングリス　もうひとことよろしいですか？　あなたは殺人とおぼしき事件を捜査中で、村の芝刈り人であるベン・ウィリット老人の証言を求めている。数時間かかったという供述を公開するのではなく、この場で、わたしたちの面前で証言させたらいかがです？

検死官　出廷させるかもしれない――いずれな。

イングリス　なぜいまではまずいのですか。あの人の供述はきっと脱線だらけですよ。

検死官　ああ、ベンは脱線が得意だ。

イングリス　ならば供述書をひとまず脇に置き、じいさんを証言台に立たせて、好きなように質問しては？

検死官　いろいろ忘れていることがあるようだね、ミスター・イングリス。検死陪審員にはひとり三ドルの日当が出る。きみとはちがって、ほかの五人はその日当を必要としている。審問が長引けば長引くほど、もらえる手当は増える。

イングリス　ほう。

検死官　ベンの供述はわたしの娘のフィリスが書きとった。手当は、二つ折り判の帳面一ページにつき十セントだ。

イングリス　はあ。

検死官　それは証言として扱われる。検死官、つまりわたしには、一ページぶんの証言に耳を傾けるごとに二十五セントが支給される。もちろんフィリスも、審問記録に残すために供述書を読みあげると、一ページにつきさらに十セントもらえる。これでも納得がいかなければ、検死官は法を遵守すべき立場にあるということを思い出してもらいたい。好き勝手な方法で審問を進めてよしと法に定められているから、それを忠実に守る……まだ異議はあるかね。

イングリス　いいえ、ミスター・スローカム。申し分のないお答でした。

検死官　要はそういうことだ。わたしがしゃべればしゃべるほど、ページが埋まる。ミスター・イングリス、きみもしゃべればしゃべるほど、ページが埋まる。存分に発言してくれ。ほかの陪審員も同様だ。トム、ビル、スティーヴ、ウォーレン、アンジェロ……聞こえているかね、アンジェロ？　どうだね、アンジェロ？

イアニチェリ　だめです、ミスター・スローカム……よく聞こえません、ミスター・スローカム。

検死官　では、きみのそばにフィリスをすわらせるよ、アンジェロ。何か聞き逃したときは大声で言ってくれ、そうすればフィリスが繰り返す。

イングリス　繰り返せば繰り返すほど、ページが埋まりますね、検死官。

検死官　そうだとも、ミスター・イングリス……陪審員は静粛に。これより速記者が供述書を読みあげる。

非情な刈り手の供述

1

あの事件について知ってることをしゃべれって言うんなら、好きなようにしゃべらせてもらうよ。

いつだって、おれは自分の好きなようにやってきた。何事もゆっくり考えて、それから心を決める。そのやり方がまずいなら、とっくにそうと気づいてるはずだ……

ああ、質問はよしてくれよ。何をしゃべるかは自分でわかってるし、質問されるとかえってこんがらがる。芝刈り機が調子よく動いてるときに、わざわざ機械を止めて、「おい！　あそこの端っこの刈り残しはどうするんだ？　もどってすぐ刈ってこい！」なんて言ったりはしない。

反対向きに刈っていく途中で、ちゃんと始末するってわかってるからな。実際、そうなる。うまく働いてる頭ってのは、調子のいい芝刈り機みたいなもんさ。

わかるかい、フィリス？

おれの頭はそうなんだ。

残らずしゃべるからな。言い落としたことがあっても、ちょっと待っててくれりゃ、あとから付け足す。

おれは記憶力がいいんだ。みんながそう言う。

まあ、記憶から何かを引き出すのは、何年も屋根裏に置きっぱなしだった大きなトランクの中身をあけるようなもんだ。上のものからひとつずつ取り出せば、とっ散らかることはない。こまごましたものがまず出てきて、つぎが中くらいのもの、そのあとでやっと、底に詰めてあるでかくて重いものが出てくるわけだけどな。だが、横着をしてトランクをひっくり返そうもんなら、中身を全部拝むのは無理だ。粉々に割れちまうものもけっこうあるだろうし、そうなったらもう何がなんだか……

おまけに、散らかり放題だ。

そうだろ?

だから、記憶を空っぽにするのは慎重にいく。おれが手間どってたら、どうか思い出してくれ。こまごましたものがまず出てきて、つぎが中くらいのもの、いちばん底から出てくるのが死と殺しだってことをな……

2

おまえさんが持ってるのは、罫線のほかはまっさらな帳面だな。おれがしゃべり終えたら、全部のページが文章で埋まってるさ。

ベン・ウィリットが一冊の本を書くってわけだ。

すごいじゃないか！

だけど、悪くはあるまい？

本を書こうと思ったことは何べんもあった。

本ってのは、言いたいことがあるときに書くもんだ。刈りたい芝があるから芝刈り機を押すみたいにな。

何をするにも、理由がいる。さもなきゃ、本も芝刈り機も〝ガタン！　ガタン！〟なんて言いだすから、始末が悪い。

どっちも〝ブーン！〟と言ってこそ、値打ちがあるんだ……五十三年間、芝刈り機を調子よくうならせるのがおれの仕事だった。〝ブーン！　ブーン！　ブーン！〟ってな……

どっちか選べるとしても、本を書きたいのか、芝刈り機を押したいのか、おれにはわからない。

本を書く意味はいろいろあるだろうが、芝刈り機を押す意味はひとつだ。毎月七十五ドル、決まった金がはいってくる。大事なことさ。

だから、これまでなかなか決心がつかなくてな……

芝刈りの仕事をはじめたのは、まだ学校へかよってた時分だ。

親父はなんでも屋だった。ブリキ工に、大工に、穴掘り。その合間に、道路工事をやったり、暗渠《あんきょ》を直したり、溝を埋めたり、水はけの悪い場所に砂を撒いたりだ。その親父に、そろそろ金を稼いでもいい歳じゃないかって言われてな。

たしかにそうだった。親父は稼ぎの大半を酒につぎこむ飲んべえで、どんな仕事もつづかなかったからな。それに、芝を刈るのはおもしろいから、おれのほうも不満はなかった。

村の芝を刈る仕事は、ピーター・マクダウェルという常雇いの男がやってたが、体調がよくなかったんで、学校が休みになったら、そのあいだだけ代わりにやってみないかって持ちかけてきた。ピーターが言うには、「ただただ押して、押しつづけりゃいいのさ、ベン。人はそうやって出世していくもんだ。おれはそうやってきた」ってことだった。

おれはやってみて、わけなくできたんで、気をよくした。おれのほうがうまい刈り手だと、ピーターはすぐに察した。それで、手はじめにその六月、ピーターの代わりに働いた。それ以来ずっとやってる。芝刈り機を押してるってことさ。五十三年のあいだに、どれだけの芝刈り機を使いつぶしたかは覚えてないけどな。

簡単そうに聞こえるし、だれもが芝刈りぐらいできると思ってる。だれにでも本が書けそうなのと同じだ。けど、なかなかコツがいるんだ。おれももう六十九になるし、そのへんのことを少し話しておこう。

刃はなまくらじゃだめだ。刃を留める小ねじもほどよく締めておかなきゃいけない。いい油を使うこともけっこう大事だ。それと、押すときにはかかとじゃなく、指の付け根のほうで歩くこと。そうやって芝刈り機の柄にじゅうぶん体重を預けてないと、すぐにくたびれちまう。

そんなふうにコツがたくさんあるんだ。

それから、押してるあいだに、いろんなものを目にする。

おれみたいな性分だと、押してるあいだに、いろんなことを考える。考えたり、物を見たりする時間はたっぷりある。ニレの木はどんなふうに育つのか、リスはどんなふうに木をのぼりおりするのか、木の影はどんなふうに芝の上を動くのか、なんてことがわかる。おれはよく、影の端っこまで芝を刈った。その先まで刈らないように気をつけながらな。そこからもどって、また端っこまで刈る。それを何度も繰り返した。言ってみりゃ、太陽と競争するようなもんだな。影が道路に達すると、刈る草がなくなって、仕事がすんだことがわかるんだ。六区画ある芝地を一日に一区画ずつ刈ると、一週間かかる。そうしたらまた、はじめの区画にもどるって寸法だ。

いやになったことは一度もない――五十三年つづけたいまでもだ。

おれは生きてた。太陽も生きてた。影も生きてた。芝地も生きてた。もちろん芝刈り機だって、〝ブーン！　ブーン！〟って言いながら生きてたさ。刃がなまくらじゃだめだし、さっき話したコツも覚えておかなくちゃいけないがね。

それに、考え事もできた。

いつだってできた。

親父はこんなことを言った。「ベン、芝刈り機を押してるあいだに、大人になったら何になるのか決めておくんだぞ」おれは答えた。「ああ、そうするよ」五十三年前、芝刈りをはじめたときの話だ。

だからおれは芝刈り機を押しながら、一人前の男になったら何をしようかと思案した……

3

サム・キーリーってやつがいた。暇になると連れ立ってよく泳ぎに出かけたもんだ。そいつは医学校へ行って、医者になった。それも腕のいい医者だったから、いまじゃ芝地のすぐ隣に家を持ってる。風の強くない日には、家族に外へ出してもらって、車椅子にすわってひなたぼっこしてるよ。

おれも医学校へ行ってたら、サムみたいに医者になってたかもな。

それから、チャーリー・ウダースンがいた。そいつとは学校で、三年生から八年生までずっと机が隣同士だった。席はアルファベット順で、頭文字がWのおれたちはどんじりだったからだ。チャーリーは数学に夢中だったよ。ほとんどの問題を暗算で解けた。もしはいれたら大学へ行って、もっと数学を勉強すると言ってた。でも、結局どこの大学へも行かずじまいだ。ドーヴァー・プレインズの銀行に就職して、二十年か三十年いたあと、監獄でおつとめすることになった。

おれだってチャーリーみたいに刑務所送りになってたかもしれない。けど、おれのほうは〝パイアールの二乗〟だか〝アールパイの二乗〟だかもおぼつかなかったんだ。いまじゃ〝パイ〃がなんなのかも忘れたし、もうひとつが〃アール〃だったかどうかも怪しい。そんなことを知らなくたって、不自由なく暮らしてるがね。

それから、ドワイト・チャールトンがいた――フィリス、やっと中くらいのところまで来たぞ――この男はおれよりいくつか歳下だったけど、頭がよかったんで、学校じゃ同じクラスだった。ドワイトは抜け出したこともないのにこう言った。「ベン、こんなちっぽけな村なんか抜け出して、街へ出よう。街には金がうなってる。その大きな塊をえぐりとりさえすればいいんだ。ふたりで会社をはじめよう。名前は〈ウィリット&チャールトン〉。物を売り買いして、人を雇ったり馘《くび》にしたりする。それで、ときたまこの村に帰ってきて、みんなの度肝を抜いてやる」

「ドワイト、どうやってはじめるんだ」と訊くと、やつは笑って答えた。「靴の紐だよ（わずかな資金の意）」そこで、おれは言った。「ドワイト、見てのとおり、おれのは二本ともぼろぼろだぞ」

ドワイトは顔をしかめ、鋭い目でおれを見た。「ベン、きみのおじいさんのフィリップスは、デイヴ・ナットリーの農場の南に森林地を持っていたよな。お母さんがあの土地をきみに遺したんじゃなかったか」

おれは言った。「まあな」

「土地は財産だぞ、ベン」

「あんな値打ちのない土地じゃ、そうもいかない」

「売れるじゃないか」

「ドワイト、あの土地はとっくの昔に売ったのを知らないのか。親父とおれは、あの土地の税金を払えそうになかったんだ」

ドワイトは言った。「それは知らなかったな……その金はどうしたんだ、ベン」

「一セントも残っちゃいないさ。滞納した税金の支払いで使いきった」

「なんだ！　そうだったのか」ドワイトはやけにゆっくりと言った。

「おれたちがガキのころの話だよ、ドワイト。だから知らなかったんだ。親父もおれも、そんなことを言いふらしてまわりゃしないから」

「そうだな」ドワイトはおれを見て言った。「きみのほうに元手が少しもないんじゃ、〈ウィリット&チャールトン〉とはいかないな。〈チャールトン&ウィリット〉に変更だ。それにしても、やっぱりいっしょに来てもらいたい。きみは働き者だし、ほかのやつにない視点がある。それに人受けがいい。そういうのは役に立つんだよ」

おれは言った。「ドワイト、芝刈り機を押しながら考えておくよ」

それで、おれは芝刈り機を押しながら、サムのことや、チャーリーのことや、ドワイトのことや、ほかの友達のことを考えた。おれたちは——おれと芝刈り機のことだが——まったく動かなくて、足もとの世界のほうがまわってるんじゃないかって、ときどき思ったよ。日差しのなかで、水しぶきみたいに芝を舞いあげながらな。

そんなことを考えるほうが、街だのほかの土地だのへ出ることを考えるよりも楽しかった。

ドワイトはまたやってきて言った。「さて、ベン、決心はついたかい」

おれは言った。「ドワイト、ずいぶん急かすんだな」

「この前話をしたのは一年前だぞ」

そんなに前のことだとは、とても思えなかった。

ドワイトはおれをじろりと見た。「ベン、一生に一度の好機だぞ」

「都会へ出るためのか？」

「そうさ」

「行って何をするつもりだったかな」

「覚えてないのか？」

もちろん覚えていた。「金の塊をえぐりとるんだったな……」

「そのとおり」

「けど、おれは役に立てるかな」

ドワイトは声を落とした。「ベン、ミス・マクレランのクラスで習字帳によく書かされたことわざを覚えてるか？〝団結は力なり〟だ。ぼくは敏感だからわかる。何をするにしても相棒が要るんだよ」

「ドワイト、この冬は何をしてたんだ」

ドワイトは笑った。「店屋の商品陳列係さ。週五ドルでね。でも、すぐに少しばかり資金を作って……」

そう、おれは自分がそれよりずっと稼いでいることは言わなかった。ドワイトをしょげ返らせたくなかったからだ。そこへちょうど犬が通りかかって、ミスター・グールドの家の真ん前にあるニレの木を住みかにしてるハイイロリスに吠えたもんだから、話どころじゃなくなった。おれは「考えておくよ、ドワイト」と言い、ドワイトはおれの背中に向かって「それがいい」と言った。リスはつかまらなかった。リスは木にのぼれるけど、犬はのぼれないからな。リスは幹に逆さまの恰好で留まって、犬に悪態をついた。そいつはいい犬で、ふだんは行儀がよかったから、おれはそばまで行って、そんなことをするんじゃないと言い聞かせてなでてやった。するとリスは、おれにも悪態をついた。

そうこうするうちに、犬がいなくなり、リスもいなくなり、ドワイトもしばらく見物してたが、そのうちいなくなり……

4

こまごましたものと中くらいのものの話を覚えてるかい？いま、ひとつずつ取り出してるから、底のほうへ行き着くにはもう少しかかる。

その夏、ピーター・マクダウェルが七十九歳で死んだ。ピーターの後釜を狙う連中はおおぜいいたけど、おれほどうまい刈り手はいなかったと思う。おれはいつだって刃を鋭く研いで、小ねじをいい具合に締めてたし、油をたっぷり差すのも忘れなかった。

それで一級行政委員が「ベン、本気でこの仕事をやりたいのか」と訊くんで、おれはこう答えた。「おれでもかまわないとおっしゃるなら、考えてみます」すると委員は怪訝そうにおれを見て言った。「考えているあいだは、臨時雇いの形でやってくれたらいい。いずれ本腰を入れる気になったら、常雇いにしてやろう」

ありがたい話だったから、おれは言った。「いい考えですね」

親父が何度かおれに尋ねた。「大人になったら何をするか決めたのか、ベン」おれは答えた。「ずっと考えてるよ」

親父は言った。「もう学校も卒業したし、これから冬のあいだは何をするつもりだね」

村の芝を刈る仕事は、夏も冬も、刈る芝のぜんぜんない時期でも、毎月同じだけの稼ぎになった。一年ぶんの報酬が決まってて、それが十二回に分けて払われるからなんだが、おれがそう説明すると、それは初耳だと親父は言った。雪掻きをしたり、雪が融けてぬかるんだ芝地の上を村の連中が歩かないように見張ったり、コガラやユキホオジロを餌づけして、おれの口から牛脂のかけらをくわえていくように慣らしたりで、おれは年じゅう暇なしだった。

春になって、トーントンに帰ったドワイトがおれのところへ話をしにきた。見た目はあまり変わってなかったが、いくぶんせっかちな感じになってたな。前とちがって、しゃべり方がきびきびしてたんだ。

ドワイトは言った。「ベン、ぼくの申し出はいまも有効だ。なんだったか覚えてるかい」

おれは言った。「もちろん。相棒になるってやつだろう」

「そのとおり」

おれは、ドワイトを頭から爪先までながめて言った。「そうする意味はなさそうだよ、ドワイト、ここでそこそこいい仕事にありついてるんだから」

「なんの仕事だか知ってるさ。先々もっと稼げる見こみはあるのか」

「そっちはどうなんだ」

「この前ここへ来たときから、一度仕事を変えた。都会ではそういうことができるんだ。まだ一か月にもならないが、通信販売の店を開いた」

「どこで？」

ドワイトはにやりとした。「ブロードウェイのビルだが、そこの十階にちっぽけな事務所があるだけだ」

「儲かってるのか、ドワイト？」

「ああ。机の上が郵便切手で埋まりかけてる」そこでドワイトは真顔になった。「ベン、もう〈チャールトン&ウィリット〉というわけにはいかない。ぼくの名前は知られはじめてるが、きみは無名だからな。しかし、〈チャールトン&カンパニー〉ならいい。きみは〝仲間《カンパニー》〟だよ。きみは正直だし、ぼくが外へ出て営業してるあいだ、留守番をしてくれる人間が必要なんだ。きみなら切手を盗んだりしないが、ほかのやつはどうだかわかったもんじゃない」

おれは言った。「たしかにな、ドワイト。おれは盗んだりしない」

「まっすぐな人間かどうかは、目を見ればわかる」

芝刈り機をしっかり押さえて〝ブーン〟とうならせながら、ニレの木が生長したり、影が動いたり、足の下で地球がぐるぐるまわるのをながめてるかぎり、人はまっすぐでいられる。だけど、そのことは口には出さなかった。

で、ただうなずくと、ドワイトはおれの両肩に手を置いて言った。「来るか、ベン？　きっと金持ちにしてやる！　生涯の好機だぞ！」

けど、おれはこう訊いた。「ドワイト、きみの十階のオフィスの窓から何が見える？」

ドワイトは笑った。「妙なことを訊くんだな、ベン。見えるのは隣のビルの壁だ。と言っても、忙しくて窓の外なんかめったに見ないけど」そこでふいに口をつぐみ、おれをまじまじと見た。「ニレの木はないよ、ベン。空に輝く太陽もない、いや、あるとしても、ぼくは見てない。足もとの芝もない。リスもいない。小鳥もいない。木の葉も、葉のついた枝もまったくない……おい、ベン、そんなことを訊きたいのか？」

なんと答えようとしたのかは忘れた。ちょうどそのとき、男の子が芝地の真ん中におもちゃのシャベルで穴を掘ってるのを見つけて、話をつづけてる場合じゃなくなったからだ。

5

サリー・ネルスンも、よくおれのところへ話をしにきた。ふたつ歳下で、芝刈り機を押すおれといっしょに歩きまわることもあった。

サリーは美人だって、村の連中はみんな言ってたよ。家のこととか、暖炉の火のことと か、子供のことなんかを話してたっけ……サリーはニュート・エヴァンズと結婚した。グレース・ラーコムとは、せがまれて一度か二度、干し草のトラックでいっしょに遠乗りしたよ……グレースはクリント・フェローズと結婚した。

それからメアリー・マクレーは、好機についてよく話してた。好機はそこらじゅうにあるんだから、目端のきく若者なら金儲けができないはずがないってな。けど、ふたりでしゃべってたとき、ムクドリモドキが脇を飛んでったんだが、その鳥の名前を知らなかったよ。都会っ子で、田舎暮らしに慣れてなくてな……メアリーは学校の先生で、一度も結婚しなかった。

ドワイトはトーントンに帰るたびに、おれのところへ話をしにきたが、もう相棒になってくれとは頼んでこなかった。その代わり、仕事を紹介してやるとは何べんも言われた。

「ドワイト、いまも例のビルの十階にいるのか？」と訊くと、ドワイトは答えた。「いや、あの店は売ったんだ。ひと儲けしたよ」

怪しいもんだと思った。ドワイトの身なりはおれと大差ないように見えたからだ。けど、おれは言った。「よかったな、ドワイト」

ドワイトは葉巻をくわえた。「あれからまたいくつか仕事をしたよ。いまは仲介人をやってる」

「そうかい」

「ほかの連中に働かせて、ぼくは斡旋料をいただくのさ。仕事がほしいときには、いつでも来てくれ」

「覚えておくよ」

で、何年かたってもどってきたドワイトは、なんともみすぼらしいなりをしてた。「法律の勉強をしたけど、やめた。集金の代理人をやって、それにも見切りをつけた。それから西部へ行ってたよ」

「西部へ？」

「地方を見て歩くのもいいと思ったんだ、ベン。旅は視野を広める」

「まあ、おれも旅はずいぶんしてるぞ。芝地のこっちの端から、あっちの端へ……」

そのあと、ドワイトはニューヨークで仕事を見つけた。いい仕事だとは言ったが、ほかは何も教えてくれなかった。

「金持ちになるにはな、ベン、自分の代わりに人を働かせることだ」

「なるほど」

「ぼくはそうしてる」

「やるじゃないか、ドワイト」

そう、ドワイトときたら、別の人間に雇われてた話を前にしたのをすっかり忘れてるんだ。はったりをかましたつもりだったのかもしれんが、そんな調子で何年か過ぎた。出だしがそんなだった人間が、いきなり大儲けするなんて信じられんだろう、フィリス？ところが、ドワイトはそれをやってのけた。

ある日、やつがおれのところに立ち寄ったとき、自動車に乗ってたんだ。成功したのは言うまでもなかった。どこから見ても羽振りがよさそうで、こんどははったりじゃなさそうだった。ドワイトは言った。「ベン、ちょっと頼みたいことがあるんだが、他言はしないでもらいたいんだ。モーズリーの家が売りに出されてるというのはほんとうかい」

たしかにそこは売りに出されてたから、おれはそうだと答えた。

「最低いくらで手放すつもりなのか、訊き出してくれないか。それで、ぼくに知らせてもらえるかな」

「自分でモーズリーじいさんに訊けばいいじゃないか」

「ぼくが訊いたら、あのじいさんは値を吊りあげるに決まってる——だろ？　でもきみなら、こんどじいさんが芝地を横切って郵便局へ行くとき、少しばかり話をしたら訊き出せるじゃないか。それを手紙で知らせてくれればいい。宛先を書いた封筒を渡すよ。礼はするつもりだ」

まあ、真っ当なことをして小銭をもらうのはかまわないんで、ドワイトにそう言った。それからこう尋ねた。「もどってきてここで暮らすつもりなのか、ドワイト」

「いや。いま不動産の商売をしていてね。あの家はお客さんに世話するつもりだ」

そこで、おれはモーズリーじいさんの腹づもりを訊き出した。一万六千はほしいところだが、金に困ってるから、早く売れるものなら一万二千で手を打つってことだった。そして家はドワイトのお客さんの手に渡り、引っ越してきた。たしか十七年くらい前の話だ。そのあとドワイトがトーントンに来たときに、手紙の礼の十ドルをくれたんで、「感謝するよ」と言った。そのうちドワイトは、年に三、四回、車でそのお客さんを訪ねてくるようになったが、そのたびにますます羽振りがよさそうになり、車もどんどん大きくなり、冬の寒い時分には毛皮の裏地のついた外套を着てきたもんだ。

でも、おれはうらやましくなかった。

芝が育つかぎり、月七十五ドルがかならず懐にはいるんだ。ひと月も欠かさずにな。それに、モーターつきの芝刈り機を買ってもらったいまじゃ、時間がたっぷり余る。だから気分を変えたくなったら、いつもの芝地の両側にある家の庭の芝も刈ってやり、おれは名人だから、一時間につき五十セント請求する。まともな仕事をしてもらいたかったら、名人の技術にふさわしい代金を払うのは当然だ。

けど、ふたりとも若造だったあのころ、ドワイトに誘われるままにいっしょに街へ出てたとしたら、おれもいまごろもっと財産を築いて、自動車やら、毛皮の裏地のついた外套やらを持ってたかもしれん。もしかしたら、いまのドワイトみたいに、おまえさんの父上がやってる葬儀社で静かに横になってたかもな。顔に小さな穴をあけられ、できのいい脳みそのどこかに小さな弾をめりこませて。

6

やっと大きなものになったんじゃないか？

ここらで、おれがどんなふうにドワイトのお客さんと知り合いになったかを話さなきゃな。

ある日、ひとりのご婦人が芝地を通って郵便局へ行く途中、足を止めておれに話しかけた。芝刈りが定職なのかと訊くんで、おれは答えた。「いえ、ちがいます。一人前の人間になったら何をするか決めるまでのあいだ、芝を刈ってるだけなんです。かれこれ四十年近く、当座しのぎにこの仕事をやってます」

これが十七年前、そのご婦人がはじめてこの村に来たときのことだって覚えといておくれよ、フィリス。

ご婦人が笑ったんで、おれのことを雑誌の記事にしたやつがいるって話してやった。〝ベンジャミン・ウィリットが芝刈り機を押した距離は、地球を二周してまだ余る〟ってやつだ。まちがっちゃいないと思うけど、あれからずっと距離が伸びてるから、結局のところ地球もたいして大きくないってことになるな。

するとご婦人は興味を示して、あれこれ尋ねはじめた。「結婚はしているの?」とかな。

おれは答えた。「いいえ、してません」

「子供もいないの?」

おれは言った。「ええと、バプティスト派の信徒なんで、未婚でそういった事故を起こすことはありえないです」

「夜は何をしているの?」

「そりゃ、家に帰って、考えたり――」

「考える?」

「そう、考えるんです。あなたと同じように。物を書こうと思うことも――」

「物を書くの？」

「考えたことを書き留めるんですよ。まず考えたくなって、それから書きたくなります。いままでに考えたことを全部並べていったら、天の川まで届いて――その先もまだまだ伸びるでしょうよ」

ご婦人は不思議そうにおれを見た。「書いたものが出版されたことはある？」

「いえ、ないです――書き終えたら破ってしまうんで」

それを聞いてご婦人は笑った。「自分ひとりのために書くのね」

「自分ひとりのために考えるのと同じです」

それからご婦人は、自分も物を書くと言い、もうたくさん本を書いていて、最近モーズリーの家を買ったばかりで、これからはトーントンで書き物に励むつもりだと言った。

ドワイトのお客さんだとすぐにわかったけど、おれは知らんぷりをした。

それからというもの、ご婦人は芝地を通るときにはたいてい、足を止めておれと話すようになった。そして自分の小説が載った、表紙に名前が書いてある雑誌や、表紙だけじゃなく背中にも名前が書いてある本をくれた。おれはそれを芝刈り機の柄にくくりつけて、刈りながら読んだ。芝地のことを知りつくしてるからこそ、片手間に本を読んだりできるんだ。そんなことができるやつは、ほかにいまい。

ひととおり読み終えると、いつも丁重に雑誌や本を返した。ご婦人が気に入ったかと訊くんで、おれはいつも「よかったです」と言った。本心じゃなかったけどな。小説の書き方の本を一度貸してくれたけど、それを読んだからといって、あの人の本が前よりおもしろくなったりはしなかった。

それでも、おれたちはよく本の話をした。しゃべるのはほとんどご婦人のほうだ。おれは話を聞いて、「そうですね」と言ったり、うなずいたりしてただけだが、向こうはそれでよかったらしい。

ただ、おれがずっとそんな調子なんで、ご婦人はおれのことを〝非情な刈り手《グリム・リーパー》（大鎌を持ち、マントをはおった骸骨の姿を持つ死神）〟と呼びはじめた。けど、おれは言ってやった。「非情じゃありませんよ。おれみたいに仕事をしっかりこなしてたら、非情なんて言われるはずがない」

「どういうこと？」

そこで、おれは説明した。「非情な刈り手ってのは、ただあっちこっち鎌を振りまわして、刈るべきところを残したり、残すべきところを刈ったりするやつのことを言うんです。そんな野郎にこの仕事は一週間とつとまりません」

ご婦人はちょっと面食らった様子で、こう訊いた。「自分にはつとまると思うの？」

「つとまるどころか、それ以上の仕事をしますよ。おれの仕事ぶりを見たことがありますか？　芝地に落ちる影の境目を追っかけて刈ってるのに気がつきましたか？　そういうのがまともなやり方なんです。むやみに鎌を振るって、へまをやらかすんじゃなくてね。もし非情な刈り手が芝刈り機を使って、いつでも刃を鋭く、小ねじもいい具合に調整してたら、仕事ぶりにけちをつける人はそういませんよ」

ご婦人は言った。「ミスター・ウィリット、その意見は、わたしがいままで聞いたなかでも飛び抜けて珍妙な部類にはいるわね。差し支えなければ、本のなかで使わせてもらうわ」

実際、二冊の本で使われた。そんなわけで、ご婦人は家のことで手が足りないとき、かならずおれを呼ぶようになった。ミセス・オーレリア・ベネットとは、そんなふうにして親しくなったんだ。

7

やれやれ、フィリス、いつか書こうと思ってた自伝の中身のほとんどを、ついしゃべってしまったよ。まあいい。知ってることを話すときは、自分自身の話からはじめるのがいちばんだからな。これでおれが信用できる人間だってわかったろう。ミセス・ベネットが好んでおれに片手間の仕事をまかせてくれたのは、そういう人間だからでもあるんだ。

ミセス・ベネットは十七年前――おまえさんがおさげ髪を背中に垂らして駆けまわってたころ――この村へやってきて、さっき言ったようにモーズリーの家を買った。三エーカーか四エーカーの土地ぐるみでな。

モーズリーは偏屈者で、自分の土地のまわりに煉瓦の塀をめぐらせてた。外からのぞかれなくてすむ、とじいさんは言ってたが、たしかにそうだったろう。ミセス・ベネットはあの家のそういうところも気に入ったのかもしれない。越してきたころ、近所の連中はこぞって挨拶に出かけたもんだ。みんな、夫人に興味津々だった。有名な作家だってことは知れ渡ってたし、あの人の本の読者もいたからな。けど、当人が返礼の訪問をしたのは、会衆派とメソジスト派の牧師さんのところだけだったし、近所の人が来ても、使用人のミスター・タムズがあの変てこなささやき声で「ミセス・ベネットは、きょうはどなたにもお会いになりません」と応対することが多かったから、そのうちだれも訪ねなくなった。

夫人は一度こんなことを言ってた。「わたしは職業婦人なのよ。暮らしを立てることだけでほとんど手いっぱい。あなたならわかるわよね、非情じゃない刈り手さん」

けど、庭の芝刈りを頼んできたときには——おれなら、花壇のへりぎりぎりまで刈りこんでも、植わってる花を傷めなかったからな——タムズに椅子を持ってこさせて、おれの仕事ぶりをすわってながめたり、おれをそばへ呼んで話しかけたり、いまのおまえさんみたいにおれの話に聞き入ったりすることもあった。

おれは言ったもんだ。「ミセス・ベネット、あなたはこの芝刈り仕事に、一時間あたり五十セント払っておいでだ。こんなふうに話をしてたんじゃ、よけいな費用がかかりますよ」すると夫人は答えたもんだ。「あなたの話を聞くのは、それ以上の値打ちがあるのよ」とな。そのとおりだと思うけど、お隣のミスター・イングリスがおれに芝刈りを頼むときは、はじめるときも終わったときもきっちり時計を見るし、仕事がすっかり片づくまでは話しかけてこない。そうすりゃ無駄金を払わずにすむってわけだ。

トーントンへ越してきた当時の夫人は、健康そのものって体つきをしてたけど、いま思うと、あのころもう六十近かったんだな。西部を渡り歩いてたんだ。行ったことのある街の名前を、よくすらすら唱えてたよ。シアトル、ポートランド、タコマ、スポケーン、サンフランシスコ、ロサンゼルス、サンディエゴ、ロングビーチ、ソルトレークシティ、デンヴァー、ビュート、ビリングズ、カンザスシティ、セントルイス、シカゴ。あんまりしょっちゅう聞かされるもんだから、おれも覚えてしまった。どこの州にあるのか知らない街もあるけどな。

夫人はデンヴァーで脚を骨折したんだ。だからちょっと足を引きずるけど、うまいことごまかしてるから、ほとんどだれも気づかない。はじめて会ったとき、夫人の目は炎みたいに光ってたよ。見つめる相手を焼き貫いてしまいそうな目だ。ああいう、落ち着きと輝きと深みのある目を持ってる人間は、村にはほかにふたりしかいなかった。ひとりはおれで、外に長くいるからだろう。もうひとりは、この土地に落ち着くまで四十年間海に出てたアクセル・ノーマンセンだ。

けど、夫人はおれより目が悪かったな。それは二、三年前にわかった。

ある日、庭の芝を刈ってたら、拳銃の弾薬が見つかった。おれはそれを拾って夫人に見せた。

「それは何?」夫人は尋ねた。

「弾薬ですよ」

夫人は眼鏡をかけてそれを見た。「タムズは小型のライフルで射撃の練習をするのが好きなの。年寄りがああいうものをおもちゃにするのは感心しないわね。それに、芝地に弾薬を落としたままにするなんて、危ないったらないわ。芝刈り機の刃に巻きこまれでもしたら、どうなるかしら」

おれは言った。「たいしたことにはなりませんよ」フィリス、わかるだろう、おれはタムズがそのことで責められちゃ悪いと思ったんだ。大人の男で射撃が好きじゃないやつはほとんどいないからな。男が射撃をするのは、女が針仕事をするくらいあたりまえのことだ。歳が二十や三十だろうが、六十や七十だろうが、そいつは変わりない。

夫人は言った。「ほんとうに危険はないの？　中に弾丸がはいっているんでしょう？」

おれは答えた。「ええ、はいってますよ」

「だったら爆発するかも」

「芝刈り機のなかで爆発したところで、弾は刃にあたるだけで、どこにも被害は及びませんよ。たかが二二口径の弾丸ですし」

「とにかく、タムズと話をしないと」

夫人は実際そうしたらしく、あくる日にはタムズが村の芝地へ、かばってやった礼を言いにきた。

「おまえさんは馘になるのかい」

タムズはかぶりを振って、ほとんど聞きとれないくらいの小声で言った。「ミスター・ウィリット、夫人には長年仕えてきたんだ。辞めさせられたりはしないが、もっと気をつけるようにとは言われた」

「悪くない計らいだ」

「そうだな。ところで――そのうち射撃の練習を見にこないか」

「ミセス・ベネットがいやがらないか？」

「きみが見ていればだいじょうぶだ。つまり――きみが見にきてくれるなら、それほど反対はなさらないと思う」

そこで、おれは見にいった。夫人もいっしょに見たけど、目がひどく悪くて、眼鏡をかけないと得点もつけられないありさまだった。夫人の目は炎みたいに光ってたと、さっき言ったろう。歳をとるにつれて、あの光は消えた。体のほかの部分がそう見えなくても、目は歳をとるんだ。ミセス・ベネットの目はどんどん落ちくぼんで、生気がなくなった。街であつらえる眼鏡のレンズも年々厚くなっていった。

けど、夫人が得点をつけられなくても、問題はなかった。タムズは射撃の名手じゃなかったからな。構えもなってなければ、引き金の引き方もなってなかった。最高五十点とれる紙の的で、二十五点とることもあれば、全部はずすこともあった。

そんなとき、夫人はタムズをまぬけな年寄りだと言い、タムズも自分でそうと認めてるみたいにかしこまった様子をしてたものだ。それでも、かかさず週に一度、おれはライフルの〝ピュン！　ピュン！〟って音を聞きにいった。ドワイト・チャールトンを殺すのに使われたのは、あのライフルじゃないかと思う。

いや、ちょっと先を急ぎすぎたな。いまのは大きなものだから、もっとあとから出さないと……

ある日、ミセス・ベネットはおれに歳を尋ねた。

おれは五十四だと答えた。十四、五年前のことだ。

すると夫人は言った。「わたしより六つ上なのね。わたしは四十八だから」

おれは礼儀を知ってるから、「そんな歳には見えませんよ」と言った。ほんとうはそれくらいに見えたけどな。あくる年、つまりおれが五十五歳のときも、夫人はまだ四十八歳だった。それから何年たっても、ずっと歳をとらなかった。

つい最近まで四十八歳のままだったんだが、何日か前、夫人はおれを呼んで、七月四日にかけての週末に七十歳の誕生祝いパーティーを家で開くから、手伝ってもらいたいと言ったんだ。

夫人は言った。「刈り手さん、察しはついていたでしょう?」

夫人はおれのことを〝ミスター・ウィリット〟と呼ぶこともあったけど、たいがいは〝刈り手さん〟と呼んだ。

「なんのことです?」

「わたしの歳よ」

おれが「いいえ、ぜんぜん」と答えると、「刈り手さん、あなたは紳士のように嘘をつくのね。芝刈り機と同じくらい鮮やかに鎌も扱えるにちがいないわ」と夫人は言って、五十セント余分に駄賃をくれた。

礼儀を知ってると、いつも得をするってことだよ。夫人はこうも言った。「刈り手さん、その週末には歳下の男の人たちもおおぜい来るんだけど、よく知らない人たちばかりなの。でも、あなたのことは知っている。ほとんど家族同然にね。お客さまが見えたら、お部屋へ案内したり、荷物を運んだりして、気持ちよく過ごさせてあげてもらいたいの。あてにしていいかしら」

おれは言った。「もちろんですとも」

8

お客さんはけっこうな人数で、土曜の午後から着きはじめた。七月二日のことだ。親類じゃないけど、ミスター・ジョン・L・ピーボディーとその奥さんがいちばん乗りだった。お祝いとなると呼ばれるんだろう。ミセス・ベネットの本を出版してる人だから、ミスター・ピーボディーが握手をし、奥さんがキスをし、それから夫妻で、長生きしてもっとたくさん本を書いてくださいと言った。おれの思ってるとおり、夫人の本のおかげでミスター・ピーボディーがたんまり儲けてるんだとしたら、そう言うのも当然だ。

夫妻は、そのあと来たドワイト・チャールトンとも握手をした。ミスター・ピーボディーが「ゆうべは劇場で見かけなかったね。来られなくて残念だったよ」と言うと、ドワイトが「ああ、できれば行きたかったんだが」と答え、ミスター・ピーボディーは「初日を見逃すなんてきみらしくもない」と返した。それを聞いて、ふたりがニューヨークでずいぶん親しくしてるのがわかった。

ドワイトの鞄を部屋へ運ぼうとしたんだが、ドワイトは自分で運んだうえに、二十五セントくれた。おれはただついていって、南側の真ん中の部屋だと教えてやっただけなのに。その部屋の大きな張り出し窓からは、ミスター・イングリスの家が見えた。

ドワイトはブラインドをあげて外をながめた。おれが「何を考えてるんだ、ドワイト。おれたちが若造だったころからいままで、長い道のりだったとでも?」と言うと、ドワイトは答えた。「ああ、ベン、ちょうどそんなことを考えていた」

そういうわけで、土曜の晩餐には五人が集まった。ピーボディー夫妻とドワイト、ミセス・ベネット、それに秘書のミス・ハーモンだ。あの人のことは知ってるな、フィリス。だから説明は要らんだろう。けど、あれはおかしかったな。ミス・ハーモンときたら、隣にすわってたドワイトから何か耳打ちされたとたんに真っ赤になり、スープを飲んでむせたんだ。

ミセス・ベネットは笑って、悪い人ね、と言った。ドワイトは、たしかにそうだが避けようがない、とでもいうふうににやりとした。ミス・ハーモン以外の全員が笑った。ドワイトみたいな大物から話しかけられるのに慣れてないのは、あの恥ずかしそうな様子を見ればわかった。

タムズは、例によってにこりともせずに給仕をしてた。おれは配膳室のほうを手伝ったが、それはたった五人の客にタムズが手こずってたからじゃなく、日曜にはもっと人数が増えるから、先にちょっと練習しておくのもいいだろうと言われたからだ。そこで、黒人の料理人のジュリアからスープをあてがわれ、玉杓子で皿に注いだ。それからタムズに要領を教わって、ローストビーフを切り分けた。手本よりも薄く切れたよ。切り終えた肉のほとんどが大きな銀の盆に並んで、まわりのくぼみにたっぷり肉汁がたまってるさまは、けっこう見映えがよかったものだ。

タムズはおれよりふたつ三つ歳を食ってるはずだが、一滴も肉汁をこぼさずにあの盆を運ぶところはなかなか見ものだった。おれにもできるかもしれないけど、やってみる気にはならんね。

おれは言った。「ミスター・タムズ、おまえさんの手はしっかりしてるな」タムズはあの妙ちきりんなささやき声で答えた。「そうだよ、ミスター・ウィリット」

日曜の朝早く、親戚の人たちが到着しはじめた。ミセス・ベネットの甥のチャーリー・プラット。この男は、昔はシェフィールドで商売をしてたんだが、不況で店を手放してからは、狩りと釣りに明け暮れてる。それから奥さんのミセス・プラットと、娘のアリス・ミンターンと、その旦那のミスター・ミンターン。旦那のほうはたぶんアリスの倍近く歳上で、すごい金持ちだって評判だが、自分の右目よりも一ドルを大切にするような男らしい。

四人はくたびれた古い車でやってきた。エンジンの音がやかましすぎて、クラクションを鳴らしても聞こえないような代物だ。中庭に乗り入れて、そのまま車庫へはいろうとしたんで、おれは止めた。

おれは言った。「いま車庫にあるのはミスター・ドワイト・チャールトンの車で、その隣のあいてるところは、お出かけ中ですがミスター・ジョン・L・ピーボディー用です。おふたりの場所を作るために、ミセス・ベネットは週末のあいだ、ご自分の車を業者に預けてバルブを磨かせることになさったんです。あとふた組ほど車で来る人がいらっしゃるけど、その人たちの車は雨ざらしでも平気だとおっしゃってました。お宅の車がそうなんじゃないでしょうかね」

アリス・ミンターンが笑った。アリスは若くて美人で、いつもおれに愛想よく話しかけてくれる。けど、ミスター・ミンターンと結婚してからは前ほど笑わなくなった。アリスは言った。「もっともだわ、ウィル！　わたしたちは道路の脇に停めましょう」ところがミスター・ミンターンは額に皺を寄せて言った。「あすは七月四日だぞ。小僧っ子どもがもう爆竹遊びをはじめているじゃないか。車の下でやられたら困るよ。引火でもしたらどうする」

チャーリー・プラットが言った。「願ってもないね。この車もそろそろ買い替えどきだ」するとミスター・ミンターンはふてくされた顔で言った。「チャーリー、わたしの金の使い道はわたしが決める。新しい車がほしいなら、遠慮なく自分の金で買えばいい」

あれはひどい言い草だったよ。チャーリーは十年近くのあいだずっと文なしで、みんなそれを知ってるんだから。

アリス・ミンターンが「ウィル、怒らないで。父さんは冗談で言っただけよ」と言い、チャーリーが「そうさ、ウィル、本気だったわけじゃない」とつづけた。それを聞いてミンターンは言った。「ふん！　こんど何かおもしろいことを言うときは、先にそうだとことわってくれないか。前もってわかってたら、笑えるかもしれない。だいたい、あんたのオーレリアおばさんはどういう人なんだ、自分の身内を薄汚いとばかりに除け者にするなんて。アリスが道端に停めたいなら勝手にすればいいが、手伝わされるのはごめんだ」

アリスは言った。「ありがとう、ウィル」がつんと言ってやりゃいいのにって、おれは思ったがね。アリスはつづけた。「オーレリアおばさんの目にはいるところに停めて、この車のおんぼろ加減を見せつけたら、新しいのを買ってくださるかもしれないわよ」

ミスター・ミンターンは「それは名案だな、アリス」と言って、おれの指示した門のすぐ外じゃなく、道路の反対側の、消防署の手前に車を停めさせた。そして「ここなら、おばさんが窓のそばに来れば目に留まるはずだ」と言うんで、おれはこう返した。「あのかたの視力さえよければ目に留まるでしょうね。あいにくよくないんですが」するとミスター・ミンターンは言った。「なぜそれを先に言わない？」

それからまた別の親戚がやってきた。ハワード・スティーヴンズのことだよ。チャーリー・プラットの亡くなったお姉さんの息子で、フーサトニック川の近くで酪農場をやってる。同じように道路に車を停めてくれと言ったら、頼んだとおり門のそばに停めてくれた。

ミスター・スティーヴンズは、使いこんだステーション・ワゴンに、奥さんと子供を乗せていた。

なぜお嬢ちゃんを連れてきたのかと訊くと、目配せをしてこう言った。組合が牛乳の値を引きさげたりやなんかで、酪農の商売はあがったりだし、この子が大々おばのミセス・ベネットに気に入られたら、遺言でなにがしかのものを遺してもらえるかもしれない、とな。その娘はミセス・ベネットの名前をとって、〝オーレリア・スティーヴンズ〟と名づけられてたんだ。

おれは言った。「きっと気に入られますよ。利発そうなお嬢ちゃんだ」

ハワード・スティーヴンズは首を横に振った。「ミセス・ベネットは変わり者だからな。赤ん坊が生まれたとき、おれたちはあの人の名前をもらうつもりだって手紙で伝えたんだ。そうすりゃ祝いの小切手くらい送ってくれるんじゃないかと思ってね。ところがあの人はこんな返事をよこした。自分の名前をとって〝オーレリア〟と名づけられた子供は五十人をくだらない、自分が署名したこの手紙をとっておけば、その子が成人するころにはいい値で売れるかもしれない、だと」

ミセス・スティーヴンズが口をはさんだ。「女の子でほんとによかったわ。男の子だったら、〝オーレリアス（ラテン語読みのアウレリウスは、猟奇的な逸話で知られる古代ローマ皇帝ヘリオガバルスの本名）〟にするしかないもの。息子がそんな名前を背負って生きてくなんて、考えるだけでもぞっとしたわよ」

あの人たちもプラット一族と同類だったんだよ、フィリス。年老いた夫人のお恵みにあずかろうと必死だった。でも、それをどうこう言う気はない。おれとちがって定収入のない連中が、なんとかして金にありつこうとするのはやむをえないことだからな。

ミセス・スティーヴンズは言った。「この子、かわいいと思わない？　オーレリアおばさまのお眼鏡にかなうわよね？」

奥さんはその子の髪をふわりとふくらませ、女の子はおれに笑いかけた。

ためらわれたが、おれは言った。「ミセス・スティーヴンズ、もうひとりお客さんが見えるかもしれないんです」

「あら、そう。おおぜいいたほうが楽しいわ」

「今回はそうとも言えないんですよ。ゆうべ、夕食の席にいらっしゃったのは五人で、けさになってプラット夫妻、ミンターン夫妻、そしておたくの、合わせて七人が来られました。一時半からの午餐はミセス・ベネットの誕生祝いですから、お子さんにも出ていただかないといけません。で、もしあとひとりお客さんが見えたら——ミセス・ベネットは来ないとおっしゃるんですが、ミス・ハーモンは来ると言ってましてね——全部で十三人になるんです」

ミスター・スティーヴンズは言った。「おやおや！　あの人はそんな迷信にこだわるのかい」

おれは言った。「そういうことはあなたのほうがよくご存じでしょう。ただ、十三人が食卓につくと縁起が悪いと言われるのは、そのことで文句を言う人がかならずひとりはいるからですよ」

ミスター・スティーヴンズは奥さんと何やら話し、奥さんのほうが言った。「何人だろうとわたしは気にしないけど、とにかくうちのオーレリアは午餐に出るべきよ」

ハワード・スティーヴンズは奥さんをなだめた。「そうとも言えまい。招待状にはこの子を連れてこいとは書いてなかったんだ。エレン、やっぱり連れて帰ったほうがいいよ。往復してもたったの三十八マイルだ。どう思う、ミスター・ウィリット？」

おれはどう答えていいかわからなかった。子供はべそをかきはじめてるし、あの子にいやな思いをさせたくなかったからな。けど、ちょうどそのとき、ひとりの男が門からはいってきた。

ほこりまみれで、息を切らしたその男は言った。「オリヴァー・ブライ・スティックニーだ。飲み物をもらいたい」

ハワード・スティーヴンズに言ったとおり、おれはもうひとりお客が来るかもしれないのは知ってたけど、それがだれなのかは知らなかった。だから訊いた。「ミスター・オリヴァー・ブライ・スティックニー、招待を受けておられますか」

「ああ、ここがオーレリア・ベネットのお屋敷ならな。おれは長年ベネット女史の本をこきおろしてきたから、来られるものなら来てみなさい、と言われたんだ。それで来てみたら、駅には迎えの車の一台も見あたらないんで、歩いてきた」そこでことばを切り、女の子をまっすぐ見た。「暑くてほこりっぽいなかを歩いてきたら、くたびれたよ。きみもくたびれてるんじゃないか？」

女の子は涙ぐんだ目でその男を見あげて、ちょっと笑った。「うん」

「そうか、だったらもう歩かなくていいぞ。おれがふたりぶん歩く」

男はその子をかかえあげて肩にひょいと乗せた。そして声をあげて笑いはじめ、女の子もつられて笑いだした。で、おれたち三人が何か言うべきなんじゃないかとまごついてるあいだに、その子をかついだまま、ずんずん家のなかへ進んでいった。

9

ミスター・スティックニーのことを知りたいだろうな。

歳は四十くらいで、眼鏡をかけ、帽子はかぶっていなくて、髪は薄かった。

おれは配膳室へ連れていって、ウィスキーを出してやった。

スティックニーは瓶の中身を見て言った。「これは棚にもどすまでもないな。ほとんど空だ」

まだ瓶の四分の三は残ってたので、おれはそのように言った。

するとこう返した。「そのとおり。四分の一は空だ」それから瓶を外套のポケットに突っこみ、おれのあとについて部屋へ向かった。

スティックニーは旅行鞄を持っていなかった。

おれは訊いた。「ミスター・スティックニー、旅行鞄はどこです?」

「歯ブラシはポケットにはいってる。ひげはきのう剃ったばかりだから、かみそりは要らない。髪を梳《と》かすことはないから、櫛も要らない。シャツと靴下は週に一度替えるが、いま着てるのは木曜に替えたばかりだ」

「お泊まりになるんですか」

「ほうり出されなければね」

「寝間着はどうなさいます?」

スティックニーはポケットに入れた瓶を叩いた。「酔いつぶれて服も脱げないとき以外は、裸で寝るんだ」

おれが部屋へ案内すると、スティックニーは室内を見まわした。建物の裏側の南東に面した角部屋で、気に入ったらしいのが見てとれた。

スティックニーは言った。「これはひとつの教訓だな。低俗なものを書く人間は、批評家を斬新なほどの好待遇でもてなせるようになる。おれみたいに高尚なものを書く人間は、ありがたい施しにあずかれる」

おれは「はい、たしかに」と言った。

スティックニーは言った。「きみはおれの言ってることがわからなくても、〝はい、たしかに〟と答える。それでいいんだ。迷ったときは、〝はい、たしかに〟と言う。それが世渡りのコツさ。きみは世渡り上手にちがいない」どうしてそんなすぐにわかるのか知らないが、とにかくあの人の言ったことをそのまま聞かせるよ。「おれはいつも〝いいえ、おことばですが〟と言ってしまう。だから世渡りがへたなんだ。みんな、正餐用の服に着替えるのか？　礼服は持ってこなかった。そもそも持っていないんでね。パイプの煙はいやがられるかな。吸うつもりなんだが。あの水差しの中身は？　水か？　だったら捨ててくれ。スコッチを入れるから。なくなったらつぎ足してくれ。水はひげ剃りのときにしか使わない」そして窓の外を見て言った。「あれはなんだ」

あそこの地形がどんなふうかは知ってるだろう。裏手へ行くほど土地が少し高くなってて、そのてっぺんの平らなところに小さな阿舎《あずまや》があり、そこから向こうへおりると裏の庭だ。で、途中に中庭と車庫があるんだ。

おれは説明した。「庭へ出る道ですよ」

スティックニーは言った。「庭は大好きだ。もっとも、木は二種類しか知らない。マツと、マツ以外だ。花は三種類知ってる。葬式に贈るやつと、舞台へ投げるやつと、どうでもいいやつ。サクラソウについて書かれた詩なら知ってるが、そばへ来て嚙みつかれたって、それがサクラソウとはわかるまい」

「サクラソウは嚙みつきませんよ」

スティックニーはおれをじっと見た。「そう言うけど、嚙みつかれたこともないのになぜわかる？　さて、ご婦人がたのところへ行こうか」

おれは広いほうの居間へ案内した。

スティックニーはミセス・ベネットと握手をして、こう言った。「ご覧のとおり、挑戦をお受けしましたよ！」それからドワイト・チャールトンと握手をした。プラット夫妻とスティーヴンズ夫妻とも握手をしたが、さっき肩車をした女の子の名前を聞かされるや、こう言った。「なんと！　なら、きみをミス・スティーヴンズと呼ばせてもらうよ。だが、おれのことはオリヴァーと呼んでくれ」ちょうどピーボディー夫妻が外出からもどり、急いでスティックニーのところへやってきた。

ミスター・ピーボディーはその背中をはたいた。「きみがスティックニーか？　会えてとってもうれしいよ！　葉巻はどうだい」

スティックニーはにらんだ。「きのう送ってもらった本の批評をまだ書いてないんで、遠慮しますよ。書いたあとじゃ、おれに葉巻を勧めたりしないでしょうけど」

ミスター・ピーボディーは笑った。「いいんだよ、スティックニー。あの本よりもましな葉巻だ」

スティックニーはまたにらんだ。「当然ですよ」

アリス・ミンターンをひと目見て気に入ったようだったが、ミセス・ベネットが長く話をさせなかった。

ミセス・ベネットはスティックニーを呼んで言った。「ミスター・スティックニー、きょうはわたしの七十歳の誕生日よ。祝福してくださらないのね」

スティックニーは言った。「すでに酒をいただいていますし、パンと塩もいただくつもりです。心の底からお祝いしていますよ」

ミセス・ベネットは言った。「ミスター・スティックニー、あなたにはこれまでずいぶん、不愉快な思いをさせてもらったわ」

スティックニーは答えた。「おれのほうは、金が入り用になるとかならず――しじゅうそうなんですが――あなたの本の批評を書くんです。あなたにはこれまでずいぶん、いい思いをさせてもらいましたよ」

結局、午餐の席についたのは十三人じゃなかった。ミセス・ベネットが頭数を勘定し、みんながが食卓についたときにあの子供——オーレリア・スティーヴンズをその場にいさせないことにしたからだ。あの子は台所の小さなテーブルをひとり占めし、おれとジュリアといっしょに楽しく過ごした。デザートが出されると、ミスター・ピーボディーがポケットに忍ばせてあったメモを見ながら長いスピーチをした。ドワイト・チャールトンがそれにつづいたが、花とか鳥とか自然とか、そういった美しいものの話ばかりだった。それからスティックニーも、自分のワインと、左隣のミセス・スティーヴンズのぶんと、右隣のアリス・ミンターンのぶんを飲みほしてすっかりくつろいだ勢いで、一席ぶった。自分がミセス・ベネットについて書いた文章にも読者がいるけれど、その百倍の人数が夫人の本を買って愛読するんだから、おまえにはかなわないよ、ガンガ・ディン（キプリングの詩、ジョージ・スティーヴンズ監督の映画に登場する勇敢なインド人従者。最後の一節が有名）、などと言っていた。

おれにはわけがわからなかったけど、ほかのみんなは手を叩いてた。そのあと、チャーリー・プラットが詩を朗読した。自分で書いたと言ってたが、長い単語で発音できないのがいくつかあったから、アリスが手伝ってやったんじゃないかと思う。ミセス・スティーヴンズはご機嫌斜めだった。自分も詩を書けばよかったのに、そんなことは思いつかなくて、あとの祭りだったからだ。そして最後に、タムズが七十本の蠟燭の立ったバースデー・ケーキを運んできて、そのすぐ後ろから、顔じゅうをチョコレートだらけにしたちっちゃなオーレリア・スティーヴンズが、ミセス・ベネットへ贈る花束を持ってついてきた。ミセス・ベネットがあの子にキスをすると、ミセス・スティーヴンズは少し気を取りなおしたように見えたが、そこでミスター・ミンターンが、キスの前に母親が顔のチョコレートを拭きとってやればよかったのに、と言い、それを聞いたハワード・スティーヴンズが、そんなふうに思うなら、あんたはあの子にキスしなくてけっこう、そのほうがありがたい、とやり返した。

リキュールが出されると、スティックニーはそれも飲んで、ずいぶん上機嫌になった。ミスター・ピーボディーを〝ジャック〟、チャーリー・プラットを〝チャーリー〟と呼び、もう一席ぶとうとしたが、ミスター・ピーボディーに止められた。するとこんどはタムズにしゃべらせようとし、おれにまでしゃべらせようとしたが、ドワイト・チャールトンはそれが気に入らないようだった。急に席を立って、ミセス・ベネットが立ちあがるのを手伝い、「ミセス・ベネットはこれから昼寝をなさるよ」とみんなに言ったからだ。

ドワイトがミセス・ベネットにこう言うのが聞こえた。「なぜあんな無作法者を呼んだんだい？　この席にふさわしくないよ」スティックニー本人の耳にははいらなかったと思う。グラスにいろんな種類のリキュールをちびちび注いで、いくつかの層を作ろうとがんばってたからな。何度やってもうまくいかなくて、そのたびにグラスの中身を飲みほして、そのうちまわりにだれもいなくなった。

ドワイト・チャールトンはミセス・ベネットに手を貸して二階へ連れていった。ごちそうとスピーチ合戦と喧騒のせいか、夫人は疲れた様子だった。

ミス・ハーモンが残った面々に向かって、ミスター・タムズがあとでコーヒーをお持ちするので庭へ出てごらんになっては、と言ったんで、みんなそれに従った。

スティックニーはテーブルの前から立ちあがったが、見るからに足もとがおぼつかなかった。そしてこう言った。「ミスター・ウィリット、〝ベン〟と呼んでいいな？　酔ってるわけじゃないぞ」

おれは言った。「はい、たしかに。いいえ、おことばですが、酔っておられます」

スティックニーは言った。「あれだけのごちそうのあとだから、おれも横になりたいところだが、いまは一大事だからな」

おれは言った。「はい、たしかに――つまり、どういうことです？」

スティックニーは扉の枠で体を支えた。「妙な午餐会だと思わなかったか？　金持ちの老婦人ひとりに、客が十二人。夫人が急死するようなことになったら、どの客も何かしら得るところがあるわけだろう？」

おれは面食らい、返事に困った。「何をおっしゃるんです、ミスター・スティックニー！」

スティックニーはふらつきながら言った。「忘れてくれ。ここだけの話だ。庭はこっちのほうだっけな」

庭へ出ていくその姿を、おれはじっと見送った。

10

タムズが盆にコーヒー碗を載せて庭へ運んだ。

ジュリアがコーヒーポットと砂糖とクリーム入れを別の盆に載せておれに渡し、自分はクッキーを載せた盆を持ってあとからついてきた。

庭へ出るとき、二階でタイプライターをたどたどしく打つ音がしたので、おれは不思議に思った。目の調子がそう悪くないとき、ミセス・ベネットがときどき自分でタイプするのは知ってたけど、たいがいはミス・ハーモンの前で口述してたからだ。ドワイト・チャールトンだって、たとえ使い方を知ってたとしても、田舎で休日を過ごすさなかにタイプを打つ用事なんかなさそうに思えた。

タムズに教わったとおり、慎重に盆を持って庭へ向かう途中、おれは跳びあがった。ジュリアは言った。「いやだ、ミスター・ウィリット！　ただの爆竹よ」

爆竹の音は朝からずっと聞こえてたけど、そのときのはでかかった。どこかの子供が火をつけてほうり投げたのが、おれの足もとに落ちたんだ。たぶんミスター・イングリスのところの坊主のしわざだろう。なぜって、表の通りからだと百ヤードぐらいあるから、爆竹を投げこむのはまず無理だけど、ミスター・イングリスの家の庭からなら、簡単に塀のこっち側へ投げこめるからだ。

コーヒーとクリームをこぼさずにすんだんで、ほっとしたよ。

お客さんたちのところへ行くと、みんなは芝地の椅子にすわったり、花を愛でたり、スティーヴンズ夫妻の娘がスイレンの池の金魚に、おれからせしめたパン屑をやるのをながめたりしてた。

タムズが一度に二杯か三杯ずつコーヒーを注いで、順々に碗を渡してた。ミスター・ミンターンは車庫にいたんだが、穿鑿《せんさく》好きな人だから、ドワイトとミスター・ピーボディーの大きな車を見たかったんだろう。じきに庭に出てきたとき、手にはタムズの小型ライフルと、そばにあった弾薬の箱を持ってたよ。

おれは言った。「ミスター・ミンターン、そのライフルをすぐもとの場所へもどしてください。それはミスター・タムズのです」

「だったらどうだって?」

「本人にことわりもなく持ち出すのはまずいでしょう」

ミスター・ミンターンは鼻であしらった。「タムズはたかがミセス・ベネットの執事じゃないか。ミセス・ベネット、義理の大おばだから、わたしはここではそれなりの立場にある。あす家へ帰ったら、チャーリー・プラットの無駄口にいやというほど付き合わされるにしてもな。これでも昔はいい撃ち手だったんだ。車庫でこの銃を見つけたんだが、そばに的がいくつかあったぞ」

スティックニーが早足でやってきた。「的だって? そりゃいい! おれは前にコニー・アイランドの射撃場で、的のパイプを残らず撃ち落としたんだぜ」

おれは言った。「さしでがましいようですが、ミスター・スティックニー、そんな状態で射撃なんぞおやりになってはいけません」

「なぜだめなんだ。こんなちっぽけな弾じゃ、だれも死にやしない」

たしかに、二二口径の弾じゃゾウやトラは殺せない。でも、急所を狙えばヘラジカは倒せるって話だ。人間にはヘラジカよりたくさん急所がある。けど、そんなことで争う気はなかったんで、こう言ってやった。「そうかもしれませんが、コネチカットでは、日曜に射撃をするのは法律違反です。銃を持ち歩くだけでも違反ですから、だれかに見られたら、罰金をとられたうえに監獄送りになるかもしれませんよ」

ミスター・ミンターンはにやりとした。「ここの敷地が高い塀に囲まれてるのは幸運だよ」

前にも言ったが、ライフルを手にすると、いい大人が子供みたいになってしまう。みんなが果樹園で的を掛ける林檎の木を探しはじめたんで、タムズはいつも的を掛ける場所へ連れていった。そこにはやたらと大きな鋼鉄製の弾丸受けがあって、よそへはまず飛んでいかないようになっていた。そのあとはもう、とめどもなく〝バン！　バン！　バン！〟だ。ミスター・ミンターンは四十点とった。チャーリー・プラットは三十四点だったが、同じところに二発命中したからもう一点多いはずだと言い張った。おれはずっと見てたけど、その二発のうちの一発はまちがいなく大はずれだったよ。母屋から離れたところで、反対方向へ向けて撃ってるのがせめてもの救いだった。飛んできた弾で屋根裏の窓ガラスが割れたりしたら、ミセス・ベネットはおかんむりだろうからな。途中の地面が小高くなってるのと、阿舎がそのてっぺんにあるせいで、庭から見えるのは母屋の屋根裏だけだった。

スティックニーは腕前を披露するチャンスを得て、四十四点とったけど、半分しか力を出してないような顔だった。ミスター・ピーボディーに向かって「どうです、ジャック」と言い、

「なかなかじゃないか、ミスター・スティックニー」と返されると、さらにこう言った。「なかなかだって？　とんでもない、ほぼ完璧ですよ！」

ミスター・ミンターンはちっともおもしろくなさそうだった。スティックニーが四十四点とったことがだ。それでこう言った。「まぐれだよ、そうにちがいない」するとスティックニーは銃を手渡して言った。「ああ、まぐれでけっこう。こんどは、あんたがそのまぐれを見せてくれる番だ」

けど、ミスター・ミンターンには無理だった。狙いを定めるのにずいぶん時間がかかったんで、いったんライフルを肩からおろして、ひと息ついてからまた狙ったほどだったんだがな。ハワード・スティーヴンズとミセス・スティーヴンズにも番がまわってきて、そのあと、ちっちゃなオーレリア・スティーヴンズも、母親にライフルを支えてもらって一発撃った。その弾は的から十フィートも離れた岩にあたって、派手な音を立てた。

ミスター・ピーボディーがまだ撃ってないのは知ってたけど、おれは何も言わないつもりだった。ところが、向こうからこう言ってきた。「ミスター・ウィリット、わたしは一度も銃を撃ったことがないが、いま試してみようかと思うのだよ」

チャーリー・プラットがライフルの構え方を手ほどきしようとしたが、こうはねつけた。「射撃の本なら一度出版したことがあるし、中身も覚えている」

で、ミスター・ピーボディーはライラックの生け垣で背中を支えて、弾がなくなるまで撃った。おれの知るかぎりじゃ、あの弾の何発かはまだ宙を飛んでる。見えるところには一発もあたってなかったからな。

アリス・ミンターンが「わたしにもやらせて」と言ったが、ちょうど的がなくなったんで、車庫にまだあるんじゃないかと、二、三人が急いで見にいった。そのあと、こんどは弾薬が切れた。ミスター・ミンターンはひと箱しか持ってこなかったからな。さっきの連中がまた車庫までとりに走った。

ジュリアが母屋へもどっていった。

タムズがおれに小声で言った。「自分はここにいたほうがよさそうだね」

「いたほうがいい――弾薬があるうちはな」

「母屋へもどるんなら、あのお嬢ちゃんをいっしょに連れてってもらえるかね。ここに置いておくべきじゃない」

それで、おれはスティーヴンズの娘の手を引いて、母屋のほうへ歩きかけた。握った手に何かふれたんで見てみると、弾薬が三つあった。

これはどうしたのかと訊くと、あの子は「ママがくれたの」と答えた。

エレン・スティーヴンズはばかなんじゃないかと前から思ってたが、あのときそれがはっきりしたよ。

もどる途中に阿舎の横を通ったら、中でドワイト・チャールトンがでかい封筒を持ってすわってた。屋根の支柱の一本に頭をもたせかけてな。居眠りしてるんだろうと思った。おれはだまって母屋へはいった。

ジュリアがせっせと炊事をしてた。

おれは言った。「ミセス・ベネットはまだ昼寝中かい」

「そのようよ。二階へそっとあがってみたら、いびきが聞こえたから」

おれは台所の窓から外を見た。

だれかがライフルを持って、また車庫へ向かうのが見えた。だれだか知らないけど、自分の番を抜かされたくなかったんじゃないかな。だから、あそこへ何かとりにいくあいだも、庭に銃を置いていかなかったんだ。あれがタムズだったらいいと思った。それなら、もう射撃は終わりってことだからな。でも見分けられなかったよ。じきに、そのだれかは庭へもどっていった。

ジュリアは食器を洗いはじめた。

おれは拭くのを手伝い、女の子もそれにならった。

ひっきりなしに、通りで爆竹が破裂する音がした。

ジュリアは言った。「あれを聞いても、さすがにもう跳びあがらないでしょう、ミスター・ウィリット。ほんと、さっきはお盆を落としやしないかとひやひやしたわよ」

おれは言った。「いまじゃ、爆竹の音なのかライフルの音なのか、聞き分けがつかないよ」

呼び鈴が鳴った。

ジュリアは言った。「奥さまがお呼びだわ。行ってくる」

すぐにもどってきた。「ミスター・チャールトンにご用があるそうよ」

おれは阿舎まで呼びにいった。

ドワイトはまだ柱に背中を預けてすわってた。目を半開きにして、口もとに妙な笑みを浮かべてたよ。うまく説明できないけど、なんだか満足そうな顔をしてた。

おれは声をかけた。「ドワイト」

答はなかった。

「ドワイト」こんどはもっと大きな声で呼んで、肩を揺すった。

その上体が傾いて、テーブルの上に倒れかかるよりも前に、おれにはなんとなく、ドワイトが死んでるのがわかった。

11

村の芝地を刈るときは、いったん終えてからあともどりして刈り残しを始末する必要はない。おれはこれっぽっちも刈り残さないからな。けど、さっきも言ったように、記憶を探ってそこから何か取り出すときは、隅っこのほうをさらって、何も忘れてないかたしかめなきゃならない。

午餐会がはじまったのは一時半だった。

長い食事で、スピーチやら何やらあったから、みんなが席を立ったのは、ゆうに二時間はたってからだったと思う。

その十分か十五分ぐらいあとにタムズがコーヒーを出しはじめて、射撃がはじまったのはそれから十分か十五分もたたないころだ。

おれがドワイト・チャールトンの死体を見つけたのが五時二十分。腕時計を見たからたしかだ。東部標準時だぞ、フィリス。このへんじゃ、ほかは認められてない。

ドワイトがいつ母屋を出て阿舎へ向かったのかは知らない。行くところを見てないんだ。

ほかの人たちが庭へ出ていくとき、ドワイトはミス・ベネットを支えていっしょに二階へあがってた。夫人が不自由なほうの足をかばって、腕にぐったり寄りかかるもんだから、ゆっくりのぼってたよ。

おれはジュリアが食器をさげるのを手伝ってた。さっき話したタイプライターの音を最初に聞いたのはそのときだ。おれが庭へ出たとき、午餐の席にいた面々は——ミセス・ベネットとドワイトを除いて——全員そろってたよ。タムズもいた。ジュリアもおれといっしょに出てきてた。ミス・ハーモンもいた。スティックニーもいた。ミスター・ミンターンもいた。ピーボディー夫妻も、スティーヴンズ一家も、プラット夫妻もいた。それにアリス・ミンターンも。

タムズはコーヒー碗を十客持って出ていた。それでちょうどよかった。家に残ったのはふたりだけだし、もちろん子供はコーヒーを飲まなかったからな。で、ライフルは庭だか車庫だかにあった。つまり、もっと的や弾薬がないかとあの人たちが探しにいった場所だ——それを忘れるなよ！

ドワイト・チャールトンは死んでた。

ほかにも死人を何人か見たことがあるから、それがわかった。だけど、おれは取り乱さなかった。七十にもなろうって人間は、じきに自分の番がまわってくるのを承知してるから、大きく〝ようこそ〟と書いた玄関マットを用意してるもんさ。お迎えが来るのを覚悟してるんだ。わかるかな、フィリス。芝刈り機がすぐ近くまで来たら、刃が芝にふれるより前に回転音が聞こえるのと同じだ。

ドワイトもおれよりふたつ三つ若いだけだから、覚悟を決めててもいいはずだったけど、そうじゃないのはわかってた。やつはいつだって百歳まで生きるつもりでいたんだ。阿舎で死んでるのを見つけたとき、そんなことを思ったよ。もしあのとき、おれがことばを発してたとしたら、「おやおや、とんだ不意打ちだったにちがいない！」とまず言ったと思う。

阿舎には、よくあるみたいに、壁沿いにぐるりと腰かけがしつらえられてて、真ん中に丸テーブルが置いてある。おれが体を揺すったら、ドワイトはそのテーブルに倒れかかった。

おれはよく見た。

まちがいなく死んでたよ。大きな封筒をしっかり手に持って、落とさずにいた。

封筒の中身がなんだったのかは知らんが、墓まで持っていきたいほど手放しがたいものだったらしいな……

おれは母屋へもどった。

そしてジュリアに言った。「ミスター・チャールトンが車で出かけたって、ミセス・ベネッないさ。わかるだろうが、夫人の七十歳の誕生日に、あの人の親友が急死したなんてとても教えられないさ。トに伝えてくれ」

おれは阿舎へ引き返した。

ドワイトはそのままの恰好だった。頭を北に、体の左側を母屋に、右側を庭に向けて、テーブルに突っ伏してたよ。

お客さんたちに大騒ぎさせたくなかったから、おれはドワイトの体を起こして、またさっきみたいに支柱にもたせかけた。まだ生きてるみたいに見えて、妙な笑みを浮かべたまま……

おれはタムズを端のほうへ連れ出して、ドワイト・チャールトンが死んだことを知らせた。

タムズは小声で言った。「なんだって？」

おれは言った。「そうなんだ。急に死んだらしい」

「ミセス・ベネットの誕生日に？」

「ああ、おれもそのことは考えた。けど、ドワイトは考えなかったらしい」それから、自分の考えを伝えた。ミセス・ベネットはまだこのことを知らないし、お客さんもまだ知らない。ドワイトのすぐ横を通ったって、様子がおかしいとは思わないだろう、とな。

タムズはすぐにこっちの意図を察した。

そして、みんなに向かって、ミセス・ベネットがお目覚めになったのでお茶をお出しします、と言った。するとお客さんはばらばらと母屋へもどりはじめた。

当然、ドワイトの姿は目にしたろうけど、予想どおり、だれも異変に気づかなかった。ミスター・ミンターンが立ちどまって声をかけるんじゃないかと、それがちょっと心配だった。あの人は事あるごとに、ドワイトから株の情報を聞き出そうとしてたからな。でも、ハワード・スティーヴンズと言い争ってて、阿舎へ近寄りもしなかった。

そのあと、タムズが検死官に電話をかけた——おまえさんの父上にだよ、フィリス。検死官が歩いてくると、おれたちは事情を説明した。

おれは言った。「ミスター・スローカム、もしもミセス・ベネットがこのことを耳にしたら、ひどい衝撃を受けるでしょう。このところずっとお体の具合がよくないですし、こんなことをお知らせしたら命とりになりかねません」

検死官は言った。「知らせる必要はないよ。六十を過ぎた人間が急死するのは、少しも不自然なことじゃない。わたしは検死官だから、好きなように取り計らえる。ミスター・チャールトンは車で出かけたと言ってあるんだろう？　なら、それでいいじゃないか。知り合いから電話がかかって、だれにも告げずに街へもどったとしてもおかしくない。タムズ、ミスター・チャールトンの車を出してくれ。ベンは死体を運ぶのを手伝ってくれ。大柄な男じゃないから、ふたりで持ちあげて車に乗せるのはわけもないだろう。わたしの葬儀社まで車で運んで、そこに置いておこう。隣の村の新しい葬儀屋に嗅ぎつけられないうちにな。あの葬儀屋ときたら、わたしが検死官だというだけで、状態のいい死体はみんな自分のところへまわるものと思っているからな」

おれたちは準備を整えたあと、大きな音を立ててだれかに感づかれたりしないよう、タムズがゆっくり車を走らせて敷地を出た。

ミスター・スローカムのところの裏庭で、死体を車からおろす段になってはじめて、タムズが驚きの声をあげた。「これはなんだ?」

おれは言った。「封筒のことかい」

タムズは小声で「ちがう」と言って、指さした。

それはドワイト・チャールトンの右の目尻にあいた銃弾の穴だった。血はほとんど出ていなかった。太陽が西に沈みかけて、芝地にいくつも影が伸びてる時間だったから、阿舎のなかはそうとう暗くて、三人ともそれに気づかなかったんだ。

12

だれがやった?

神のみぞ知る。

なぜやった?

それも、神のみぞ知る。

事故だったのか?

だとしたら、敷地内での事故にほかならない。独立記念日の前日だったから、法律はどうあれ、ほかにも射撃をしてる連中はいたかもしれないが、銃弾にあんな芸当をさせるのは無理だ。高い塀を越え、果樹園の林檎の木のあいだをすり抜けたあと、母屋と庭のあいだにある阿舎へ飛びこんで、中にすわってる人間を仕留めるなんて芸当はな。

だれならドワイトを撃てた？

ライフルに手をふれた人間みんなだ。

だれが手をふれた？

タムズも入れて、大人十人に子供ひとりだ。みんなが手をふれ、みんなが撃った。ミス・ハーモンは撃ちたくないと言ってたが、おれはずっとあの場にいたわけじゃないから、いないあいだにどうしたかは知らない。

だれが撃ったとしてもおかしくない——たまたまにしても、狙ったにしてもな。

あの人たちが予備の的を探しに、最初にライフルを持って車庫へ行ったときには、弾はまだたっぷりあったし、ドワイト・チャールトンは狙われやすい場所にいた。

二回目に車庫へ行ったときは、弾薬の最初のひと箱は空になっていて、銃も空だった。

なんで知ってるのかって？

この目で見たからさ。

つまり、おれも銃に手をふれたってことだよ、フィリス。撃たなかったという点についちゃ、ことばどおり信じてもらうほかない。証明はできないさ。そこが記憶のあてにならないところだ。

けど、三回目はだれかがライフルを車庫にもどしにいった。だれだかは知らない。そのときは弾薬が準備万端だったろうし、一発目がはずれたとしても弾倉にまだ十発以上残ってたかもしれない。

最初に車庫へ行ったのはだれだ？　タムズ、ハワード・スティーヴンズ、チャーリー・プラット、スティックニー、ミスター・ミンターン。このうちの二、三人だと思うけど、自信はない。

二回目は？　三回目は？

わからない。

丸鋸で怪我したとき、ぎざぎざになってるどの歯で切れたかなんて、見分けられっこないだろう？

午後じゅう、おおぜいが庭をうろついてた。だれが何をしてたかなんて、どうしておれにわかる？　ひとりかふたりのしてたことなら覚えてるし、さっき話したみたいに、射撃の得点もいくつかは覚えてる。けど、ざっと二時間にわたっての全員の行動を分刻みでなんか覚えてられるか？

おれには無理だ。

ドワイトは車庫から撃たれたのか？

かもしれない。おれが見つけたときは、だいたい車庫のほうを向いてたからな。

庭から撃たれたのか？

まあ、弾丸の穴の位置から言って、車庫か庭のどっちかからだろう。

フィリス、おまえさんは事故じゃないと言うけど、ひとつ言っておきたい。寄ってたかってライフルをいじりまわしたりしてりゃ、事故は起こるもんだ。それでももしだれかの手もとでいきなり暴発したとしても、自分がやりましたなんて、当の本人が認めるはずがない。

銃声を聞いたかって？

もちろん——ほかのも含めて全部の銃声をな。

ドワイト・チャールトンに恨みを持ってたやつは？

思いあたらない。

怪しい行動をとったやつは？

まあ、そういう目で見れば、どんな人間のどんな行動も怪しく思えるもんだ……

おれとタムズは、どっちがミセス・ベネットに対してドワイトが街へもどったと伝えるかを相談した。ミスター・スローカムはこっそりやってきたから、お客さんは何も気づいてなかった。

結局、おれが伝えた。

ミセス・ベネットは言った。「わたしにひとこともなしに行ったの？ 今晩の夕食にはもどるのでしょう？」

「はい、たしかに。いいえ、おことばですが、おもどりになりません」

「刈り手さん、あの人が出ていく前に知らせてくれたらよかったのに」

「時間がありませんでした。帰ると言うなり、出ていってしまわれたもので」

ミスター・ピーボディーが「おやおや、おやおや、おやおや」と三回繰り返した。

スティックニーが「そろそろ一杯やる時間だな」と言った。

そしておれのすぐ後ろから配膳室へついてきた。おれも一杯やった。

ときには気持ちが乱れることもあるけど、長くはつづかない。芝は伸びるもので、それを刈るのがおれの仕事だ。

また朝いちばんからきっちり持ち場について、仕事をこなすとしよう。

イングリス　すると検死官、あなたは死体を盗んだというわけですか。

検死官　この郡の検死官として――

イングリス　はいはい、わかります。ほかの葬儀社の手に渡すのがいやだったのでしょう。

検死官　この郡の検死官として――

イングリス　死体はそのままにすべきでした。写真を撮るか、あるいは撮ってくれる人を呼ぶべきでしたよ。監察医も呼ぶべきだった。州警察もです。それから、この審問に地方検事が出席するよう計らうべきでした。

検死官　この郡の検死官として、わたしはなんでも自由に裁量できるんだ。彼らがミスター・チャールトンの死体を車に積みこんだ時点で――

イングリス　指示したのはあなたで――

検死官　――自然死じゃないと、どうやって知りえたというんだね。わたしはミセス・ベネットのためを思ったんだ。高齢で、だれもが知ってのとおり、去年の十一月に卒中の発作を起こしている。そこへあんな衝撃を、つまり、親友が急死したなどという知らせを――

イングリス　法律では――

検死官　法律では、わたしはなんでも好きにしていいとされている。

イングリス　常識に則って行動するのが前提です。

検死官　かぎりなく常識に則って行動したつもりだ。うまくいかなかったとしても、わたしのせいじゃない。ミスター・イングリス、きみこそ、ミセス・ベネットの庭へ塀越しに爆竹を投げこむのを子供らに許しているのなら、そのほうが――

バートレット　そんなことはどうだっていいじゃないか……リー、もう供述はたっぷり聞かせてもらったよ。

ハッチンズ　そうだとも、リー。首の筋がおかしくなったぞ。

バートレット　評決に移ることを提案する。

ハッチンズ　その提案に賛成。

イングリス　おいおい！

バートレット　リー、おれはヘンリー・コーキンズが検死官だったとき、何度か陪審員をやった。そのころは、撃ち殺されたのだろうが、溺れ死んだのだろうが、寿命が尽きたのだろうが、列車に轢かれたのだろうが、あの男の評決はいつも決まってた。

ニューマン　どういう評決だい、ウォーレン。
バートレット　〝故人は神経系の損傷により死に至ったものと決議する〟だ。それで、思うんだが――
イーストン　ちょっと待てよ、ウォーレン。リーはスティックニーというやつを疑って――
検死官　わたしが？
イーストン　だって、あいつに証言させたじゃ――
バートレット　ジム・エスタブルックだ。
イーストン　そう、殺人にはもってこいの日だとスティックニーが言うのを聞いたやつだよ。
検死官　まあ、それもひとつの見方だな。
イングリス　スティックニーはやっていませんよ。
イーストン　なぜ？
イングリス　著名な文芸批評家だ。わたしは毎日彼の書評を読んでいる。
イーストン　そんなことが関係あるのか？　やつはうまい撃ち手だって、ベン・ウィリットが供述していたじゃないか。
バートレット　そうだ。ろくに狙いもつけずに撃って、四十四点とったとな。
ハッチンズ　チャーリー・プラットは狩りをするぞ。生き物相手の勝負となったら――
検死官　チャーリーのことなら知っている。フーサトニック川でいっしょに釣りをする仲だ。
イングリス　だが、人間の頭を撃つのは、的の真ん中に命中させるよりはるかに簡単――

ハッチンズ　目尻を撃つのがか？　あんなところにぴたりと？
イングリス　そこを狙って撃ったとどうしてわかる。わたしは一度、裏庭でやかましく鳴いている猫を撃とうとしたら、猫を撃ちそこねてフクロウを殺してしまったぞ。
ニューマン　おれが言いたいのはそこだよ。事故だったのかもしれない。たぶんそうだ。さっき言ってた評決はなんだったかな、ウォーレン。
バートレット　〝故人は――〟
検死官　ちょっと待て。ちょっと待て！　評決を出す段になったら、陪審員は隣の部屋へ行って、そこでゆっくり相談できる。だが、先へ進む前に、短い証言をまず聞いてもらいたい。
イングリス　もう証人は見あたりませんが。
検死官　供述書だよ。
イングリス　まただですか？
検死官　まただ。
イングリス　証人の出廷を求めます。
検死官　証人はわたしの葬儀社にいる。ここにあるのはその死人の供述書だ。
イアニチェリ　すみません、耳が遠いもんで。いまおっしゃったのは、ええと、その――
検死官　聞こえたとおりだよ。供述したのは死人だ。
イングリス　検死官、冗談のつもりですか。もしそうなら、言わせていただきますが――
検死官　言ってはいけない……ほら、ミスター・チャールトンが手に封筒を持っていたのは覚えているだろう。
バートレット　そうだったな！
検死官　大判の封筒だ。あまりに強く握っていたものだから、うちの庭で車からおろしたときも、つかんだままだった。
ハッチンズ　覚えてるよ。
検死官　これがその封筒だ。
イングリス　見せていただけますか。
検死官　もちろん。
イングリス　ありがとうございます……あなたがあけたのですか。
検死官　いや。
イングリス　封をしてあった跡がある。
検死官　そうだ……それがどうかしたかね。
イングリス　いえ、別に。ただ、これは死人の手のなかにあったわけでしょう？
検死官　そのとおり。中には紙が十枚はいっていた。
イングリス　証人が必要なのでは？
検死官　わたしが証人だ。最初に封筒に目を留めたのはベン・ウィリットで、ミスター・チャールトンの手から抜きとって、わたしに渡した。ベンとタムズがミセス・ベネットの家へもどったあとで中身を読んだ。

イングリス　タイプで打ったものですね。ここからでもわかります。

検死官　タイプされた紙が二枚、インクで〝ドワイト・チャールトン〟と署名してある。あとは白紙が八枚だ……ほかに質問はあるかね？……もうない？……では、法廷速記者がこれより供述書を読みあげ、それを審問記録に残す。

実業家の遺書

弔花は辞退申しあげる。

自分の人生は穏やかなものではなかった。そして、ここに綴ったことばがほかのだれかの目に留まることがあるとしたら、わが死もまた、穏やかではなかったことになる。しかし、自分はだれとも対等に渡り合うこと――〝殴られたら殴り返し、押されたら押し返す〟――を旨として生きてきた。よって、おのれを死に追いやった者への報復の準備もせずに退場するのは、およそ自分らしくあるまい。

ここへ着いてから、その問題について熟考をつづけた。生きているうちなら、敵と渡り合うのもよかろう。成功者の例に漏れず、自分には多数の敵がある。だが、死んだのちに報復に及ぶ意味はあるのだろうか。自分には妻も子供もない。親しい友も少ない。そのなかでわが死を悼むのは、あの偉大な女性オーレリア・ベネットだけではあるまいか。

では、なぜ復讐するのか。

生涯を通じて、借りを背負うたびにかならず返してきたからだ。最後の負債だけは返さずに逝ったなどと言われるのは心外だ。〝人の血を流す者は、人その血を流さん（創世記九章六節より）〟と、聖書にも法にもある。自分はつねにそのどちらも重んじてきた。

正義を果たすべし！

余命いくばくもないことを自覚するのはむずかしい。風が花の香を運ぶ。天候は心地よい。いま、これを書いている——使い慣れぬ機械のキーを叩いている——部屋は、コロニアル様式の家の瀟洒な一室だ。窓には花柄の更紗のカーテンがかけられ、床にはフックド・ラグ（紐状のウールを鉤針で麻布に刺して模様を編んだ敷物）が何枚か敷いてある。家具の趣味もたいそういい。ダンカン・ファイフの家具もあるが、どれも本物にまちがいない。この家のあるじのミセス・ベネットは曇りのない鑑定眼を持っている。

いま向かっている書き物机にも、いわれがある。ミセス・ベネットによると、イギリスの田舎の競売で手に入れたものだが、ほかの競り手はその値打ちに気がつかず、高値にならなかったために彼女が競り落とせたのだという。ミセス・ベネットはつましい人だ。とはいえ、つましさは、あの人の数ある美点のひとつにすぎない。

この七月三日、部屋に差す日の光は柔らかい。爆竹の音がする。それは完璧な調和を破る不釣り合いな響きだ。あすは国をあげての祝日だが、少年たちはきょうから祭りの気分でいる。

少年とはそういうものだ。

こんなことをしたためているのは、そうすれば真実と向き合わずにすむ気がしてならないからだ。とはいえ、無事でいられるのもあと数分と覚悟しつつ、扉に施錠して身をひそめている。

扉を叩くのは、自分を殺しにきた人間だろう。

扉をあけることはすなわち、死への扉を開くことになるだろう。

それでも鳥たちは、変わらず楽しげにさえずっている……

いま一度、部屋の外へ出られるかもしれない。いま一度、ほかの客たちに加われるかもしれない。命が尽きる前に、あともう一夜静かに眠れるかもしれない。自分は眠る。心配無用だ！

機会をうかがっているその男は、怖じ気づいて凶行を思いとどまるかもしれない。いまを逃せば、つぎの機会はけっして訪れない。

もし無事でいられたら、この紙は破り捨てるつもりだ。しかし、これが残っているうちに、ウィリアム・ミンターンがわが命を奪ったなら、彼はその報いを受けることになる。

ドワイト・チャールトン（自筆署名）

バートレット　なんと！
ハッチンズ　それだけですか？
ニューマン　それだけでじゅうぶんだろう？
検死官　これだけだ。
バートレット　いやはや、なんと！
ハッチンズ　すると、本人は予期してたわけか！
ニューマン　そのようだな。
バートレット　しかも、ミンターンは射撃がうまかった――そこそこには。
検死官　ベン・ウィリットいわく、得点は四十だったと。

バートレット　そうか。スティックニーには及ばないが、人間の頭ほどでかい的ならじゅうぶん狙え――

イーストン　それはさっきミスター・イングリスが言っただろう。

イングリス　たしかに。

バートレット　さて、リー、評決のめどはついたようだ。

ハッチンズ　そうだとも！

検死官　それはきょうの午後に。

イングリス　なんですって？

検死官　きょうの午後だ。きみたちには郡から一日三ドルの手当が出る。だが午前中の数時間では一日と見なされない――少なくともコネチカットではな。

イアニチェリ　よく聞こえないんですがね、ミスター・スローカム、わたしは有罪に入れますよ。まちがいなく有罪だ。

検死官　まだだ、アンジェロ。まだいいんだよ。

イングリス　検死官、この件について妻や友人と相談しないよう、陪審員の面々に注意しなくていいんですか。

検死官　なぜそんな必要がある？　女性はいつだっていい考えを思いつく。家内やここにいるフィリスの意見を聞けなかったら、わたしは途方に暮れてしまうよ。

イングリス　では、友人と話し合ってもいいんですね。

検死官　もちろんだ。気がすむまで……では議事規定に従い、休廷の動議を出す。

イングリス　ちょっと待ってください、検死官。きょうの午後、ミンターンの供述を聞きたいのですが。

イーストン　わたしもだ。

検死官　ミンターンは出廷する。

イングリス　なぜご存じなんです？

検死官　自然死でないとわかった時点で、村の巡査たちに門を見張らせて、出ていこうとする者がいたら逮捕するよう命じておいたんだ。

イングリス　おやおや！

検死官　ああ、きみたちから言われると思ってね。ミンターンは出廷する。なけなしの一ドルを賭けてもいい……さて、休廷の動議が出された。わたしは支持する。賛成の者は「はい」と言ってくれ。

バートレット　リー、全員賛成だよ。

（休廷）

第二回公判

検死官リー・スローカム閣下と検死陪審員列席

検死官　陪審員は静粛に……つぎの証人は殺人者本人――つまりミンターンだ。隣の部屋で待機している。きみたちはここへはいってくるとき、その横を通ったんだよ。

イングリス　ちょっとよろしいですか。陪審員の前で、あなたが特定の人物を殺人者呼ばわりするのはいかがなものでしょう。

バートレット　なぜだめなんだ？　いいじゃないか、実際にそうなら。

イングリス　それはわれわれ陪審員が明らかにすることですから。

バートレット　いや、そんなのは検死陪審員のつとめじゃないぞ。しかし、どっちにしろ、けさ明らかになったんじゃないかね？　遺書にははっきり書いてあったじゃないか。「もしわたしが銃弾を受けて発見されたら、それは事故ではない」とかいう意味のことが。「わたしは故意に撃たれたのだ。それをやったやつは――」

イングリス　そんな文面ではありませんでしたよ。

検死官　だが、意図するところはそうだ。

イングリス　承服できませんね。あの遺書は射殺の前にタイプされたものです。あれによって、チャールトンがミンターンを恐れていたことはわかる。しかし、あれが犯罪を説明する証拠であるためには、射殺のあとにタイプされていなくてはなりません。

検死官　いまのはどういう意味だかわかるかね、ウォーレン？

バートレット　ドワイト・チャールトンは殺されたあとでタイプライターの前にすわって、わが身に起こったことを書き留めるべきだったって意味でしょう。

イングリス　ミスター・バートレット、わたしはそんなことを言っているのではない。わかっているくせに。

検死官　ミスター・イングリス、ここにいるのは、きみを除いて道理をわきまえた人間ばかりだ。ドワイト・チャールトンの供述は立派な証拠になるとわれわれは考えている。どうだろうか、みんな。

イアニチェリ　そうだとも、マイク！

ハッチンズ　人を撃ち殺すときは、いまからおれに殺されると書いた紙切れを相手が持ってないことを願うよ。

バートレット　同感だな、ミスター・イングリス。

ハッチンズ　何か起こりそうだってはっきり予感してなきゃ、あんなことは書かなかったろうよ。

イングリス　しかし、書いた時点ではまだ何も起こっていなかった！　それがわからないのか？

検死官　事が起こってからでは書けるはずがないということで、たったいまその点は決着がついたはずだ。
バートレット　そのとおり。
検死官　では、これからミスター・ミンターンを呼び入れる。これが検死審問だということを本人は知らない。すぐに教えるつもりもない。まずは本人の話を聞く。きみたちはひとことともしゃべらないように……連れてきてくれ、フィリス……さあ、はいって、ミスター・ミンターン……そこの席にすわって。
ミンターン　こんな無礼な真似をして、いったいどういうつもりだ。
検死官　無礼な真似とは？
ミンターン　わかってるだろう！
検死官　わかっていたら、ここに呼んでいませんよ……ミスター・ミンターン、あなたに何もかも話してもらいたいのです。
ミンターン　何を話すんだ。
検死官　この小さな村であなたがしたことについてですよ。まず、なぜ消防署の向かいに車を停めたのか。それは法令に反するし、さらに悪いことに、常識にも反します。そのほか、あなたが知っていることを全部言うんです。もし知らないなら、なぜ知らないのかも。さあ、はじめて。

模範的な夫の反応

証人　ひどい話だ！
検死官　供述のしょっぱなから、その言い草はないでしょう。
証人　自分の供述なんだ、しょっぱなで何を言おうとわたしの勝手です。

車を道路の反対側に停めたのは、家の手伝いをしているあのまぬけな老いぼれに、門の外に駐車しろと言われたからです。で、それなら、家の窓から見えるところに停めてやれ、と思ったってわけだ。

それが消防署の向かいだったとして、何がまずいんです？　消防車を出すとき、向かいに停まった一台の車にぶつけるような消防士なら、火事場へ着くまでにあと二、三台と衝突するでしょうよ。

あのまぬけな老いぼれに指図されなかったら、そもそも路上に車を停めたりなどしなかった。高級車なんだから、ミスター・ピーボディーやミスター・チャールトンの車と同じように、車庫に入れて当然だったんだ。むしろ、こっちのほうが優先されてしかるべきだ。わたしは家族の一員で、あの人らはそうじゃないんだから。

車を停めたのはアリス——わたしの妻です。選んだ場所が悪いというなら、妻に言ってもらいたい……
ドワイト・チャールトンが帰ったと聞いたとき、車庫に空きができたことにすぐには思い至らなかった。昼食のあとで気がついて、車を移動しにいった。わたしがそうしなかったら、ハワード・スティーヴンズが自分の車を入れたはずだ。ところが敷地から出たとたん、警察官と称する男が無礼な態度を――

検死官　警察官に暴言を吐きましたね。

証人　とやかく言われる筋合いはないと言ったんです。そうしたら、つかまってここへ連れてこられた。ただごとではすませませんよ！　わたしのいとこはマサチューセッツ州議会の議員で、甥は森林委員会の会員を――

検死官　この村にはどんなご用事で？

証人　大おばの七十歳の誕生祝いのために来たんです。

検死官　それで消防署の向かいに車を停めたのですね。大おばさんというのは？

証人　そんなのは承知のはずだろう！

検死官　あなたにお尋ねしているんです。

証人　名前はベネット――オーレリア・ベネットです。旧姓はプラット。チャーリー・プラットはその甥で、わたしはチャーリーの娘のアリスと結婚した。そういうわけで、ミセス・ベネットはわたしの大おばにあたります。

わたしはきのうの朝、チャーリーとメイベル――これは義理の母ですが――それから妻のアリスといっしょにここへやってきた。この三人ときたら、そろいもそろって文なしなんです。わたしがいなかったら、三度の食事にもありつけない。わたしがいなかったら、眠る場所も確保できない。何から何までわたしに頼りきりのくせに、礼のひとつも口にしないんだ。

オーレリアおばさんは――

検死官 あなたはおいくつですか。

証人 四十七歳です。オーレリアおばさんは――

検死官 奥さんはおいくつですか。

証人 二十二歳。オーレリアおばさんは――

検死官 チャーリー・プラットはおいくつですか。

証人 五十歳。わたしらの年齢が、車を停めた場所とどう関係するんです？　オーレリアおばさんはプラット一家を誕生パーティーに招いたが、わたしが車を出してやらなかったら、ここへ来ることもできなかったんだ。それなのに、アリスが雇い人の指図どおりに車を停めたせいで、わたしはこんな目に遭っている。もどったら、アリスのやつ、ただではすまさんぞ！

検死官 パーティーの出席者は何人でしたか。

証人 わたしの車となんの関係があるんです。

検死官 いいから質問に答えてください。

証人 十二人――それから、スティーヴンズのところの子供が台所の食卓についていた。車庫に車を入れるなと言ったのはあの老いぼれです。わたしは入れたかったが、アリスが指示どおりにしようと言った。もどったら、アリスのやつ――

検死官 パーティーの出席者全員とお知り合いでしたか。

証人 ミセス・ベネットのことは知っていましたよ。ミス・ハーモンと、スティーヴンズ一家も。

検死官 ミスター・ピーボディーをご存じでしたか。

証人 はい。

検死官 ミスター・スティックニーは？

証人 あの人とはきのうはじめて会いました。

検死官 ドワイト・チャールトンは？

証人 もちろん知っています。

検死官 もちろん、とはどういう意味ですか。

証人 ミスター・チャールトンは実業家ですし、わたしも実業家と呼んでもらって差し支えないでしょう。投資する金を持っていますから。それで、助言がほしいときには、街へ出向いてミスター・チャールトンの意見を訊くんです。ただし、チャーリー・プラットにも、妻のアリスにも、メイベル・プラットにも内緒でね。あの三人は、わたしのことを金のなる木だと思っていて、すぐ無駄づかいを――

検死官 ドワイト・チャールトンとはいつごろお知り合いに？

証人　三、四年前――たしかそのくらいです。

検死官　ちょうどあなたが結婚なさったころですね。

証人　そうです。知り合ったのもそれがきっかけですよ。アリスがわたしをミセス・ベネットに紹介したいというので、ふたりで訪ねてきたら、ミスター・チャールトンがここで日曜を過ごしていたんです。

検死官　ミスター・チャールトンとは懇意でしたか。

証人　ええ、投資のことで助言を受けていたと、いま話したでしょう。

検死官　そういった間柄はこじれやすいとよく聞きますがね……ミスター・チャールトンはいまどこに？

証人　帰りましたよ。

検死官　そうなんですか。

証人　そうらしいです。

検死官　本人から聞いたんですか？

証人　みんながそう話していました。

検死官　はじめからそう言えばいいじゃないですか……どこへ向かったんでしょうね。

証人　街へもどったと聞いています。

検死官　そうなんですか。

証人　さあね。

検死官　ミスター・ミンターン、ゆうべはよく眠れましたか。
証人　割合に眠れたほうですね。
検死官　割合に、ですか。熟睡できなかったのはなぜです？
証人　腹の具合が悪くて何度も目が覚めたんです。
検死官　チャールトンのせいではないんですか？　つまり、チャールトンのことが気になっていたからでは？　あの人がずっとここにいたと聞いたら、あなたは驚きますか。
証人　ここにいた？
検死官　そう聞いたら驚きますか。
証人　そりゃあ驚きますよ。
検死官　そうは見えませんね。
証人　いったいなんの話を——
検死官　ミスター・チャールトンの身に何か起こったと聞いたら、驚きますか。
証人　何かってどんな？
検死官　銃弾。
証人　じ——銃弾？……それは——撃たれたってことか？　重傷なのか？
検死官　そのとおり。
証人　すると、わたしがここへ呼ばれたのは車とは関係ないんだな？……わたしが撃ったと疑われているわけか。

検死官　そのようですな。
証人　ばかな！　そんなことを言うやつは嘘つきだ！
検死官　ドワイト・チャールトンは嘘つきだと？
証人　どういう意味だ。
検死官　あなたに撃たれたと言っているのがミスター・チャールトン自身だとしても、やはり嘘つきですか？
証人　そんなことを言うものか！　わたしは撃っていない！
検死官　ミスター・ミンターン、あなたはミスター・チャールトンの署名を見たことがありますか。
証人　ええ。
検死官　書面の一部をお見せします。これはミスター・チャールトンの署名ですか。
証人　おそらくそうでしょう。
検死官　そうだと認めるんですね。
証人　おそらく、と言ったんです。
検死官　ほかの部分をすべて隠しますから、その最終行を読みあげてください。
証人　〝ウィリアム・ミンターンがわが命を奪ったなら――〟こんなのは嘘っぱちだ！
検死官　つづけてください、ミスター・ミンターン。
証人　〝――彼はその報いを受けることになる〟嘘だ！　嘘だと言ったら嘘だ！……チャール

トンはどこですか。本人に会わせてくれ！　あの男はどうなったんだ？
検死官　あててごらんなさい。
証人　あの男は——死んだのか？
検死官　一発であてましたね。
証人　ばかな！　ありえない！……それで、あなたはわたしが殺したと思っているんですか？
検死官　ミスター・チャールトンはそう思っているようですね。でなければ、わざわざ書面に残して署名などしますまい……われわれはあなたの自白を待っています……さて、どうです？
証人　それで、適当な口実を作ってわたしを連れてきたのか……車の駐車場所なんかどうでもよかったんだな？
検死官　まったくもってね。
証人　感づくべきだった……では、あんたは治安判事じゃないんだな？
検死官　ちがいます。
証人　裁判にはちがいないんだろう？
検死官　いいえ……これは検死審問で、わたしは検死官です。
証人　参ったね！
検死官　ゆっくり思い出してください……あなたは車庫から銃を持ち出しましたね。
証人　それを使ってみんなで射撃をしたんだ。
検死官　あなたは銃を持ち出した。さて、なぜそんなことをしたのです？

証人　あそこにあるのを見つけて、使ったら楽しいだろうと思ったんだ。
検死官　ミスター・チャールトンを撃ったら楽しいだろうと？
証人　わたしは撃っていない。
検死官　では、だれかが撃った……あなたはチャールトンにどんな恨みが？
証人　何もありませんよ。
検死官　奥さんが恨んでいたとか？
証人　知りません。
検死官　あるいは、奥さんとチャールトンが必要以上に親しかったとか？
証人　知りません。
検死官　アリス・プラットはあなたと出会う前、別の男性に夢中だったという話ですが。
証人　ええ――まあ。
検死官　チャールトンですか。
証人　ちがう！　青二才の教師で、ふたりどころか、自分ひとりの食いぶちもろくに稼げないようなやつだよ。アリスにはそんな男と結婚しないだけの分別はあった。そいつと結婚していたら、両親は食いっぱぐれることになって、親孝行どころじゃなかったはずだ。
検死官　ほう！　ドワイト・チャールトンはそのことについてどう言っていましたか。
証人　訊いてみたこともない……
検死官　ミスター・ミンターン、あなたに考えなおす時間をあげましょう。留置するつもりはありません。ミセス・ベネットの家へもどってけっこうです。いまは見張りの巡査がふたりいます。州警察にも問い合わせましたから、そちらからもじきに来るでしょう。逃げようとしても無駄ですよ……いま一度、供述の機会をさしあげます。何か言っておきたいことはありますか。

証人 ない。

検死官 ほんとうに?……よく考えたうえで答えてください。

証人 何も言うことはない。

検死官 では、巡査がミセス・ベネットの家へお連れします。だれと話してもらってもかまいません。洗いざらい打ち明ける決心がつくかもしれませんね……

バートレット あいつは怪しいな!

ハッチンズ おれも同感だ。

イーストン チャールトンが死んだと聞いても、驚いた様子じゃなかった。

イングリス なぜベネットの家へ帰したのか、理解しかねますね。

検死官 警察の人手が足りないからだよ。あの男を留置場へ入れたら、そのぶんほかが手薄になってしまう。

イングリス ほう……で、あの男がだれかに話したら?

検死官 話していいと言っただろう。望むところだ。

イングリス　危険人物である以上、拘束しておくのが――

検死官　いまさら危険でもあるまい。

バートレット　おれもそう思うよ、リー。

検死官　それでは、さらなる証言を提示しよう……ミセス・ベネットの家に滞在中の面々のなかに、ミスター・ジョン・L・ピーボディーという出版業者がいる。ミセス・ベネットの本の版元だ。この男はたくさんの作家に会う。たくさんの有名人だな。日記をつけていて、いつか出版するつもりらしい。わたしはゆうべミセス・ベネットの家へ行って――それについてはあとでくわしく話すが――ミスター・ピーボディーに今回の件を知らせた。そしてこう話した。「ミスター・ピーボディー、こちらの集めた証拠についてお話しするわけにいかないが、もしあなたのほうで何かあれば、どうか教えていただきたい。ここにいるだれがチャールトンを撃ったとしてもおかしくないのです。全員が発砲しました。あなたのしわざかもしれない」

ミスター・ピーボディーは動じることもなく、日記のことを口にした。「ミスター・スローカム、わたしは若い時分からずっと日記をつけていましてね。何十冊とたまっています。もちろん、いま手もとにあるのは今年のぶんだけですが、お持ちになって読んでもかまいませんよ。代弁してくれる日記がありますから、あえて申し開く気もありません」

そんなわけで、日記を借りてきた。本人の言うとおり、数か月前からのものだ。ひととおり読んで、付箋でいくつかしるしをつけておいたよ。ミセス・ベネットについて――それと誕生パーティーについて書いてあるページだ。

これから法廷速記者がそれらの個所を読みあげて、審問記録とする。

イングリス　検死官、そのやり方は法にかなっているのですか。

検死官　これまでのすべてと同様、法にかなっている。ではフィリス、はじめてくれ。

名士の日記

1

六月十三日　月曜日
気温　摂氏二十度
天候　晴れ
肝臓の調子はふだんほど悪くない。
地下鉄で事務所へ行くと、オーレリア・ベネットから封書が届いていた。七月四日にかけての週末に、妻と連れ立って家へ来ないかという誘いの手紙だった。
彼女の生年月日は『米国名士録』には載っていないが、その手紙によると、きたる七月三日の日曜日で七十歳になるらしい。すると、わたしより六か月若いだけなのに、十歳の差があるふりをしつづけていたのか。
まあ、察しがついていないでもなかった。
目にはどこよりも如実に年齢が現れる。彼女の目は、ここ数年のうちにみるみる落ちくぼみ、輝きを失った。女性の例に漏れず、必要不可欠の場合のほかは眼鏡をかけないものの、裸眼ではほとんど用をなさぬのではなかろうか。初対面の折には、あんな目をしていなかったが……

オーレリア・ベネットの処女作を出版したときのことは、いまでも覚えている。互いに人生の盛《さか》りだった。あれは三十三年前だから、彼女は三十七歳だったことになる。

彼女は直接わたしの事務所に原稿を持ってきた。六百ページはあろうかという、大部の手書き原稿だった。

応対したのはミス・マクリアリー――もう何年も前に他界している――だが、好意的な態度で迎えたとは言えなかった。

原稿は『放蕩息子』と題されていたが、ミス・マクリアリーの第一印象では、そんな題名の小説を書く人物にはとても見えなかったという。

その後、わたしは幾度となく尋ねたものだ。「ミス・マクリアリー、どんな人ならよかったのです？」

「教養のある人ですよ」

「そうは見えなかったと？」

「見えませんでした。わたくしが頭に描いたのはあたたかい人柄の女性なの。ミスター・ピーボディー、あなたも同意してくださると思うけれど、あの人にはあたたかさなどみじんもなかった」

「それで？」

「わたくしが頭に描いたのは、世故に長け、寛容さと思慮深さを身につけた女性です。勘ちがいなさらないで、ミスター・ピーボディー。けっしてニューイングランドの世間知らずだと思ったわけではないの。あの人は人生についてよく知っている――それは感じたけれど、自分に自信がなくて、途方に暮れているように見えた。独特の存在感はありましたけれどね。まるで卒業式の舞台に出てきた子供のような印象だったわ。暗唱の準備はしてきたけれど、全部の台詞を思い出せるかどうか不安でたまらない、という顔をしていた」

さらにこのことを記せば、非常に聡明だったミス・マクリアリーが、ミセス・ベネットの資質をすっかり見誤った理由がわかるだろう。彼女はこう尋ねた。「これははじめてお書きになった本ですか」

ミセス・ベネットは答えた。「はい。これはわたしの人生の一部です。出てくるのは実在の人物ですし、書いてあることも事実ですよ。執筆にずいぶん時間がかかりました」

未熟な作家は往々にして〝実在の人物〟を重んじるきらいがある。そういう作家たちにわたしはこう言って聞かせる。大切なのは、たとえまったく架空であっても、現実味を帯びた人物だと読者が感じるかどうかであり、一見奇抜であっても、小説は実人生以上に真に迫るものでなくてはならない。だから作家はまちがっても、ナポレオンや、チェーザレ・ボルジアや、チャールズ・ダーウィンのような突飛な人物を創造してはならない、と。だが彼らはそんなことにはかまわず、実在のモデルがそうしたからというだけで、作中人物にばかげた行動をとらせる。われわれはおそらくこの先も、その手の原稿が持ちこまれるたびに、すみやかに突き返しつづけるのだろう。

先のような返答を聞かされて、ミス・マクリアリーが低い評価を覆《くつがえ》すはずがない。原稿を読むと約束し、二度と会うこともないと確信しつつ、ミセス・ベネットを帰した。

当時から今日に至るまで、机の抽斗に鍵をかけて保管してあるものがある。ミス・マクリアリーが『放蕩息子』について書いた報告書だ。

「目を悪くするのを覚悟で、この手書き原稿を百ページ近く読みました。序盤は支離滅裂で、中間を飛ばして終盤を読んだところ、いっそうひどい出来でした。作中人物の話し方は、並みの小説の登場人物に近いと言えなくもありませんが、問題は天とも地ともつかぬ土地の方言によるる台詞まわしです。わたくしはマサチューセッツ州の出身ですから、この小説で多く舞台となるピッツフィールド、レノックス、ストックブリッジ、シェフィールドなど、州最西端の丘陵地帯で使われるいわゆる農民ことばには精通していますが、マサチューセッツの農夫が、現地の方言と西部や南部やニューヨークに特有の言いまわしを混ぜこぜにして使うのにはお手あげです。そうした例を三ページ、四ページ、七ページ、十ページなどなどで見かけました。もしかしたら、語法に無頓着なこの広大な国では、あらゆる地域で使われる方言をひとつに融合する人間が進化しつつあるのでしょうか。わたくしには信じられませんが、それらのページのすべてでそんな人物が大活躍します。

描写の腕も台詞と大差がなく、女学生趣味です。お気に入りの形容詞は〝みごと〟と〝雄大〟と〝すばらしい〟。〝みごと〟な景色でないときは〝雄大〟な景色、〝雄大〟な景色でないときは〝すばらしい〟景色が登場します。二十七ページの滝は三つを兼ね備えています。値の張らない家はすべて〝貧相〟で、値の張る家はすべて〝堂々たる邸宅〟です。

年収が千ドルに満たない人物はみな高潔で、気に障ることがあるとすかさず聖書を引用します。男性は一様に正直で、誠実で、品行方正で、まじめで、慎み深く、女性は一様に美しく、愛らしい声で話します。年収が千ドルを超えると、全員が悪人です。酒飲みで、ぺてん師で、盗人で、無作法者で、嘘つきです。容貌も醜く、〝その顔には邪悪な情念が刻まれている〟と書き添えることを著者はけっして忘れません。

終盤に近づくと、男女入り交じった悪人たちは、手に手をとった男女の主人公から、選び抜かれた聖書の引用句を怒濤のごとく浴びせられ、総崩れとなります。そして流血。悪人同士が仲たがいし、うまい具合に殺し合います。女悪人の親玉は馬に頭を蹴られて絶命。そして結婚行進曲。大衆は歓喜し、農民は踊る。悪人は滅び、善人は末永く幸せに暮らす。おしまい。

三文小説もいいところです。くだらない。こんなものは要りません。

追記。これほどの愚劣きわまりない作品について、なぜこうも長々と書き連ねたのか、自分でもわかりません」

後年、ミス・マクリアリーとわたしは、この新人の処女作の評価についてたびたび語り合ったものだ。追記のことを何度も尋ねたが、返ってくる答はいつも同じだった。ひとつかふたつの文で事足りるところをなぜあれほど細かく論じたのか、どうしても説明できないというのだ。思うに、彼女はあの原稿に大立腹したのではなかろうか。自分で考える以上に、腹立ちの程度が大きかったということだろう。

通常の手順で進めば、原稿はただちにミセス・ベネットのもとへ返送されるはずだった。実のところ、ミス・マクリアリーはそれを梱包して送り返すよう、雑務係の青年に言いつけた。多忙な一日であったなら、すぐに処理されていただろう。危うくオーレリア・ベネットをつかまえそこねるところだったと思うと、いまでもときどき震えが来る。だが、その日はたまたま暇だったので、青年はなんの気なしにその原稿を読みはじめた。五時になってわたしが家路に就こうとしたとき、青年はそれに読みふけっていた。熱中するあまり、こちらの足音にも気がつかない。

わたしは声をかけた。「気に入ったのか、アレック」

「最高ですよ、ミスター・ピーボディー」

「ほんとうに?」

アレックはうなずいた。「ミス・マクリアリーのご指示どおり、今晩送り返さないといけませんか」

なんの原稿を読んでいるのか、そのときはまだ知らなかった。わたしは眼鏡をかけて、肩越しにのぞきこんだ。「これはミス・マクリアリーが気に入らなかった本だね」

「はい。『放蕩息子』――ベネットというご婦人が書いた本です」

わたしは言った。「アレック、わが社の仕事に興味を持っているようでうれしいよ。読みたいなら、急いで送り返すこともない。この事務所で読みなさい。そして、なぜ出版しないことにしたのか考えてみるんだ」

「わかりました。ありがとうございます」翌朝、アレックが熱心に原稿を読んでいる姿を見かけなかったら、そのままますっかり忘れてしまったことだろう。

わたしがはいっていくと、アレックは顔をあげた。

「けさはいちばんに来ました、ミスター・ピーボディー。七時からいます」

「まだ読んでいるのかい——その——『放蕩息子』を？」

「はい。半分終わりました。どんどんおもしろくなります」

「ということは、出版しない理由はわからないんだね？」

「はい、いまのところは。でも一語も漏らさず読むつもりです」

「まあ、最後まで読みたまえ。ゆっくりでいい」

わたしはミス・マクリアリーを呼んで、事のしだいを話した。

ミス・マクリアリーはいきり立った。「わたくしは専門家ですよ。少なくとも、それでお給料をいただいている身です。あなたは十六歳の雑務係の意見を聞き入れて、わたくしの意見をないがしろになさるのですか」

そんなつもりはなかった。「そんなことは言っていませんよ、ミス・マクリアリー。ただ、アレックがあれほど気に入って、つづきを読みたい一心で朝の七時に出てきたのは——」

「あれが三文小説だということです。わたくしの報告どおり」

「ええ、そうとも！　そうでしょうよ、ミス・マクリアリー。だが、駄作にも読者がいるということにもなる」

ミス・マクリアリーは鼻先で笑った。「ふん！　その手の読者に迎合したことは、これまで一度だってありませんわ」

「ああ――だが、そうしていたら、わが社はもっと潤っていたかもしれない」

目に炎をたぎらせ、両手を腰にあてて直立するミス・マクリアリーの姿を、いまでも忘れない。「自分で読んでごらんになったら、ミスター・ピーボディー」

「いや」わたしはきっぱりと言った。心はもう決まっていた。「アレックが読み終えたら、家へ持って帰って、別の読者の感想を探ります」

「ミスター・ピーボディー、わたくしの仕事がご不満でしたら――」

「とんでもない、ミス・マクリアリー！　ただ、ちょっとひらめいたんですよ。新しい化学書を出すときは、まず化学者の感想を聞く。経済関連の本を出すときは、経済学者の反応をうかがう。だから、三文小説を出版しようと思うなら――それでひと山あてた同業者はいくらもあることだし――小むずかしいものはわからないから三文小説がいいという人たちの意見を聞くべきではないか、とね」

あの当時――わが社の歴史上最も危機に瀕していた時期――のことを思い返すと、おのれの大胆さに驚く。わたしは父の営んでいた健全な出版社を継いだ。教科書のほかに小説も何冊か出版したが、小説の選定はほとんどミス・マクリアリーにまかせていた。父のもとで長く働いた人であり、彼女の忠告は聞くようにと父から勧められていた。わたしはそれに従ってきたた――しかし小説部門の業績は低迷をつづけており、やめてしまおうかと一度ならず考えたものだった。

ミス・マクリアリーは気でも変になったのかという目でわたしを見た。「ミスター・ジョン、資金はあなたのものですから、どうお使いになろうとご自由です。けれど、格調の高さで定評のある老舗の出版社が、こんな低俗な読み物を世間に垂れ流すのは耐えられません」

わたしが返答を思いつくより先に、彼女は執務室を飛び出していった。

アレックが原稿を読み終えると、わたしはそれを家に持ち帰り、女料理人に手渡した。「ベラ、これを読んでごらん」

一週間後、わたしが忘れかけていたころに、ベラはそれを返しにきた。

原稿に涙の跡があるのに気づいた。

それだけでもじゅうぶんだったが、わたしは尋ねた。「どうだった、ベラ?」

「ミスター・ピーボディー、その本を売り出されるときは、わたしにも一冊買わせていただけませんか。代金はお給料から差し引いてくださってけっこうです」

わたしはそれを出版した。

新聞では一様に酷評され、ミス・マクリアリーは嬉々として、最も手きびしい批評をわたしのもとへ持ってきた。

わたしは自分の浅はかさに思い至り、それを認めた——が、十日とたたないうちに初版が売り切れ、重版をかけなくてはならなくなった。

ミス・マクリアリーは、痛烈な批評を選りすぐってわたしの机に置くことに、意地の悪い満足を覚えていた。

わたしはそれらを読んだ――売り上げの勘定をしながら。

わたしは言った。「批評家の面々はお気に召さないらしいが――」

「そのようですね」

「大衆は買ってくれている。あす、さらに増刷の手配をしますよ」

「承知しています」

「ミス・マクリアリー、わが社はこの小説で過去最高の収益をあげることになりますよ。作者に一筆書いてくれませんか――名前はなんでしたっけ――そう、ベネットだ――なるたけ早く、今後の仕事のことをご相談したいと。ああ、それから、新しい雑務係を雇ってください」

ミス・マクリアリーはわたしを見た。「アレックを解雇するのですか」

「いいえ。昇格させるのです」

アレックにきょうの日記を読ませたら、大笑いしていた。二十五年前から、彼はわたしの共同経営者となっている。

2

六月十五日　水曜日
気温　摂氏二十三度

天候　温暖
肝臓の具合が思わしくない。あす医者にかかろう。

これほど詳細な日記をつけているのは、もちろん、いつの日か出版したい気持ちがあるからだ。

わたしはたくさんの興味深い人物に会う。

オーレリア・ベネットの小説を立てつづけに出版したおかげで会社が大きくなってからというもの、多くの有名作家がわたしを訪ねてきた。ベネットの本を――しかもそのほぼ全作を――十万部も売ることができるなら、自分の本もそれだけ売ってもらえるはずだと思うらしい。けれども、わたしはこう告げる。「ベネットはこの世にひとりしかいません。ベネットを研究なさい。著作をすべて読んでごらんなさい。いつか彼女のように書けるようになるでしょう」

だから、二日前の日記に書いた逸話だけは、けっして活字にしないつもりだ。オーレリアの版元であるわたしが、彼女の作品は読むに耐えないと認めるのはけっして得策ではない。五冊目か六冊目が出たあとにミス・マクリアリーが指摘したとおり、どの作品もみな同じなのである。一作目の主人公と最新作の主人公は入れ替わりうるし、悪役にしても、以前は馬車を使っていたのが、最新作ではぴかぴかのしゃれた自動車を乗りまわしている、というちがいしかない。すべての作品で、オーレリアの大好きな格言どおり、〝悪は罰せられ、正義は勝つ〟。そうあるべきだとわたしも思うし、長きにわたって態度を崩さなかった彼女が、その手法ゆえに富を手にしたとしても、批評家たちにとやかく言われる筋合いはない。

わたしはオーレリアの誕生祝いの招待に応じた。そして、広報部がふさわしい宣伝活動をするよう取り計らった。七十歳の誕生祝いともなると特別の行事だから、ちょっとした趣向を考えた。記者や映画会社の人間を事務所に集め、そこへ、何十年も前と同じように分厚い原稿の束を脇にかかえたオーレリアを登場させる、というものだ。『放蕩息子』の原稿はまだ保管してあるから、それを使えばうってつけだろう。とはいえ、すでにミス・マクリアリーも亡くなっており、われらが最高のドル箱作家の処女作を採用したいきさつを、この期に及んで記者連中に明かすのは気が引ける。それに、現在の事務所は、オーレリアがはじめて敷居をまたいだ日に使っていた二階上の部屋と比べると、まるで宮殿だ。

一日だけ昔の事務所を借りるとか、俳優を雇うといった方法もとれるかもしれない。それらの案に加えて、オーレリアを守護聖人と崇める数百の婦人クラブから代表者を選んで列席させてはどうかと、きのうアレックに提案した。ところがアレックは承知しなかった。「ねえ、ジョン、眠っている犬はそっとしておくものですよ。批評家たちはベネットを目の敵にしているし、スティックニーがだまってはいないでしょう。三文小説は永遠に三文小説なんですから」

わたしは言い返した。「作者が七十歳の女性でもかい」

アレックは顔をしかめた。「あの人は、ああいう作風のものから卒業すべきでしたよ――ぼくがそうしたようにね」

アレックの見識には一目置いているので、それ以上食いさがるのはやめた。とはいえこの日記には、偉大な人物との思い出を記憶にとどめる目的もあるのだから、初対面から現在まで、わたしがオーレリアから受けた印象をこのあたりで記すのも悪くあるまい。

オーレリアはニューイングランド人で、本人もそのことを誇りにしており、しかもひと目でそれとわかる顔立ちの持ち主だ。額は広く、瞳は薄黒い。鼻は短くてまっすぐで、口は真一文字の切れ目を思わせる。顎は小さいがしっかりしている。

オーレリアが三十三年前もいまも具《そな》えるこうした容貌は、わたしの感覚では、典型的な清教徒のものだ。とはいえ、清教徒らしいところはそれしかない。誤解かもしれないが、清教徒の女性というのは、鉤針編みにも鋤《すき》の扱いにも適した手で何事をもこなすものだとわたしは思っていた。オーレリアの手は、筋張っているものの、並はずれて小さい。はじめて握手をしたときには、わたしの手にすっぽりおさまってしまいそうで驚いたものだが、それ以来毎度驚かされている。わたしが手のことをほめるたび、本人はいつも気をよくしているようだった。その点は長年心に引っかかっていたのだが、きょうになって答が見つかったと思う。オーレリアはグラント・ウッドの絵画〈アメリカン・ゴシック〉そのものだ（覚書　グラント・ウッドについて知っていることも忘れずにこの日記に書くこと）。もっとも、本物の中西部の女の手は、オーレリアには縁のないきつい労働のおかげでたくましいものだが。

オーレリアは背丈のあるほうではなかった。わたし自身は六フィートに満たないが、彼女が足を引きずりながらはじめて事務所へ来たとき、ゆうに八インチはわたしのほうが高かった。半年足らず前に脚を骨折したと聞いて、わたしはあわてて机のそばに椅子を持ってきてやった。

彼女は腰をおろした。その口は決然と閉じられていた。変てこな手提げ袋を持っていて、それをわたしの机に置いた。わたしは意志の固そうな顔にじっと視線を注ぎ、深くくぼんだ目から放たれる力強い輝きを見てとった。

オーレリアは大まじめだった。

「ミスター・ピーボディー」すぐさま切り出した。「わたしの本はだめだとおっしゃるためにお呼びになったのでしょうね」

わたしは驚いて、息を呑むしかなかった。

「目につくかぎりの書評をみな読みました。どれもひどいものでしたわ。批評家はわたしのことをまるで罪人のように書いています。いやな人たち！　ああ、なんていやな人たちなの！」

彼女が小さな手を握ったり開いたりするのを見て、わたしはおのれの首を絞めることになりそうなあらゆる批評家に同情した。

「わたしがご清潔な話を書いたといって――女学生を赤面させることばのひとつも出てこないからといって――あの人たちは笑うのです！　わたしがめざしたのは、悪が罰せられ、正義がつねに、そう、つねに勝利をおさめることだったのに！……少しは売れたのですか？　一冊も売れなかったとは言わせませんよ。一週間前、若い女性が一冊持っているのを見ましたから。買ってくださったのかと尋ねたかったのですが、勇気が出ませんでした。見たところそういう感じではなかったけれど、ひょっとしたらあの恐ろしい批評家のひとりかもしれないでしょう。あの人たちはただで本を手に入れますしね」

わたしは言った。「ミセス・ベネット、あなたは新人なので、初版は千五百部だけ刷りました」

「そのぶんはまだ売れ残っているのですか」

「第二版は二千五百部刷りました」

「なぜ重版などなさったのです？」

「第三版でさらに二千五百部刷りました」

「ミスター・ピーボディー！」

「それからさらに三度、重版の注文を出しましたが、売り上げはまだ落ちる気配がありません」

「それはつまり――つまり、それだけの数の人たちがあの本を買ったということ？」

あまりにもよい知らせは、あまりにも悪い知らせに劣らず人心を惑わすものだが、わたしはどうしたらよいかわからなかった。事務所へはいってきたとき、オーレリアの顔には苦悩がにじんでいた。いま、その目に浮かびつつあるのは、三分の二は信じられないといった表情で、三分の一は、最後の瞬間に刑の執行を免れた死刑囚の表情だった。

わたしは胸を打たれ、これだけ言うのが精いっぱいだった。「ミセス・ベネット、これが売り上げの記録です。ご自分の目でご覧なさい」

わたしはそれを手渡し、窓際へ行って外をながめた。いつものことだが、ブロードウェイはごった返していた。道行く人たちの四人のうち三人が、オーレリアがこれから出す本の未来の読者だと思えた。

「ミスター・ピーボディー!」

わたしは振り返った。

「この紙の内容はよくわかりませんけれど、もしかして――ほんとうにもしかすると――この本は大あたりする見こみがあるのかしら?」

「ミセス・ベネット、すでに大あたりしているのですよ」わたしは一瞬ためらったのち、はっきり言った。「ミセス・ベネット、このぶんでいくと、今期最大のベストセラーになる可能性もじゅうぶんあります」

「批評家のお眼鏡にかなわなくても?」

「大衆が買っています」

「ああ……ああ……ああ……!」

わたしはふたたび背を向けた。いまにも泣きだしそうな気がしたからだ。ところが、思ったより相手は図太かった。

「ミスター・ピーボディー、わたしはつぎの本を書こうかと考えていたのですよ」

「出しましょう」

「お読みにもならずに?」

「完成しだい出しましょう」

「まあ……では今後もせっせと書かせていただきますわ。書きたいことはいくらでもあるんです。イギリスにいたことがあるから、そのことを書きたいわ。西部を旅したことも書きたいし、カリフォルニアにいたときのことも書きたいです」

「どんどんお書きなさい、ミセス・ベネット。わが社が出版します」

「行ったことのある場所はすべて、わたしにとっては一冊の本なのです。シアトル、ポートランド、タコマ、スポケーン、サンフランシスコ、ロサンゼルス、サンディエゴ、ロングビーチ、ソルトレークシティ、デンヴァー、ビュート、ビリングズ、カンザスシティ、セントルイス、シカゴ——そして生まれ故郷のニューイングランド——」

「全部書いたらいい——とにかく書くのです」

「ああ……ああ……ああ……！」

オーレリアはわたしの目の前でみるみる大きくなっていくようだった。

「ミスター・ピーボディー？」

「なんでしょう」

「こんなことは申しあげにくいのですが、靴がだいぶすり減ってしまって。できましたら——新しいのを買うだけのお金をいただけないでしょうか」

わたしはミス・マクリアリーを呼んで、五百ドルの小切手を用意するように言った。それは彼女に頼むべき仕事ではなかったが、そう命じる快感に抗しきれなかった。

ミセス・ベネットは金額に動じた様子もなく言った。「銀行に口座を持っていないのです。小切手では困ります」

「ミス・マクリアリーに付き添わせて、うちの取引銀行に口座を開設しましょうか。通りのすぐ向かいです」

オーレリアは初対面のような顔でミス・マクリアリーを見た。だれだか覚えていなかったにちがいないが、ミス・マクリアリーの体面を考えると、それは幸いだった。「いいえ。口座を作るのなら、ニューイングランドの銀行にします。きょうのところは現金のほうがありがたいわ」

紙幣を持ってくるように言うと、ミス・マクリアリーはいそいそと退室した。

のちにわたしがたびたび出くわすことになる商魂が顔を出したのはそのときだった。「今回の本は五百ドルでけっこうですけれど、つぎはもう少し頂戴できますかしら。最低でも七百五十ドルくらいは」

きょう手渡す報酬は高額の支払いの初回ぶんにすぎないことを、わたしは説明した。本人は理解できないようだったが、印税契約には売り上げ部数に応じて率が変わるスライド制が適用され、『放蕩息子』の売れ行きが最終的に落ちるまでにその印税でひと財産築けるだろうとも話した。けれどもオーレリアは身を入れて聞いてはいなかった。もっと重要な疑問があったからだ。「ミスター・ピーボディー、あなたならご存じでしょう。わたしがこの本一作で稼ぐのと同じくらいのお金を、批評家は一年で稼ぐものでしょうか？」

「いいえ、断じて否、です」

「きょううかがったことのなかで、それがいちばんうれしいわ」

もどってきたミス・マクリアリーから現金を受けとると、オーレリアは意外にも慣れた手つきで紙幣を数えた。一枚だけ抜きとったので、ミス・マクリアリーにチップを渡すつもりでは、と一瞬肝を冷やしたが、そうではなかった。ほとんどひとりごとのように彼女は言った。「新しい靴を買うつもりだったけれど、やめておきましょう。角を曲がったところに、待つあいだに五十セントで靴底を張り替えてくれる店があったから、あそこへ行けばいいわ」

オーレリアは立ちあがった。誓って言うが、その背丈はにわかに六インチ高くなった。「ではさようなら。ごきげんよう」そう言い残し、勝利を果たした英雄の足どりで事務所を出ていった。

3

六月二十一日　火曜日
気温　摂氏十九度
天候　雨、冷涼

オーレリア・ベネットにまつわる回想をしたためはじめたのは一週間余り前のことだ。きょうの午後も来客の予定がほとんどないから、回想録をさらに書き進めよう。

処女作の成功に対するオーレリアの反応は、第二作に関してよりよい条件を求めるというものだった。当人にしてみれば、もっともな要望だ。わたしが承諾すると、ミス・マクリアリーは言った。「見ていなさい。一作目はまぐれであたったけれど、二作目は不発弾よ」

届いた原稿を読みはじめたミス・マクリアリーは、太陽が水を吸いあげるように、眼鏡をかけた目で文字を吸いあげていった。

わたしは尋ねた。「どうでしょう」

「人物の名前と背景がちがうだけで――といっても、背景は〝みごと〟で〝雄大〟で〝すばらしい〟ままですけれど――ほかは『放蕩息子』そっくりです」

「それで何が不足なのです」

「大衆は二度も受け入れるでしょうか。一作目では、悪玉の女は愚鈍きわまりない馬に頭を蹴られました。りこうな馬だったらもっと前の章で蹴っていたはずですけれどね。こんどの本では、ガラガラヘビに嚙まれて、悶え苦しんで死にます。一度きりしか、こんな小説は売れたり――」

「いまだに売れていますよ」

「不愉快ですから、思い出させないでください。だけど、二作目もそんなふうにいくかしら」

「アレックに訊きましょう」

「わたくしの薦めたアディソンやスウィフトを読んでつまらないと言った、雑務係あがりの人にですか?」

「そうです」

「ベネットなんてもうたくさんだと思っているかもしれませんよ」

「思っていないかも」

「そうね。あの人なら気に入ってもおかしくないわ」

「もし気に入るようなら、出版しますよ」

「気に入らなければ?」

「いずれにせよ出します。一度あたりをとったニューイングランドの女流作家は、二度目もやってくれるでしょう」

ミス・マクリアリーは軽蔑もあらわに、最悪の事態を待ち受けた。アレックが原稿を読み終えてわたしのもとへ届け、以後おなじみとなる判定のひとことを口にした――「いけますよ」。刊行して三週間たったころ、ミス・マクリアリーはわたしの執務室へ来て自分の非を認めた。

わたしは言った。「わかってくれると思っていました」

ミス・マクリアリーは言った。「これからは、ベネットの書くものはなんでも出版しましょう」

わたしは思わず相好を崩した。「ずっと前にそう決めていましたよ」

「あの人の本は売れます」

「永久に売れつづける気がするくらいだ」

「もっといい条件を要求してくるでしょうね」

「それだけの資格はありますよ」

五作目か六作目を書きあげたころ、オーレリアは出版代理人を立てた――ドワイト・チャールトンだ。彼女はいくぶん尊大な態度で、その男を紹介した。「商売上のことにかかずらっていたのでは、執筆の時間がとれません。今後、そうした事柄はミスター・チャールトンがわたしに代わって処理します」

ミスター・チャールトンは出版契約書など見たこともなく、書物や出版業界についても何ひとつ知らなかった。しかし呑みこみは速かった。オーレリアの原稿をニューヨークじゅうの出版社に売りこんでまわり、わが社の買い値を否応なく吊りあげて、法外な契約金を支払わせた。一冊でもはずれたら、われわれには大きな損失となる金額だ。

けれども、はずれることはなかった。一度たりとも……。オーレリアは大衆の好みを熟知し、同じ作風を貫いた。読者はどの本も前作と似ていることを望み、彼女はけっしてそれを裏切らなかった。ミス・マクリアリーが指摘したとおり、背景を少々いじるだけで、人物の役まわりは変えなかった。悪はいつも罰せられ、オーレリアの銀行口座にはいつも金がうなっていた。

駆け出しのころのオーレリアは靴一足買うのにも逡巡していた。二年もたつと目に見えて身なりがよくなった。最初に教えられたむさ苦しい住まいからは引っ越した。アパートメントを手に入れ、執事を雇った。暮らしぶりが派手になった。とはいえ、たっぷりある収入の範囲を超えて散財することはなかった。

「覚えていてください」ミス・マクリアリーが言ったものだ。「あの人はロケットですよ。弾頭のごとく上昇し、棒きれのごとく落下する」

「標語の刺繍はもう注文に出しましたか?」

「いま言ったとおりに?」彼女はすかさず言った。

「いえ、〝悪は罰せられ、正義は勝つ〟です」

「ふん!」と言ったのち、ミス・マクリアリーは薄笑いを浮かべた。老いてなお未婚のせいか、他人の不品行にはつねに目を光らせている。「あのふたりは何かあるとお思いになりません?」

「だれの話ですか」

「ドワイトとオーレリアです」

「オーレリアのほうがずいぶん年嵩だ。ドワイト本人が言っていましたよ」

「それならよけいに、彼女には魅力的でしょう。あの人は未亡人ですし、未亡人はときに孤独なものです」

「ミス・マクリアリー」わたしは言った。「オーレリア・ベネットの作品にもっと親しめば、徳のある人は孤独とは無縁だと気づくはずです。徳行はそれ自体に報いがある」

老嬢はわたしを見つめた。当時六十五歳だったはずだから、それから二、三年ほどで世を去ることになる。あとにも先にも聞いたことのない、奇妙な声音で彼女は言った。「ミスター・ピーボディー、その報いとやらがどれほどわずかなものか、一度でも実感なさったことがおあり?」

ふたりの関係がどうであれ、オーレリアはチャールトンの導きで資産を有効に使った。賢明な投資だとわたしが勧めたこともあって、田舎に邸宅を買った。アンティークの家具も買い集めた。たいそう金がかかったが、家のなかが家具でいっぱいになった時点で、買うのをやめた。

当然ながら車を手に入れ、秘書も雇った。だが田舎は誘惑が少ないこともあって、執筆に精を出し、さらに富を得た。

4

七月一日　金曜日
気温　摂氏二十五度
天候　暑気

けさ病院へ行って、しっかり診察を受けた。肝臓は心配無用だと医者は言った。おそらく七十歳まで生きますよ、とも。

わたしは言った。「半年前に七十になったのはご承知ですか」

医者は答えた。「だったら七十まで生きると確約できますな」

ろくでもない藪医者だ。


あすは夫婦でオーレリアの家へ出かける。何度か訪ねたことがあるが、そのたびに、よくもこれだけ退屈な人間ばかり集めたものだと驚かされた。最初の折は、ほかの作家諸氏――いわゆる知識人たち――にお目にかかれると期待していたが、代わりに引き合わされたのは、垢抜けない親類縁者の一団と、ドワイト・チャールトンだった。

わたしは妻に言った。「オーレリアがほんとうに刺激になりそうな客を招こうとしないのが不思議だよ」

イーディスは小さく笑って言った。「そんなことするものですか。自分が舞台の中心にいたい人なのよ」

5

七月二日　土曜日
気温　摂氏二十一度ほど。ここには寒暖計がないらしい。

天候　良好
オーレリアの家に来ている。このあたりはいつも街より涼しい。田舎は心地よく、ここで週末を過ごすのはいい保養になるはずだ。

ドワイト・チャールトンはわたしたち夫婦のすぐあとに到着した。

「新作の評判はどうだい」

「上々だ」

「オーレリアにも言ってくれたかい」

「ああ」

「どんどん言ってやってくれ。ほめすぎにはならないから」

チャールトンはオーレリアのよき友人だ。実のところ、あの男が商売上の面倒を見てやっていなかったら、彼女はいまごろどうなっていたことか。浪費することはたやすい。忠告を与えるチャールトンの存在がなければ、多額の収入を一セント残らず無駄に使ってしまっていたにちがいない。突然の貧困に慣れるのはむずかしいが、突然の贅沢に慣れるのはさらにむずかしい。

夕食は、オーレリアが最初にひと儲けしたときに雇い入れて以来ずっといる執事が給仕した。愉快な食事だった。オーレリアはよくしゃべり、いつもより歯切れがよく感じられた。チャールトンはオーレリアの秘書のミス・ハーモンと無駄話に興じていたが、彼女のほうは話しかけられてうれしそうだった。ミス・ハーモンはおそらく三十五歳を超してはいまい。チャールトンは父親といってもよいほどの年齢だが、臆することなく彼女を食後の散歩に連れ出した——月明かりの庭で池をながめよう、という誘い文句で。

ミス・ハーモンがついていったことにわたしは少々面食らったが、オーレリアはうれしそうだった。

「ドワイトは好人物すぎていまだに独身なのよ」

「あの歳ではね」家内が言った。「もう機会がないでしょう」

「それはどうかしら。ミス・ハーモンを手放すのは惜しいけれど、もしそれでドワイトが幸せになるのなら——」オーレリアが珍しく感傷的になったので、イーディスとわたしは即座に顔を見合わせた。

長年のあいだ胸にあった疑問を、わたしは思いきって口にした。「オーレリア、イーディスとわたしは、あなたがなぜ彼と連れ合わないのか不思議に思っていたのだよ」

機嫌をそこねるのではないかと少し心配したが、そんなことはなかった。「ドワイトはわたしより歳下なのよ」

「だとしても……」

「わたしは夫と——ミスター・ベネットと——結婚して幸せだったから、また別の人と幸せになれるなんて思いもしなかった。こんなことが言えるのも、もう七十のおばあさんになったからよ……それに、読者のことも考えなくてはね。わたしが再婚などしたら、どんな気がするかしら」

チャールトンは二十分もしないうちに庭からもどってきた。「ミス・ハーモンは家へ帰ったよ。送っていくと言ったんだが、よその人と村を歩くのは気が進まないそうだ。車で送るのはどうだろうと訊いたけど、それはなおさらだめらしい。よその人というけど——ぼくはこの土地の生まれなんだがね」

「ミス・ハーモンって」家内がだしぬけに言った。「感じのいい人ね」

「わかっています」チャールトンは言った。

イーディスがことばを継ぐのを待ったが、それきり口をつぐんだ。それはオーレリアへの合図だった。

「なぜ彼女と結婚しないの、ドワイト」オーレリアは尋ねた。

「あなたを愛しているからだよ、オーレリア」チャールトンはあっさり言った。

わたしは息を呑んだ。「イーディスとわたしははずしたほうがいいな」

オーレリアは笑ってかぶりを振った。「あなたがたがいても少しも邪魔じゃありませんよ。そうでしょう、ドワイト？　この人はずっとずっと昔からわたしを愛していると言いつづけているんです。それに対してわたしは、だれかに愛されるのはうれしい、としか答えたことがないの」

わたしたちは十時に部屋へ引きあげた。

「この家にいるのはいい人ばかりね」寝支度をしながらイーディスが言った。「オーレリア、ミスター・チャールトン、ミス・ハーモン――それにもちろん、あの愛すべき老執事と、思いのほか食べやすいニューイングランド料理をこしらえる黒人の料理人もね」

「そう決めるのは、あす来る人間を見てからにすることだ」わたしは言った。

6

七月三日　日曜日

事前に気づいていれば、オーレリアの誕生祝いに寒暖計を贈ったのに。家じゅうにひとつもないから推測するしかないが、気温はやや高めだろう。

天候は晴れ。

イーディスとわたしは朝食を終えてすぐドライブに出かけた。この近辺にはたびたび来ているが、出かければ新来の客たちと早々に顔を合わせなくてすむ、とわたしが提案したのだった。わたしたちはできるだけ遅くもどった。

プラット家の面々がすでに着いていた。チャーリー・プラットはミセス・ベネットの怠け者の甥で、狩りと釣りのほかは何もせずに暮らしている。ミセス・プラットは干からびたニューイングランド女だ。娘のアリス・ミンターンはまぎれもない美人だが、その夫のミスター・ミンターンは出しゃばりで、横柄で、鼻持ちならない男だ。アリスと結婚したことで一家に恩恵を施したと思っていて、世間の娘婿とはちがい、まるで使用人を相手にするかのように、義理の両親にあれこれ指図をする。ミンターンに人前で罵倒されても、三人は笑ってやり過ごそうとする。

だが、そんなことにはだれもごまかされない。わたしは以前、ミンターンがわざと一家を蔑《さげす》む物言いをしたとき、アリスが髪の根もとまで赤くなったのを見たことがある。

ミンターンはことさら仰々しくわたしに挨拶した。実業家が同業者を歓迎する態度だ。そしてもったいぶった態度で、商売の調子はどうかと尋ねた。

わたしはなるたけ簡単に返答して、アリスとしゃべりはじめた。はるかによき夫となったはずの若者と婚約していたアリスが、両親を養ってやるというミンターンの申し出を受けて、若者との結婚を断念したいきさつをわたしはよく知っている。ミンターンはその申し出を、世にも恥ずべき形で実行しているわけだ。

それからスティーヴンズ一家――またしても親族――がやってきた。愛くるしい小さな娘もいっしょで、アリスは心底いとおしそうにその子にキスをした。ミンターンはそんな妻を、裏切り行為でも働いたかのようににらみつけた。事情を察して、わたしは苦笑した。この二家族はオーレリアの相続人の立場にあり、親しいとはとうてい言いがたい。そう遠くない将来、莫大な遺産が分配されるときが来たら、両家とも一セントでも多くせしめようとすることだろう。それはともかく、スティーヴンズ家の面々は見るからにうらぶれている。オーレリアにはわけもないことなのに、なぜ多少とも助けてやらないのか不思議でならない。

わたしがオーレリアの親族をどう思っているのか、チャールトンは知っているので、そのことについて話し合った。ありふれた一族からひとりの天才が出現した、とチャールトンは解していた。「オーレリアの死を待ち望むあの態度は、浅ましくて見ていられないね。ミセス・プラットはあのなんだかよくわからない敷物に目をつけているし、ミセス・スティーヴンズは見かけ倒しの家具にご執心だ。いつだったかミセス・プラットが、来客用寝室の炉棚の上に掛けてある石版画が好きだと話したので、〝どういうことはない石版画ですよ〟と言ってやったら、〝あらそう？　だったら、ほかのものにしたほうがよさそうね〟だとさ」

わたしはチャールトンに言った。「なぜオーレリアは生きているうちに援助してやらないのだろう。たいした負担にはなるまいし、墓まで印税を持っていけるわけでもない」

「援助しているとも」チャールトンは言った。「だが、やつらは金づかいが荒いんだよ。冬服を買う金をやっても、どうせ贅沢品に注ぎこむだけだ」腑に落ちなかったが、彼のほうが一族の事情に通じている。「プラット一家には、援助は必要ない」と話はつづいた。「ミンターンはたっぷり金を持っている。それでも財布の紐をゆるめないのは、そうやって金まわりがいいところを見せたら、遺言がスティーヴンズに有利なものになりかねないからだ。同情を引こうと狙って、落ちぶれたふりをしている。しかしここだけの話、オーレリアはあの吸血鬼ども全員をきらっているんだ」

「アリス・ミンターンはどうなんだ」

「金持ちの夫を射止めたあっぱれな娘だね」

スティーヴンズの子供が来るのを見たとき、愛嬌のあるしぐさや、ごく自然に顔に浮かぶ笑みがほんとうにかわいらしかったので、あの子のこともオーレリアはきらっているのかとチャールトンに尋ねたくなった。あんな愛らしい子に悪感情をいだく人間がいるとは思えない。けれどもチャールトンは、例によって自分を売りこもうとするミンターンにつかまっていたので、質問の機会を逸した。

振り返ると、スティーヴンズの娘を肩車した男が私道を歩いてくるところだった。窓からその様子が見えた。男は自分の部屋へ通されたあと、わたしたちのところへやってきたが、ひどく酒くさかった。

驚いたことに、その男はオリヴァー・ブライ・スティックニーだと紹介された。

スティックニーが何者かはもちろん知っている。この十五年以上にわたって、オーレリアの作品をことごとくこきおろしてきた男だ。まさか本人が彼女の誕生祝いに顔を見せるとは。やけに若く見えるのも驚きだった。一度も会ったことはないけれど、六十は確実に超しているはずで、そのくらいの歳だという認識がなかったら、二十ほど若く見積もっていただろう。

やがて、しばしふたりだけになったとき、わたしは言った。「長年物書きをなさっているかたにしては、ずいぶんお若く見えますな」

スティックニーは目をぎらつかせた。「アルコールは何よりもきく防腐剤でね」

どうやら、来られるものなら来てみなさいとオーレリアに挑発され、受けて立ったということらしい。

出版業者は影響力のある批評家に愛想よくしなくてはならない。だからわたしは愛想よく接したが、相手はまるきり愛想がなかった。それでも、会えたことは素直にうれしかった。話の合わない人間が大半を占めるなかで、自分の最大の関心事に興味を持つ人間と出くわすのは喜ばしいことだ。たとえ、のっけから、こちらの勧めた上等な葉巻をことわるような相手でも。とはいえ、わたしの見ていたかぎり、酒をことわりはしなかった……

昼食を終えてすぐ日記をつけるのがわたしの日課だ。きょうはそれが果たせなかった。庭でコーヒーが出されたあと、ある愚か者が車庫でちゃちなライフルと弾薬を見つけて、みんなで射撃をする羽目になったからだ。

執事のタムズがたいそう気を揉んでいた。はた目にもそれはわかった。

正しい方向に銃が向けられるよう、撃ち手が替わるたびにうろつきまわっていたし、もうひとりの使用人のウィリットにも手助けを頼んでいたようだ。

ある共通のものに対して人が示す反応というのは、実におもしろい。どんな女も、老若を問わず衣服には興味を示すし、どんな男も、長幼を問わずライフルには興味を示す。

わたしは数発撃ち、結果はまずまずだった。イーディスも撃った。スティックニーは、それまでに飲んだ酒の量を考えれば、驚くほどうまかった。チャーリー・プラットは十秒間に五発の連射に挑み、少なくとも四発は的の黒丸に命中させた。スティーヴンズの子供までもが、母親に銃を支えてもらって撃った。

ドワイト・チャールトンだけが射撃に加わっていなかった。はじめてしばらくたってから、彼の姿がないのに気づき、わたしは母屋のほうを振り返った。チャールトンが阿舎《あずまや》にひとりですわっているのが見え、自分もそうすればよかったと思った。もともと貫禄のあるほうではないが、子供じみたニッケルめっきのライフルで紙の的を撃ち抜こうとするわたしを見たら、会社の連中はなんと言うだろう。

オーレリアが毎昼食後に欠かさず一時間昼寝をするのをわたしは知っていた。タムズが庭へ出てきて、オーレリアが目を覚ましたとみんなに告げたときには、大いにほっとした。

わたしたちは歩いて母屋へもどった。

チャールトンに声をかけようかと思ったが、踏みとどまった。あの男は射撃をずっと見ていたわけだし、ばかげた遊びにわたしが加わったことについて何か言われるかもしれなかった。

チャールトンが何を思っていたのかは、いまもってわからない。というのも、午後遅くになって、わたしたちにいとま乞いもせず、唐突に街へ帰ってしまったからだ。しかしそのおかげで、こうして日記帳に向かい、高名な作家の七十歳の誕生祝いがいかに予想外のものになったかを書き記す時間ができた。わたしがささやかな祝辞を述べるあいだ、親戚の連中はまぬけ面をしてこちらを見ていた。プラットはくだらない詩を披露し、チャールトンは文学について語るのではなく、自然の美とやらについて講釈を垂れた。スティックニーは、目に余る図々しさでアリス・ミンターンにつきまとっていたが、それを中断して簡潔にうまくしゃべった。あれほど酒がはいってなければ、もっと的確にまとめていただろう。そしてオーレリアはテーブルの上座について、幸せなおばあちゃんといった風情のにこやかな笑みを浮かべていた……

食事を終え、夜はみなでブリッジをした。イーディスとわたしは、スティックニーとアリス・ミンターンを相手にひと勝負した。はじめる前から、スティックニーを勝たせると決めていた。出版業者は批評家の機嫌をとらなくてはならない。ところが相手はかなりの腕前で、結局、目論んだ額の二倍を巻きあげられた。

そばで観戦していたミンターンは、よくわからないながらも、妻のアリスが勝っているので満足そうだった。

最後にわたしが負け分を払うために十ドル札を二枚出すと、ミンターンは場ちがいなほどうやうやしくスティックニーと握手をした。

検死官　法廷速記者は、これから述べる内容を審問記録として書き留めること。

ゆうべ、わたしは村の巡査二名、エイモス・スクワイアとメイナード・フィスクを電話で呼び出し、ベネット邸の門を見張るよう指示した。あの屋敷には、車が通れる大きな門と、歩行者専用の小さな門がある。

わたしは屋敷へ出向いた。自分の目で様子をたしかめ、交替要員を手配する旨をふたりの巡査に伝えるためだ。

いくつかの部屋に明かりがついていて、ミスター・タムズが階下で戸締まりをしていた。わたしが手を振ると、タムズは応対に出てきた。

わたしは言った。「起きているのはだれかね」

タムズは小声で答えた。「ミンターンご夫妻、ミスター・スティックニー、ミスター・ピーボディーです」

「その人たちは何をしている」

「ミンターンご夫妻は喧嘩をなさっています。奥さんが賭けで儲けたお金をお母さまにあげたがっているのですが、ご主人はそれに腹を立てて罵っています。ミスター・スティックニーは酔っていらっしゃいます。ミスター・ピーボディーは先ほど万年筆のインクを持ってくるようにとおっしゃったので、おそらく書き物をされているかと」

「ミスター・ピーボディーに、いまから会いたいと伝えてくれ」

ガウン姿で出てきたミスター・ピーボディーは、門柱の反対側にたたずんで、チャールトンが撃たれた話をわたしがするのに耳を傾けた。

「恐ろしい事故もあったものだ！」

「なぜ事故だとわかるのですか」わたしが訊くと、庭で射撃をしたこと、みんなが順番に銃を撃ったことを話してくれた。

わたしは言った。「ええ、ですからわたしが来たのです。誤って撃った疑いは全員にあるし、故意に撃った疑いも全員にあります。あなたが撃ったのかもしれない。あなたがミスター・チャールトンに敵意をいだいていなかったと、どうしてわたしにわかります？」

そうだよ、ミスター・イングリス。わたしはミスター・ピーボディーにそこまで教える意味がないと思ったのだよ。何がどうなっているのか、もう少し探ってみたかった。

ミスター・ピーボディーは少しの動揺も見せなかった。「さいわい、わたしは申し分ない弁明ができます。日記をつけていますから。長年の習慣でしてね。読んでいただいてかまいません。隅から隅までどうぞ。拒否権は行使しません」

わたしは言った。「役に立つかもしれませんね、ミスター・ピーボディー。お借りしていきますよ」

ピーボディーは邸内へもどって日記をとってきた。「きょうのぶんをちょうど書き終えたところです」

法廷速記者が先ほどから読みあげている日記がそれだ。

速記者はこれを審問記録とするように。

フィリスが日記を読みあげているあいだに、警官のひとり、エイモス・スクワイアがこの部屋に来たのにはみな気づいているね。エイモスは日記のつづきがはいった封筒を持ってきてくれた。封筒の表に〝七月四日、午前八時から午後四時まで〟とある。きみたちがここまでの内容を聞いているあいだに、わたしは目を通した。

これより速記者がそれを読みあげる。

7

七月四日　月曜日

ミセス・ベネットはベッドで朝食をとった。

まだ来ていないミス・ハーモンを除くほかの面々は、みなそろって朝食の席についた。わたしの思い過ごしかもしれないが、何やら妙な雰囲気が漂っていた。

スティックニーが言った。「おれはきょう仕事にもどる」

スティーヴンズが言った。「われわれも帰るとするか」

プラットが言った。「わたしたちもそうするよ」

ミンターンが言った。「なぜ？　長居するといやがられるわけでもあるのか？」

アリス・ミンターンが言った。「わたしたちは週末に招かれたんですもの。週末は終わったわ」

ミンターンが言った。「きょうが休日でないなら終わったと言える。だが休日なんだから、週末はきょうまでだ。あんたたちはシェフィールドまで歩いていけばいいが、わたしはきょうは帰らない」

ミセス・プラットが言った。「ウィル！」

ミンターンは不機嫌そうに義母のほうを向いた。「なんです？」

「きょう帰ったほうがいいと思うわ」

ミンターンはますます機嫌をそこねた。「またおせっかいですか？　帰りたいのなら、止めはしませんよ。家までは十八マイル、ヒッチハイクだってできないこともない。しかし、わたしの車に乗せるのはぜったいにおことわりだ！」

チャーリー・プラットが言った。「メイベル、そいつを怒らせるな！」するとミセス・プラットは、ほとんど泣きそうに顔をゆがめて、だまりこんでしまった。

ミンターンは聞き逃さなかった。「よく言った、チャーリー！　そいつを怒らせるな、そんなことをしたら女房を連れて出ていってしまうぞ。そうなったら老いぼれの自分たちはどうなる？　なあ、どう思う、アリス？」

アリスも母親と同意見であるのがわたしにはわかった。席が隣だったので、テーブルの下で手を握ったり開いたりするのが見えた。けれどもアリスはこう言った。「もちろん、あなたの言うとおりよ。あなたの言うことはいつも正しいもの」

それを聞くのは耐えがたかった。

犬が鞭で打たれるのを見るのはいやなものだ。その犬が、鞭をふるったばかりの人間にすり寄って機嫌をとるのを見るのは、さらに不快だ。

イーディスもうんざりしていた。わたしに肘で合図した。「ジョン、もう行きましょう」

ミンターンはあわてて立ちあがった。「奥さん、どなたの気分も害するつもりはなかったんです。人前で身内の醜態をさらしてしまったにしても、それはわたしのせいじゃない。よくないことだとはわかってますよ。ただ、大おばのオーレリアなら――」

イーディスはその気になれば痛烈なことばを浴びせることもできるが、ミンターンを相手にしなかった。

「行くわよ、ジョン」

わたしたちはそろって彼を無視した。

ミンターンは行く手をふさぎかけたが、それも一瞬のことだった。

スティックニーが言った。「おれもふたりとごいっしょしよう」

スティーヴンズは何も言わなかったが、妻子を連れてわたしたちのあとにつづくのが視界の端に見えた。

居たたまれなくなって食堂を出てきたわたしたち六人は、阿舎に集合する形となった。先頭を歩くイーディスがそこへ向かったので、ついてきただけだ。

スティーヴンズが言った。「ミンターンのやつ、撃たれりゃよかったんだ！」

ミセス・スティーヴンズが咎めた。「あなたのいとこなのよ」

「血はつながってないさ。おれのいとこはアリスだけだよ。アリスがあんな目に遭うのは見ていられない。チャーリーおじさんとメイベルおばさんだってそうだ。アリスに金持ちの亭主をつかまえてやったつもりが、いばりくさった卑劣漢だったというわけさ！　四年前に婚約してたドン・フレミングってやつは、金は持ってなかったが、まともな男だった。どうしてあの男と結婚させてやらなかったのかね！」

スティックニーが言った。「それはきのう言ってもらいたかったな、ハワード。そう聞いてたら、ミンターンの外套にこっそり的をつけて、うまく言いくるめて庭に立たせたのに」

そんな具合にしばらく話がつづいたが、わたしにはそれが興味深かった。というのも、ほんの二十四時間前には、スティーヴンズ一家とプラット一行の仲はけっしてよくなかったからだ。家のなかでいま何が起こっているかは想像がついた。ミンターンが妻と義理の両親を容赦なくなじり、三人はじっと侮辱に耐えているのだろう。外にいるわたしたちはみな怒り心頭に発していて、ミンターンもそれを知っている。

ハワード・スティーヴンズが言った。「ドライブでもしましょう。どうですか、ミスター・ピーボディー」

それならわたしの車に乗っていかないかと言いかけて、ミスター・スローカム、あなたにゆうべ頼まれたことを思い出した。もう一度あなたが来るまで敷地を離れないように、というご指示だ。そこでわたしは言った。「七月四日にドライブに出るのはどうかと思いますね。けさ爆竹の音で目覚めて以来、ずっとあの音が聞こえているし、お子さんはこわがるかもしれません。それに、ミセス・ベネットもまだおりてきていませんから、待ったほうがいいでしょうよ」

ハワード・スティーヴンズはいたって丁重に言った。「仰せのとおりにしますよ、ミスター・ピーボディー」つづいてスティックニーが言った。「例のライフルを見つけて、また射撃をやろう」

わたしが必要以上に強く異を唱えたので、スティックニーは怪訝な顔をした。

「だめかな？」

わたしは言った。「だめですね。スティックニー、あなたとはいろいろ話をしたいと思っていました。わたしは本を出版し、あなたは批評する。いまがいい機会だ」

ほかの連中は状況を察した。

ハワード・スティーヴンズとご婦人ふたりは、子供を連れて庭のほうへ歩きだした。

スティックニーとわたしは葉巻に火をつけて——一本勧めても前日のようにことわられることはなかった——互いの顔を見た。

わたしが口火を切った。「まずはだね、ミスター・スティックニー——」

相手がさえぎった。「それはあとまわしだ。まずは、チャールトンがいなくなったことをあんたはどう思ってる？」

ミスター・スローカム、わたしはあなたから聞いて知っていたが、知らぬふりを決めこんだ。

「街へもどったのだよ。そう聞かなかったかね」

「聞いた」

「だったら、なぜそんなことを訊く」

「街へもどったなんて話を信じてるのか?」

「信じない理由でも?」

「ずいぶん急いでたはず——」

「そう聞いたが」

「歯ブラシを忘れるほど急いでたんだろうか」

「なぜそんなことがわかるんだね」

「チャールトンとおれは同じ浴室を使ってたんだ。やつの歯ブラシはきのうの昼からそこにある。まだ置いたままだ」

「あの男の歯ブラシだとどうしてわかる? ミセス・ベネットのかもしれないじゃないか」

「ミセス・ベネットは自分専用の浴室を持ってる。歯を磨くためだけにわざわざほかへ行くか? その質問の答が〝否〟じゃないとしたら、さらに訊くが、はっきり〝D・C〟と頭文字の書いてある洗面セットのかみそりで顔を剃るためだけに、わざわざほかへ行くか?」

わたしは噴き出した。「答は〝否〟だよ、ミスター・スティックニー」

「いいだろう。で、あんたが言おうとしてるのは、チャールトンの車が消えてると——」

「そうだ」

「それに、ひどく急いでたんなら、歯ブラシぐらい買いなおせばいいと——」

「そうだ」

「じゃあ、私的な書類の詰まった書類鞄も買いなおせばいいのか?」

「いや、そこまで言うつもりはない。だが書類はたいして値打ちのないものだったかもしれない」

「ちがうな」

わたしは息を呑んだ。「スティックニー、まさかその書類鞄の中身を見たとでも?」

スティックニーは薄笑いを浮かべた。「ゆうべは酔ってたから、何をしたかよく覚えてないんだ」

わたしは仰天してテーブルから立ちあがった。「スティックニー!」

「正体なく酔っぱらった男がしたことを、あんたは責めるのかい。告げ口する気じゃないだろうな」

「ミスター・チャールトンに――いや、きみの新聞の編集長をつかまえたら、すぐに言いつけてやる。覚悟しろ!」

ところがスティックニーの視線はわたしの目を鋭く探っていた。「変だな、ピーボディー、〝ミスター・チャールトン〟と言ってから〝編集長〟に直したな。なぜそんなことをしたのか」

わたしはぎこちなく「考える気にもならない」と返したと思う。

スティックニーはにやりと笑ってわたしの顔を見た。「ことばの使い方を教わったほうがいいな、ピーボディー。〝考える気にもならない〟なんて言わずに、思ったとおり〝さっさと失せろ〟と言えばいいじゃないか」

8

スティックニーとわたしはともに阿舎を出た。こちらが離れようとしても、彼はしつこくついてきた。

途中でイーディスといっしょになった。

わたしはことさらに大ごとめかして言った。「この人は、ミスター・チャールトンの私的な書類を盗み見たと言っている」

イーディスはわたしの意図を察して、声をあげた。「まあ！」

わたしたちは母屋へはいった。

ミンターンがオーレリアとしゃべっていた。プラット夫妻とアリス・ミンターンは、足もとの床が抜けてしまえばいいと言いたげな顔で突っ立っていた。アリスが泣いていたのがわかった。

オーレリアがアリスをそばへ呼んだ。「泣いているのね、アリス。あなたは幸せなはずなのに」

アリスは嘘を言った。「幸せです」

「だったらその涙は？」

「外へ出たんです――そうしたら――特大の爆竹の音にびっくりしてしまって」

「そうなんです」ミンターンが面倒そうに口をはさんだ。「大きな音をこわがるんですよ。ネズミ捕り器のバネの音でも一フィート跳びあがります。十フィートの竿があっても、あの器械にはさわろうとしない」

わたしたちはたいして楽しくもない集いに加わった。何分かのちに、スティーヴンズ一家もはいってきた。

ミスター・スローカム、あなたの指示を覚えていたので、わたしはいつ帰るかという話題にふれないようにしていた。

プラット夫妻とアリスが、ミンターンのいる前でその話題を持ち出すとも思えなかった。ところが、ハワード・スティーヴンズが早くもそれを口にした。

「うちは昼めしがすんだらすぐ発ちますよ、オーレリアおばさん」

「あら」オーレリアが言った。「どうして？」

「仕事ですよ。農場では山ほどやることがあるんで」

「きのうはだれがその仕事をしたの？」

「雇い人です」

「きょうもその人にまかせておきなさいな」ミンターンはそれを聞いて満足そうだったが、そのあとのことばには不満を覚えたはずだ。「ちっちゃなオーレリアに会うのはずいぶん久しぶりだもの。ほんとうにかわいらしい子ね。わたしなんて、子供のころは見られたものじゃなかった――」

「そんな、オーレリアおばさん」

「でも、そうだったの……」

前にも書いたが、オーレリア・ベネットとは知り合って三十三年になる。それほど長い付き合いでも、ここまで心情をさらけ出す姿を見るのははじめてだった。

「アリスとオーレリア。わたしは子供を持ったことがないけれど、もし子供がいたとしたら、あなたたちのようであってもらいたいと思うわ」

はじまりはひどかったものの、にわかに快い日となった。ほどなくわたしたちは昼食の席についた。心なごむ祝宴だった。給仕役のタムズまでもが微笑を浮かべ、助手をつとめる手の大きな男は、口が裂けんばかりににこにこしていた。

さながらディケンズの小説の一場面だった。このような自然な心情がオーレリアの小説にときおりでも描きこまれていたら、どんなにか深みが増すことだろうと考えずにはいられなかった。

スティックニーはひとこともしゃべらなかった。目を見開いて、ただ静観していた。ミンターンが何度か会話に割りこもうとした。プラット夫妻とアリスがそれを阻むことはなかったが、オーレリアに冷ややかなまなざしを無言で向けられ、ミンターンは出かかったことばを途中で呑みこむ羽目になった。

そのあとは、何事もなかったかのように会話がつづいた。

イーディスは、わが家の食卓で愛しい娘や孫たちが同様に繰りひろげてきた、幾多の幸せな情景を思い出していたにちがいない。終始笑みを絶やさなかった。

オーレリアが最初に腰をあげた。そしてチャーリー・プラットとハワード・スティーヴンズに告げた。「お望みなら、夕食のあとにお発ちなさいな。長旅ではないんですから。でもその前に、あなたたちそれぞれにささやかな贈り物をさせてちょうだい」

こんどはプラットとスティーヴンズが目を見開く番だったが、妙なことに、率先して礼を述べたのはミンターンだった。

オーレリアは微笑で彼を釘づけにした。「あなたのことを忘れたわけではないのよ、ウィリアム。年寄りの身では持て余すほどのものをわたしは山ほど持っているし、あなたはわたしのかわいいアリスを大事にしてくれているから」

オーレリアも妙なことを口にしたものだ。朝食の席での会話を耳にしていたら、はたしてどう言ったろうか。

二階へあがるのに手を貸そうと、わたしはオーレリアのそばへ急いだが、タムズがすでに控えていた。片足を引きずりながら短い階段をのぼるあいだ、オーレリアはタムズの腕にぐったりと寄りかかっていた。

9

昼食後まもなく、ミンターンの姿が消えた。

どこへ行ったのかはわからない。

わたしは部屋に引きあげて日記をつけた。

三時半に、門の前で車が停まり、ミンターンがおり立った。

ちょうどそのとき、近くで特大の爆竹が破裂し、私道の向こうにいる少年の一団に対してミンターンがこぶしを振りかざすのが見えた。

外側から門の錠がはずされ――施錠されていたことに、わたしはそのときはじめて気づいた――ミンターンがふらつきながらはいってきた。

わたしはそっと階下へおりて、ポーチの椅子に腰かけた。

ミンターンはまっすぐこちらへ向かった。

青ざめた顔をしていた。

心底怯えた様子だった。爆竹ごときでなぜそこまで動揺するのか、合点がいかなかった。

ミンターンは言った。「チャールトンが死んだのを知ってるか」

わたしは言った。「なんだって？」

ミスター・スローカム、わたしはあなたから聞いて知っていたが、ミンターンのほうから言わせたかったのだよ。

「死んだんだよ――しかも、わたしが撃ったことにされてる。いますぐミセス・ベネットと話さなくては」

「なんのために？」

「あんたたち全員を束にしたよりも、あの人のほうが思慮に長けてるんだよ。これから話しに――」

「わたしならやめておく」

「あの人に話さないと？」

はっきり言うべき頃合だった。「チャールトンが死んだのをわたしは知っているが、ミセス・ベネットには話していない。衝撃のあまり死んでしまうかもしれない」

「だとしたら、そういう運命なんだ」

「そんなことはわたしがさせない！」

ミスター・スローカム、わたしはもう老人だ。ミンターンはわたしより二十歳も若い。

ミンターンはわたしの手首をつかんだ。そして一インチも離れていないところまで顔を近づけた。「あんたみたいな老いぼれの指図は受けない。わかったか？　ミセス・ベネットならどうすべきか教えてくれる。だめなら、アリスにつけを払わせてやる！」

ミンターンはわたしの脇から家のなかへ駆けこんだ。一段飛ばしに階段をのぼる騒々しい足音が聞こえた。

わたしはあとを追って家にはいった。

階段の下で待った。

スティックニーがやってきた。「ミンターンがもどったのか」

「ああ、どうしてわかった？」

スティックニーは鼻を鳴らした。「下種《げす》野郎め！　罰があたるぞ！」

そして足音も荒く家を出ていった。

しばらくしてミンターンがおりてきた。二階にいたのは十五分ほどだろうか。

顔がいつになく青ざめていた。

いい気味だった。

ミスター・スローカム、率直に言って、まったくいい気味だったよ。

わたしは彼の腕をつかんだ。「どうだい、ミセス・ベネットは、わたしたち全員の感じていることをきみに言ったんじゃないかね？　きみがドワイト・チャールトンを殺したのなら、吊し首にされればいい、そうなったらみんな快哉を叫ぶだろうとな！　ミンターン、悪いことは言わない、自白したまえ」

乱暴に押しのけられて、わたしは倒れた。体調がよくないので、これはこたえた。じきに起きあがり、ほこりを払ったのち、正面の窓から外をながめた。周囲の塀までつづく敷地の芝と、村の芝地を囲うニレの木々の梢が見えた。爆竹の破裂する音も聞こえた。

体が震えていた。

わたしは椅子に腰をおろした。

どのくらいそうしていただろうか。気がつくと静かな足音がして、オーレリアが肩を叩いた。

「信じられないわ」オーレリアは言った。「そうでしょう？　ドワイトのことよ」

わたしは立ちあがった。

何も言わず彼女を腕に抱いて、いたわった。親友を亡くした悲痛の大きさがわかり、慰めのことばを思いつかなかった。

老いた者同士、悲しみを分かち合って立ちつくしているところへ、ハワード・スティーヴンズがはいってきた。

もはや秘密にしておく必要はないと思った。わたしは言った。「悪い知らせがあるんだ、ハワード」

「ええ、知ってます」

「どうして知っているんだ」

「それを言うなら、こっちも同じことを訊きたい。あなたはなぜ知ってるんです？　まあ、そんなことはどうでもいいか」

わたしは言った。「ああ、そうだと思う」

スティーヴンズは帽子を脱いだ。来てからいままでかぶりっぱなしだった。

頭を掻いて、それから言った。「ミスター・ピーボディー、こんなことをだれが予想できたでしょう。ウィル・ミンターンが車庫に駆けこんで、きのうみんなが使ったライフルを見つけ出して自殺するなんて」

さいわい、わたしは神経が太いほうだ。気を失ったオーレリアを支えそこなうことはなかった。

イングリス 驚いたな！

検死官 陪審員は静粛に……このつぎの審理は、明朝十時にミセス・ベネット邸にて開催する。家には見るべきものがたくさんあるだろう。

イングリス まさに同感です、ミスター・スローカム。

検死官 明朝――十時――ミセス・ベネットの屋敷で。みんなわかったな？ アンジェロが場所をまちがえないように頼んだぞ、ウォーレン……陪審員は静粛に。まだ終わっていない。フィリスがいま読んだ日記は、この封筒にはいっていた。わたしはこれを栞代わりに法律書にはさんで、きみたちが聞き入っているあいだに、何度かめくっていたんだ。すると封筒の裏に、鉛筆で短い文と署名が書きつけてあるのに気づいた。いまからそれを読みあげよう。

〝わたしが自殺だと？ 冗談じゃない！〟

署名は〝ウィリアム・ミンターン〟となっている。

休廷の動議だ。

（休廷）

第三回公判

検死官リー・スローカム閣下と検死陪審員列席

検死官　陪審員は静粛に……さて、みんな時間どおりに顔をそろえてくれて何よりだ。きょうはミセス・ベネットの屋敷で集合だと伝えたが、場所をまちがえる者がいないか気がかりだった。だからゆうべひとりひとりに電話をしたのだよ。

イングリス　わたしはまる一時間前から来ています。ミセス・ベネットの書斎をわれわれのためにあけてもらうよう頼んだのもわたしです。ここならほかの部屋から離れているし、扉を閉めれば声が外へ漏れません。

検死官　ご苦労だったね、ミスター・イングリス……ただ、きみの頼みが聞き入れられたのは、ゆうべわたしがそのように要請したからだ……ところで、みんなにいい知らせがある。法律書を見たところ、陪審員の手当は死体ひとつに対して額が定められている。ふたつ以上の死体があるときには、その数によって手当が増える。きみたちの場合、検死陪審員としての当初の日当は三ドルだった。今後は――たぶんきのうも含まれるはずだが――六ドルになる。聞こえたかい、アンジェロ。

イアニチェリ　はい、ミスター・スローカム。よく聞こえました、ミスター・スローカム。

検死官　すべてが倍になって――

イングリス　あなたの手当も、証言を記録した帳面一ページごとに——
検死官　五十セントだ。また、一マイル遠出するごとに、十セントの倍の二十セントになる。
イーストン　それでまちがいないのか、リー？
検死官　まちがいのように聞こえるが、それが法律だ。
バートレット　法ってのはそういうもんだよ。前に、四つ死体の出た事件の陪審員をやったことがある。四人のやくざ者が内輪揉めで殺されたんだ。日当は十二ドルだった。証言一ページにつき一ドル出たり、証人が二、三十人いたり、審理が何週間もかかったりで、検死官のイーサン・デュエルが郡に請求書を出したときには、一万ドルあったのがほとんどなくなって、陪審員に一杯ずつおごる金も残らないほどだった。悪党どもが川のこっち側で殺すのをやめて、川の向こうに死体を残すようになったときのイーサンの怒りようは忘れられない。川の向こうは隣の郡だから、あっちの検死官のスティーヴンスンが手当を受けとることになるんだ。連中を不当に扱ったことはないし、そんな仕打ちを受けるいわれはない、おかげで報酬ががた減りだ、ってイーサンは嘆いてたよ。
イングリス　大変興味深い話ですな、ミスター・バートレット。しかし、ミスター・チャールトンとミスター・ミンターーンの死とはなんの関係もない。
検死官　そうだな。
イングリス　陪審員のみなさんが事前に敷地内を歩く思慮をお持ちだとうれしいですね。母屋と車庫と阿舎《あずまや》と庭の位置関係を把握するためにも——

検死官　エイモス・スクワイア巡査の話だと、みな夜明けからそうしていたそうだよ、ミスター・イングリス。きみが朝食に手をつけてもいないうちに終えていたんだ。

イングリス　ほう……では、いつでもはじめられますね。

検死官　きみさえよければだが……

イングリス　われわれが知りたいのは、まずはチャールトンを殺した人物と動機です。ミンターンのしわざなのか――これは可能性が高い。ミンターン自身は自殺だったのか――これはもっと可能性が高い。そしてその理由は？　さらに言えば、なぜミンターンは封筒に「わたしが自殺だと？　冗談じゃない！」などと書いたのか。死ぬ前にどうしてそんなことを書くのか、はたまた、死んだあとにどうやって書いたのか。

検死官　ここにいるだれもがそうした点に興味を覚えているはずだよ、ミスター・イングリス。

イングリス　まだあたたかい銃を手に持ったまま、死体となって発見された人間が、自分が撃ったのではないと主張しているんですよ。わたしは単なる興味以上のものを覚えますね、検死官。ブラック判事（イプセンの戯曲『ヘッダ〟ガブラー』の登場人物）に言わせれば、〝そんなことは起こりえない〟となるでしょうな。

ニューマン　うちの郡にブラックなんて判事はいないぞ。

バートレット　そうだとも。

ハッチンズ　どこかの家に泊まってる、街からの客人のことかもな。

イングリス　ブラック判事は劇中の人物ですよ！

バートレット　劇？　舞台の話か？　なら、そいつの意見はどうやったら聞けるんだ。

検死官　静粛に！　静粛に！……ここは法廷だが、取りしきっているのはブラック判事じゃない。これから長い一日が控えているし、解明したいことは山ほどある。つぎの証人が役立ってくれるだろう。

イングリス　だれですか、その男は。

検死官　女だ。ミセス・ベネットの秘書の、ミス・ハーモンだよ。入室するように言ってくれ、フィリス。

秘書の観察

1

わたくしからお話しできることはわずかしかありません。

クララ・ハーモンと申します。

ミセス・ベネットの秘書をしております。

口述筆記をし、原稿をタイプし、校正をするのがわたくしの仕事です。目がとてもお悪いので、わたくしの目で物を見ている、といつも言ってくださいます。

お体の丈夫なかたではありません。

ずっと働き詰めでいらっしゃいます。

去年の秋にあのかたが卒中で倒れたのはご存じですね、ミスター・スローカム。はじめの三日は、もう長くないかと覚悟いたしました。そのうち起きていらっしゃって、また仕事をおはじめになりました。

医者の言うことなど聞くつもりはない、とおっしゃって。

「医者に多少なりとも知恵があるのなら、三十年前に脚を折ったとき、まともに治してくれたはずよ」というのがお決まりの口実なのです……

けれども、わたくしは心配でした。

あのかたの体力がどれほど衰えているか、わたくしは存じています。ぎりぎりのところで持ちこたえておられるのです。この家であんなことが起こると、お体に毒ですわ。ええ、この二日の出来事です。

わたくしの話を聞きたいとおっしゃるのも、そのことについてなのでしょう、ミスター・スローカム？

当然ですわね。

ミスター・チャールトンが亡くなられたのはほんとうにお気の毒でした。とてもいいかたでしたもの。ミセス・ベネットには最良のご友人でした。

あのかたなしで、これからどうやって生きていかれるのでしょう。

ミスター・チャールトンは実務面での世話役でした。助言が必要なときには、ミセス・ベネットのほうから訪ねていったり、逆に向こうがいらっしゃったりしていました。

契約上のことから税金対策や投資に至るまで、なんでも相談に乗っておられました。

わたくしはそういった件で意見を求められたことはありません。はるかにくわしいかたがいらっしゃるのですから、必要もないでしょうし。契約書も、ミスター・チャールトンがまとめて保管なさっていたので、見たことすらありません。

口述筆記とタイピングのほかにわたくしがまかされていたのは、小切手帳の管理ぐらいです。

高額の銀行口座はニューヨークにお持ちで、そちらに関しては存じませんが、この地方の銀行に日常用のお金を少額預けておられるので、その小切手をわたくしが用意するのです。それ以外のことはミスター・チャールトンが処理していらっしゃいました……

日曜の晩、ミスター・チャールトンが街へ帰られたと聞きました。

わたくしはそれを信じました。

疑う理由もないでしょう？

あのかたがミセス・ベネットのご親戚のひとりをきらっていらっしゃるのは知っていました。わたくし自身もそうでした。

ミスター・ミンターンのことです。

自分でも苦手でしたから、ミスター・チャールトンのお気持ちはわかります。

ミスター・ミンターンのような人がいたら、早く帰りたくなって当然です。

わたくしも早々においとましました。

ミスター・ミンターンはとても不愉快な人でした。結婚したアリス・プラットにつらくあたっていたし、義理のご両親にも……

死んだ人のことを悪しざまに言うのはよくありませんわね……

ミセス・ベネットがあの人をどう思っていたのかはわかりません。

口の堅いかたなので。

無口だということではありません。あのかたは一時間でもしゃべりつづけられますし、こちらは合間に「はい」と相づちを打つだけでいいのです。言いたくないことにはまったくふれずに話すことがおできになるので、しゃべりすぎて後悔なさることもありません。

口が堅いと申しあげたのは、そういう意味です。

ミスター・ミンターンのことはおきらいではなかったかもしれません。書評家のことはきらいだとつねづねおっしゃっていますが、それ以外の人には、たいがい理解を示されますし……

誕生日のお祝いにも招待なさいましたしね。

そう、ミスター・スティックニーまでもお呼びになりました。だれよりもあのかたを傷つけてきた書評家です。十何年も前に批評をはじめて以来、一冊も漏らさず評を書いています。このうえなくひどいことばを並べて……

ミスター・スティックニーを招待するにあたっては、妙ないきさつがありました。

招待状の文章をいくつか口述したあとで、ミセス・ベネットがおっしゃったのです。「スティックニーを招いてやれたらね」

わたくしは言いました。「招待なさればいいのに」

「本気で言っているの?」

「当然ですよ。あの人はずっと、あなたを不当に評価してきました。あの態度はひどすぎます。ここへ呼んで直接お会いになってはいかがです? あなたがどんなにすてきで魅力的なかたかを知ったら、あの人も――」

「そんな、ばかばかしい!」

それでもわたくしは食いさがりました。「あの人宛の招待状をタイプしてもかまいませんか？　文面はわたくしが考えますけれど」

「クララ、あなたはばかよ」わたくしは気にしませんでした。ミセス・ベネットはもともと人の意見を進んで取り入れるかたでして、ことさらにせっついたりしなければ、決心を変えられることもあるのです。

わたくしはミスター・スティックニー宛の招待状を書きました。内容は一言一句まで覚えています。

親愛なるミスター・スティックニー――

七月三日の日曜日に、七十歳の誕生日を祝う予定です。ごく少数の友人が出席します。あなたもおいでになって、仲間入りをなさいませんか。

あなたはわたしのことをずっと書いておられるし、当方もお書きになったものをたびたび拝見しておりますから、一度実際にお会いするのがよいでしょう。敵意を忘れ、人間としてよく知り合うために、日曜日の気どらない午餐ほどふさわしい機会はないと存じます。

お望みなら、ひと晩お泊まりください。わたしと長時間過ごすのがおいやでなければ、ふた晩でもどうぞ。お帰りになったあと、わたしはこれまでどおり書きつづけます――そしてあなたも同様でしょう。

お返事いただけますでしょうか。

敬具

わたくしは書きあげたと告げて、封筒に宛名を記し、ほかの招待状といっしょに机に置いておきました。

ミセス・ベネットはおっしゃいました。「やれやれ！　署名はしませんからね」そして翌朝、仕事にかかろうとしたとき、例の書状が署名されないまま屑かごに捨ててあるのを見つけました。

わたくしはそのことを口に出し、たちまち失敗に気づきました。さっき申しあげたとおり、人の意見は取り入れるかたなのです――ことさらにせっついたりさえしなければ。

あのかたはこうおっしゃいました。わたくしはそれを予測してしかるべきだったのです。「もちろん署名はしませんでしたよ。あの人にここへ来てもらいたくはありませんから」

話題を変えればよかったのですが、気がまわらず、わたくしは言いました。「まあ、ミセス・ベネット！」

あのかたはわたくしをにらみました。「本気であの人を招待させたいの？」

「はい」

「なら、あなたの気がすむようにしましょう。ただし、わたしなりのやり方でお招きするわ！」

ミセス・ベネットはタイプライターのところへ行きました。

分厚い眼鏡をかけてもかけなくても、あのかたはタイプが打てます。長年タイプライターを使っていれば、目をつぶっていても打てるものですわ。

器械に紙を一枚はさみました。

そして顔をしかめました。

こうおっしゃいました。「五分だけひとりにしてちょうだい、クララ。考えたいの」

その五分が過ぎると、できあがったものを見せてくださいました。

そちらの文面も、そらで覚えています。

〝犬畜生のスティックニー！〟

それが書き出しです。わたくしは息を呑みました。「まさか、これをお出しにはならないでしょう？」

「出さないと思う？」

内容はこうでした。

犬畜生のスティックニー！

七月三日の日曜日にわたしの七十歳の誕生日を祝います。度胸があるならおいでなさい。そして、祝いの席を盛りあげてちょうだい。

もう何年もわたしの作品を腐してきたんですから、作者とぜひ会ってみるべきです。どれほどたいした女か、思い知るでしょうよ。わたしもあなたの書評を長年読んできたし、書き手の犬畜生にぜひとも会っておかなくては。思った以上に見さげ果てたやつだとわかるかもしれません。

そのあともわたしは好きなように書きつづけ、あなただって、吐いたものをまた食べにもどる犬みたいに、同じことをつづけるでしょうけどね。

こわい？

オーレリア・ベネット

R・S・V・P

わたくしの使った表現もいくつか使われていますが、ずっと無礼な言い方になっています。ひどい代物だと思いました。品位のない手紙だと。

そしてそう言いました。

返事はこうでした。「七十にもなると、品位などいちいち気にしていられないのよ。品位ですって？　ふん！」

「ミセス・ベネット、わからないでもありませんわ。腹が立ったとき、手紙を書いて気を静めることはよくありますもの。これもそうですよね。書き終えたのですから、破ってしまいましょう」

あのかたはだまってその紙を折り、封筒に入れて宛名を書き、ご自分で切手を貼って、タムズを呼びつけました。

わたくしは言いました。「おやめになって、ミセス・ベネット！」

ミセス・ベネットは言いました。「タムズ、これを通りの向こうへ持っていって、投函してちょうだい。いますぐに」

タムズが答えました。「はい、奥さま」

わたくしはタムズに目で訴えましたが、無駄だとわかっていました。命令されたことにはなんの疑問も持たず、忠実に従う人ですから。

それからミセス・ベネットはわたくしに向きなおって言いました。「もしスティックニーにわずかでも自尊心があったら、こんな招待は受けないでしょう。来やしませんよ、きっと」

わたくしは言いました。「きっとまたひどいことを書きますよ」

するとあのかたはにこやかに笑いました。「いままで以上にひどく書きようがないわよ」

それでご気分が晴れたのか、昼食前に、五千語の短編小説を一気に口述してしまわれました。

2

わたくしたちは毎日、ミスター・スティックニーからの返事を待ち受けていました。招待状に〝R・S・V・P〟と書きましたからね。

ミスター・ハッチンズ、〝R・S・V・P〟というのは、〝折り返し返事をくだされたし〟の略です。

ミセス・ベネットは言いました。「あの男は来ないわよ」

わたくしは言いました。「わかりませんよ」

「ほかに大事なことがいろいろあるのに、そんなことを気にかけていられないわ」ミセス・ベネットはそう言いながらも、郵便物のなかにあの人からの手紙がないか、ずっと気にしておられました。

「もしかしたら来るかも、と思っていらっしゃるのでしょう。でなければ、そんなに気になさるはずがありませんわ」

「ふん！　ばかばかしい！」

ところが、ぜったいに来ないというミセス・ベネットの予想に反して、ミスター・スティックニーはやってきました。

たいした自尊心はお持ちでなかったのですね。

感じのいいかたとは言えません。

お酒を飲みすぎます。

しゃべりすぎます。

どなたと知り合っても、十分もたつとファーストネームで呼びはじめます。

わたくしは〝クララ〟と呼ばれました。ミスター・ピーボディーは〝ジャック〟、ミスター・チャールトンは〝ドワイト〟、ミスター・ミンターンは〝ビル〟です。

すでにミセス・ベネットを〝オーレリア〟と呼んでいたとしても驚きません。書評を書くときには〝シスター・オーレリア〟と呼んでいます。〝シスター・オーレリアの新作が出た。前作もまずい出来だと思ったが、こんどの作品で、もっとまずく書けることがわかった。前作が最後の作品でなかったことも判明した〟。

〝シスター・オーレリア〟がこうだ、〝シスター・オーレリア〟がああだ——いつもそんな具合です……

ファーストネームで呼ばれなかったのは、スティーヴンズのお子さんぐらいだったと思います。ご両親のことは〝ハワード〟と〝エレン〟と呼ぶのに、娘さんだけは決まって〝ミス・スティーヴンズ〟なのです。自分のことは〝オリヴァー〟と呼ぶように教えていました。まるであべこべですよね。

それから、アリス・ミンターンに色目を使いすぎでした……

感じのいいかたではありません。

その気になれば感じよくできるのでしょうが、まったくそうしないのです。

射撃はとても上手でした。

日曜日に庭で射撃をしたとき、わたくしも居合わせましたが、はずすことがないのです。

あの人ならミスター・チャールトンを撃ち殺すこともできたでしょう。音の判別など、だれにもできなかったでしょうから。

男の子たちが通りで爆竹を鳴らしていて、お隣のミスター・イングリスの息子さんふたりなんか、朝から晩までずっと鳴らしどおしでしたから。七月四日まで待ちきれなかったのですね。

あの爆竹の音で、小型ライフルの銃声は掻き消されたはずです。わたくしはその場にいましたし、どちらの音の特徴も知っていましたけれど、あの状況では聞き分けられませんよ。

ミスター・スティックニーが、街でミスター・チャールトンをご存じだったのかどうかは知りません。

ミスター・ミンターンとここではじめて顔を合わせたのかどうかもわかりませんが、お互いに敵意を持っているのはわたくしにもわかりました。ミスター・スティックニーはアリス・ミンターンをひと目で気に入り、それを隠そうともしませんでした。ミスター・ミンターンはおもしろくなかったはずです。

ミスター・ピーボディーはあの人にとても愛想よくしていらっしゃいました。以前から面識があったのかもしれませんが、出版業者というお立場上、批評家にはそうしなくてはとお考えだったのかもしれません。

ミスター・チャールトンは気さくなかたでした。

ミスター・プラットのことを好いていらっしゃいました。

ミスター・スティーヴンズのこともです。

アリス・ミンターンのこともかわいがっておられ、もっと若ければ自分が結婚したのに、といつもおっしゃっていました。あのかたはそういうことを言っても許されるのです。ほんの冗談にすぎませんし、若い男性がアリスに色目を使うのとはわけがちがいますからね。ミスター・スティックニーのことですよ。

ミスター・チャールトンとは、ミセス・ベネットのご親族のことをよくお話ししました。〝無骨だが心根のいい人たちだ〟とおっしゃっていたものです。ミスター・ミンターンのことだけはよく思っておられませんでした。もっとも、あの人は親族といっても義理の間柄ですけれど。

それから、ミスター・チャールトンをニューヨークまで訪ねていったのは、ミスター・ミンターンだけだったと思います。

3

ミスター・チャールトンが事故に遭われたことは、きのうの月曜日になってはじめて知りました。

ミスター・バートレットが教えてくださったのです。

ええ、そこにいらっしゃるミスター・ウォーレン・バートレットですわ。

わたくしはお宅に間借りしているのです。ミスター・バートレットは昼食におもどりになったとき、ミスター・チャールトンが撃たれたと教えてくださいました。〝殺人にはもってこいの日だ〟と言ったというだけで、ミスター・スティックニーの犯行だと検死官は考えているけれど、陪審員はそれに納得していない。というのも、ミスター・ミンターンのしわざだという手紙をミスター・チャールトンが書き残しているからで、本人の主張にまちがいはないはずだと陪審員は考えている。ただしミスター・イングリスだけは例外で、ライフルの持ち主であるタムズのしわざと見ている。しかし、その考えはまだ口には出さないだろう、なぜなら、タムズを疑うほど頭が切れるのは自分だけだと思っているから、とか……

日曜日以降、わたくしはこのミセス・ベネットのお宅へはうかがっていません。

きのうは用事がないと言われたので、出向きませんでした。何しろ七月四日ですから、外はうるさいしお客さまはいらっしゃるしで、書き物などしていられないとおっしゃって……

午後には散歩に出ました——きのうの午後です——それで、巡査のミスター・スクワイアから、事件のことをすっかり聞きました。ご本人は敷地にはいっていないけれど、ベン・ウィリットからお聞きになったそうです。郵便局長のハーヴィー・ダンに会いましたが、あの人も全部ご存じでした。やはりベン・ウィリットからお聞きになったとのことです。いろいろな人に呼び止められて、その話をしました。ミセス・ベネットがある小説でこんなふうにお書きになっています。小さな村で何か噂を広めたかったら、それを隠そうとつとめればいい、と。

まさしくそんな感じでした。

事情を聞いて、わたくしはミセス・ベネットのもとへ駆けつけたくなりました。お力になれる気がしたのです。けれどもミスター・スクワイアが、あのかたは事件のことをご存じないから、わたくしが行けば不審に思われるかもしれないとおっしゃるので……

だれにせよ、ミスター・チャールトンを撃ち殺す動機など思いつきません。あんなにすてきなかたでしたのに。

あのかたをだれかがきらっていたなんて、想像もつかないのです――ミスター・ミンターンは別ですが。あの人は自分以外の全員をきらっていましたから。

ミスター・ミンターンが犯人だという手紙をミスター・チャールトンが残したのなら、それは事実であるはずです。相応の理由もなしに、そのような言いがかりをつける人ではありません。日曜の午餐のすぐあとに、ミスター・チャールトンがその手紙をタイプなさっている音を聞いたと、ミスター・ウィリットが言っていました。

おそらく日曜の朝、ミスター・チャールトンを動揺させることが起こったのでしょう。日曜の朝に何かあったにちがいありません。ミスター・チャールトンは招待客の名前をすべてご存じだったのですから……

そうだわ！　あのかたはミセス・ベネットの実務上の世話役でしたから、真っ先に招待状を受けとります。ミセス・ベネットはその手紙でほかの招待客のお名前も知らせたはずです。ミスター・ミンターンが招かれているのはわかっていましたから、もしあの人を恐れていたのなら、来るのをおやめになって――いや、それでもいらっしゃったかもしれません。そういうかたでしたから。どなたのことも恐れてなどいませんでした。

ちょっと待って！

ミスター・スティックニーが来ることはご存じありませんでしたわ。わたくしたちにもわからなかったのですから。あのかたもみんなと同じく、ミスター・スティックニーが実際に現れるまで、来るかどうかを知らなかったのです……

ミスター・ミンターンがニューヨークのミスター・チャールトンのもとへ出向いた目的は知りませんが、想像はつきます。ミスター・チャールトンは実業家でした。最良の投資先や、株の値動きや売り時をつねに把握されていました。若くしてこの村を出たときは貧しかったけれど、小金を貯めて、頭を使うことで財をなしたのだと、よく話してくださったものです。

ミスター・ミンターンはおそらく助言を求めて足を運んだのでしょう。もしもうまくいかず、あがるべきものがさがったりしていたら、機嫌をそこねたはずです。でもそれはミスター・チャールトンの落ち度でありませんし、あのかたの判断はたいがい的確でした。

それはたしかです。

私事になるのでこの事件とは無関係でしょうが……

ミスター・チャールトンはわたくしにも助言をしてくださいました。

あのかたは以前——もう何年も前になるでしょう——給料からいくらか貯金をしているのかとわたくしにお尋ねになり、もししているのなら、それを投資で増やしてあげようとおっしゃいました。貯金といってもたいした額ではなかったので、わたくしはありがたく思いました。そこでミスター・チャールトンにお預けしたところ、配当がついたというのです。それからは、蓄えにまわせるお金をすべてお渡ししてきたので、いまでは毎年の配当金が、最初に投資した額と同じくらいになっています……

いえ、株の銘柄は知りません。ミスター・チャールトンが代わりに管理してくださっていたのです。この前の土曜日にうかがった話だと、わたくしが退職するころには、そのお金で余生を暮らせるほどになるだろうとのことでした……

ミスター・スローカム、こんなことをお話ししているのは、ミスター・チャールトンがだれに対しても親切だったと伝えたいからです。ミスター・ミンターンがあのかたを撃ち殺したのなら、罰を受けて当然ですし、ずいぶん軽い罰ですんだものだと思います……

ええ、あの人が銃で自殺したことは知っています。それが軽い罰だと申しあげているのです。アリスさえいなければ、あの人が吊し首になるのを見たかったくらいです……もっとも、真犯人がミスター・スティックニーでなければ、の話ですけれど。

あれは事故などではありません、ミスター・スローカム。ゆうべ、郵便局長のハーヴィー・ダンが家へ立ち寄ったときにも、わたくしはこのように申しました。

「事故ですって？　あのとき庭にいた人たちは、一フィートくらいなら的をはずしたかもしれませんけれど、一マイルもはずすわけがありません。東のほうに向けて撃っていたのです。西側の、百フィートも後方にいる人間に命中させることは、意図しなければ無理でしょう？」

ミスター・ダンは「たぶん車庫から撃たれたのだろう」とおっしゃいました。ミスター・バートレットも「たぶんな」とおっしゃいました。おふたりのことばを聞いて、その可能性もあるとは思いましたが、わたくしはミスター・スティックニーが車庫の近くへ行くのを見ていません。

いいえ、ミスター・ミンターンのことはミスター・バートレットから聞いたのではありません。お帰りになる前から知っていました。

きのうの午後、ミセス・イーストンに電話をかけようと受話器をあげたら、巡査の奥さんのミセス・スクワイアとミセス・エスタブルックとの通話が聞こえてきたのです。ミセス・スクワイアはこうおっしゃっていました。「お聞きになった？　自殺したんですってよ！　いえ、ミスター・スティックニーじゃなくて、ミスター・ミンターンよ。いい厄介払いができたってものね。エイモスが言うには、ミスター・チャールトンを撃ったのと同じライフルで自殺したらしいわ」

びっくりして卒倒するかと思いました。それで思わず言ったのです。「いまのお話、ほんとうですの、ミセス・スクワイア？」

ミセス・スクワイアはわたくしのためにもう一度話してくれました。ほどなく、女五人が同じ回線で話すことになりました。五人が加入している共同電話なものですから。ミスター・ミンターンの不幸を悲しむ人はひとりもいませんでした。ミスター・チャールトンを撃ち殺すよりも、アリス・プラットと結婚するよりも、ずっと前に自殺していたらなおよかったのに、ということで意見が一致しました。

帰宅なさったミスター・バートレットにお尋ねしたところ、ミスター・ミンターンが封筒に書き残したことばを教えてくださいました。

わたくしたちはそれについて意見を交わし、同じ結論に落ち着きました。ミスター・ミンターンはああいう卑劣漢だから、他人を面倒に巻きこみたかったにちがいないと。封筒の裏にあんなことを書くなんて、いかにもあの人のしそうなことです——もっとも、死んだあとでどうやってそんなことができたのかは謎ですけれど。けさ郵便物をとりにいったら、ハーヴィー・ダンがこうおっしゃいました。「ミス・ハーモン、自殺するのは本人の勝手だが、そのせいでだれかが殺人の罪に問われるような小細工をするのはけしからんよ」それにはわたくしも同感です……

でも、ミスター・スティックニーのしわざだとしたら――

4

ミセス・ベネットのこともいくらかお話ししたほうがいいですわね。

トーントンへ越してこられて以来ずっと、わたくしはあのかたのもとで働いています。秘書を置いたほうがいいと、ミスター・チャールトンが提案なさったのです。わたくしは近くの高校で速記とタイプを教えておりました。それで雇ってくださいました。

ミセス・ベネットはとっても勤勉なかたです。

秘書をお使いになるのははじめてということで、慣れるまでにかなり時間がかかりました。はじめのころは、長編も短編もご自分でタイプなさっていたので、わたくしは清書をしたり写しをとったりするだけでした。当時は、あのかたとわたくしが、それぞれ別のタイプライターの前にすわっていたものです。

口述を覚えられてからは、ずいぶん仕事がはかどるようになりました。最初は手紙の返事の口述からでした。それだけでもそうとうな量の仕事から解放されたのです。国じゅうのどれほど多くの女性から身の上相談の手紙が送られてくるものか、お聞きになったら驚きますよ。そのうち、視力が衰えてきたので、短編を試しに口述なさったところ、うまくいきました。それから長編をまるまる一冊口述なさいましたが、これもうまくいきました。句読点の打ち方にずっと悩まされてきたけれど、タイプをまかせてからはその悩みが解消したとおっしゃったことがあります。「セミコロンと二度と顔を合わせなくてすむと思うと、ほんとうにせいせいするわ！」と。

ここ七、八年は、ほとんどなんでも口述しておられます――ただし、ミスター・チャールトン宛の私信は別です。それだけはご自分で書いていらっしゃいました。

口述は午前中になさいます。それを午後にわたくしがタイプするのです。仕事に追われているときは、ミセス・ベネットのところで昼食をいただきます。そうでないときは、ミスター・バートレットの家まで帰ってゆっくり食べます――近ごろミセス・ベネットは一時間の昼寝をなさることが多くなったので、眠っていらっしゃるあいだにタイプを打ちはじめるのは気が引けましてね。ちょっとした物音でも目を覚ましてしまわれますから。

あのかたの小説はご存じでしょう。

すばらしい作品ばかりです。

多くの作品を書くお手伝いができたことを、とても誇らしく思います。

小説のアイデアがどこから湧いてくるのかはわかりませんが、若いころにずいぶん旅をなさったようです。シアトル、ポートランド、タコマ、スポケーン、サンフランシスコ、ロサンゼルス、サンディエゴ、ロングビーチ、ソルトレークシティ、デンヴァー、ビュート、ビリングズ、カンザスシティ、セントルイス、シカゴ。どの街のことも何かしら覚えておられました。ミスター・チャールトンが実務面をうまく処理なさったので、ミセス・ベネットは書くことに専念できたのです。

お書きになったものはすべて、写しを二部作って、一部をただちにミスター・チャールトンにお送りしていました。ミセス・ベネットのお屋敷は耐火構造ではありませんから、安全な場所に写しを保管しておきたかったのです。そうすることで、あのかたの不安をかなり取り除くことができました。どんなものでも写しを作って、一部がかならずミスター・チャールトンのお手もとに行くようにしていました。

ミスター・チャールトンは契約の処理のほか、重要書類の管理もされていました。十年以上前にミセス・ベネットが遺言状をお作りになったときも、ミスター・チャールトンに保管を依頼なさいました。つい数日前、ミセス・ベネットは新しい遺言状をお作りになりました。なぜ知っているのかというと、タムズと料理人のジュリアとともに、わたくしが証人になったからです。その遺言状も翌日ミスター・チャールトンへ送られたはずです。ミセス・ベネットがご自分で郵送なさったと思います。

どちらの遺言状の内容もわたくしは存じません。文面を読んでいませんから。ミセス・ベネットが署名をなさり、証人の三人はそれをたしかめてから、所定の欄にそれぞれ署名しました。

ほかに何かお話しできることがあるでしょうか。

新しい遺言状を作成なさったのは自然なことでした。前のものを作られたとき、スティーヴンズ夫妻のお子さんはまだ生まれていませんでした。おそらくあの娘さんへの遺贈分を追加されたのでしょう。ミスター・プラットのお父さま――つまり、ミセス・ベネットのお兄さま――も、十年前はご存命でした。そのかたに何か遺すことになさっていたとしたら、見直しの必要があったでしょうね。

前回遺言状を作られてから、十年ほどたっています。仕事に打ちこまれるあまり、いつかは筆を断つ日が来ることを意識なさる暇もなかったのでしょう。五十歳、六十歳、七十歳といった節目の誕生日を迎えるまで、人は遺言状のことなど考えないものです。そうお思いになることはありません？

七十歳の誕生日まであと数日しかないと知って、ミセス・ベネットがそれに着手されたのはごく自然なことです。

あのかたはお体が丈夫なほうではありません。そう長くは生きられないとお考えなのもわかっています。しかしわたくしは、あの清らかなお命がずっとずっと先まで失われないことを切に祈っております。ミスター・スティックニーをはじめとする批評家のかたがたは、ミセス・ベネットのほとんどの作品に共通する〝悪は罰せられ、正義は勝つ〟という主題を嘲笑なさいますけれど、わたくしはそれが真理だと思っております。真理だからこそ、美しいのです。

ミスター・スローカム、わたくしは十七年近く、偉人と呼ぶべき女性のもとで働いてきました。それは名誉なことでしたし、そのおかげでわたくし自身も、人間として成長できたのですわ。

検死官　質問はあるかね？

イングリス　例の封筒を——ふたつ目のを——証人に見てもらっては？

検死官　いいとも。

イングリス　ミス・ハーモン、ミスター・ミンターンの署名がわかりますか。

証人　見たことはあります。ミセス・ベネット宛に手紙が届いていましたから。

イングリス　なるほど。では、この封筒の裏を見て、そこに書いてある署名がウィリアム・ミンターンのものかどうか教えていただけますか。

証人　鉛筆で書いてありますね。

イングリス　それはわかっています。

証人　あの人の署名に見えます。〝W〟と〝M〟が、いつもの飾り文字になっていますし。

イングリス　この署名が見つかったときの状況はひとまず忘れてください。あなたが仮に、ミンターンが口座を持つ銀行の出納係だとして、この署名のしてある小切手を見たとします。あなたは換金に応じますか？

証人　どう申しあげたらいいでしょう。応じるかもしれませんし、応じないかもしれません。

イングリス　では、彼の署名に見えるのですね？

検死官　証人はさっきそう言ったじゃないか、ミスター・イングリス……ほかに訊きたいことは？

イングリス　まだまだたくさんあります。ミス・ハーモン、あなたはミスター・チャールトンが撃たれたとき、どちらにいらっしゃいましたか。

証人　庭におりました。

イングリス　射撃をしていたとき、車庫で銃を手にしたのはだれでしたか？　ベン・ウィリットの証言によると、何度か車庫に持ちこまれたそうなのですが。

証人　わたくしは存じません。あのときはほとんどずっと、ミセス・スティーヴンズとお子さんといっしょにいました。ですから、ミスター・チャールトンがいつ撃たれたのかはわかりません。

イングリス　検死官、あなたは独自の妙な流儀でこの検死審問をおこなっておられるが、どちらかの死体を医師に検分させようとはお考えにならなかったのですか。

検死官　考えたよ、ミスター・イングリス、きみが思いつくずっと前に。

イングリス　ほう！

検死官　あの晩のうちに――ミスター・タムズとベン・ウィリットが帰ったあとに――ドクター・フェアレスに来てもらった。ミスター・チャールトンが撃たれたのは三時か――四時か――五時か――そのいずれでもありうると言っていた。確定はできないと。

イングリス　ミンターンについてはどうおっしゃっていました？

検死官　それは重要ではない。ミンターンが自殺した時刻はわかっているからね。

イングリス　どこを撃ったのです？　体のどの部分ですか。

検死官　目尻だ。ミスター・チャールトンとほぼ同じだな。

イングリス　そんなところを自分で撃てるものでしょうか――ライフルで。

検死官　今回のような小型のライフルで？　ああ、撃てるとも。自分で試してみるといい。

イングリス　いやです……ライフルは手に握られていたのですか。

検死官　そうだ。

イングリス　ふだんはどこにしまってあるのです？

証人　車庫ですわ、ミスター・イングリス。

イングリス　ならば死体も――ミスター・ミンターンのですが――きっと車庫で発見されたのでしょうね？

検死官　いや、ちがう。

イングリス　ちがう？

検死官　阿舎《あずまや》の入口で見つかった。

イングリス　なんとおっしゃいましたか、検死官。

バートレット　阿舎の入口で見つかったと言ったんだよ。二番目の死体もそこで発見された。

検死官　阿舎の、はいってすぐのところだよ、ミスター・イングリス。

イングリス　しかしなぜです？　自殺したい人間が、車庫でライフルを見つけたのなら、なぜわざわざそこを出てほかの場所へ？

検死官　それについては、つぎの証人がたぶん話してくれるだろう……もうけっこうですよ、ミス・ハーモン。どうもありがとう。お帰りになるとき、ミスター・タムズに入室するよう伝えてもらえますか。

イングリス　ほう！

検死官　お待ちかねの人物の登場だ、ミスター・イングリス。いよいよそのときが来た。

よき使用人の貢献

検死官　名前はタムズだね？
イアニチェリ　すみません、ミスター・スローカム、ぜんぜん聞こえないんですが。
検死官　わたしにもよく聞きとれないんだよ、アンジェロ。では、もう一度……名前はタムズだね？……「はい、そうです」だそうだ。聞こえたかね、アンジェロ。
イアニチェリ　だめです、ミスター・スローカム。
ニューマン　おれも聞こえなかった。
イーストン　わたしがこの人のことばを繰り返すよ、リー。まずは試そう。
検死官　名前はタムズだね？
イーストン　「はい、そうです」
検死官　これでどうだ、アンジェロ。
イアニチェリ　はい、ミスター・スローカム。よく聞こえます。
検死官　ではこのやり方でいこう……きみはミセス・ベネットの使用人だね。
イーストン　「執事でございます」
検死官　ミセス・ベネットのもとで働きだしてどれくらいかね。

イーストン　「三十年以上になります」
検死官　正確にはいつから？
イーストン　「処女作の『放蕩息子』を出版されたときからでございます。あれは傑作でした」
検死官　その本はよく売れたのかい。
イーストン　「はい、そうです」
検死官　使用人を雇えるくらいに？
イーストン　「執事でございます。ええ、そうです」
検死官　ミスター・タムズ、思うままに話してもらいたいんだがね。
イーストン　「何をお話しするのでしょうか」
検死官　知っていることを全部だ。日曜の朝から昨夜にかけて起こったことを。
イーストン　「何もお話しすることはございません」
検死官　ミスター・チャールトンが撃たれたとき、きみは庭にいたね。
イーストン　「はい、おりました」
検死官　それで？
イーストン　「ミスター・ウィリットからお聞きになったと思いますが」
検死官　ああ、そうだが――
イーストン　「ミスター・ウィリットの話に付け加えることは何もございません」
検死官　供述を読んだのかね？

イーストン　「本人が話してくれました」
検死官　内容にまちがいはなかったかい。
イーストン　「ミスター・ウィリットが嘘をつく理由はございません」
検死官　では、ミスター・ミンターンの件について——
イーストン　「ミスター・ピーボディーが証言をなさったのではありませんか」
検死官　その話も聞いたのか？
イーストン　「ミスター・スティーヴンズと話しておられるのを耳にしました」
検死官　それにもまちがいはなかったと？
イーストン　「申し添えることはございません」
検死官　ミスター・チャールトンのことは好きだったかね。
イーストン　「わたくしは執事でございます」ちょっと待て。まだ何か言ってる。「主人のお客さまを好きだのきらいだの申しあげる立場にはございません」
検死官　ミスター・ミンターンについても同様かな。
イーストン　「はい、そうです」
検死官　ほかの人たちについても？
イーストン　「そうです」
検死官　ミスター・チャールトンとミスター・ミンターンを撃つのに使われたライフルを見てもらおう。見覚えがあるかね。

イーストン　「はい。それはわたくしのライフルでございます」
検死官　なぜライフルを買ったんだね。
イーストン　「射撃が好きだからでございます……ミセス・ベネットは寛大にも、射撃をたしなむことをお許しくださいました」
検死官　ミスター・タムズ、きみはこうしてしゃべっている以上のことを知っているように思うんだがね……ミスター・チャールトンはミスター・ミンターンをよく思っていたかね。
イーストン　「そういったことを申しあげる立場にはございません」
検死官　ミスター・ミンターンはミスター・チャールトンをよく思っていたかね。
イーストン　「それもわかりかねます」この証人はちっとも役に立たんな。
検死官　ベン・ウィリットによると、客たちが射撃をはじめたとき、きみは的をとりにいったそうだ。さて、なぜそんなことをしたんだね？
イーストン　「そうしないと、庭の木が傷だらけになりますから……それで、鋼鉄の弾丸受けに的を吊したのです」
検死官　弾薬が足りなくなったとき、何人かが車庫へ行ったね。
イーストン　「はい」
検死官　だれだった？
イーストン　「よく注意しておりませんでした」
検死官　きみ自身も行ったかね。

イーストン　「はい、一回目には」
検死官　で、二回目は？
イーストン　「覚えておりません」
検死官　三回目は？
イーストン　「三回目があったのですか？」
検死官　弾薬のありかをきみは知っていた。ところで、銃を持って車庫へ行くより、弾薬をたっぷり庭へ持ち出すほうが簡単なのでは？
イーストン　「たしかにそうでございますね」
検死官　そうしてはどうかと、なぜ言わなかった？
イーストン　「指図をする立場にはございませんので」
検死官　何人かには銃の扱い方を教えたね。そうと知っているわけではなくて、推測だが。
イーストン　「はい、お教えしました」
検死官　どういうわけで？
イーストン　「扱い方を心得ておりましたから」
検死官　ただ、ベン・ウィリットの証言によると、あまり得手ではなかったようだね。その個所を読みあげよう。〝構えもなってなければ、引き金の引き方もなってなかった。最高五十点とれる紙の的で、二十五点とることもあれば、全部はずすこともあった〟。これについて何か言うことはあるかね。

イーストン　「ございません」まだ何か言ってる。「射撃の得点は稼げなくとも、銃の扱い方は心得ております」
検死官　それは興味深いね、ミスター・タムズ。さて、阿舎《あずまや》から庭までは百フィートほど、阿舎から車庫までは六十フィートほどある。きみなら庭と車庫のどちらかから狙って、阿舎にいる人間の頭に弾を命中させることができたかね。
イーストン　「はい」
検死官　何回できた？
イーストン　答えません。
検死官　実際にやったのかね。
イーストン　「いいえ」
検死官　日曜日に射撃をしたあと、ライフルをどうした？
イーストン　「わたくしは手をふれておりません」
検死官　なぜだ。
イーストン　「ああいったことのあとですから、指紋をお調べになるのではと思いまして――」
検死官　うむ。
イーストン　「――それで、自分の指紋をつけたくなかったのです」
検死官　なるほど。
イーストン　「ですからライフルはそのままにしておきました――最後に置かれた場所がどこ

であれ――」

検死官　車庫のなかにあった。知らなかったのか。

イーストン　答えません。

検死官　自分のライフルがどうなったのか、気にならなかったかね。

イーストン　「気にはなりました……はい、もちろん。ですが、正義がなされるのを妨げたくありませんでしたので」

検死官　ふむ――すると、正義を望んでいるわけだな。

イーストン　「そうです」

検死官　ミスター・ミンターンがミスター・チャールトンを撃ったのかどうか知っているかね。

イーストン　「存じません」

検死官　ミスター・ミンターンが自殺したのかどうか知っているかね。

イーストン　「存じません」

検死官　しかし、もしミスター・ミンターンがミスター・チャールトンを撃ち殺して、その後みずから命を絶ったのだとしたら、正義がなされたことになるね。

イーストン　「そのとおりでございますね」

イングリス　きのう、ミスター・ミンターンが母屋を飛び出してライフルをとりにいったとき、きみはどこにいたんだね。

イーストン　「車庫におりました」

検死官　おや、車庫にいたのか。そこで何をしていた。
イーストン　「ミスター・ピーボディーのお車のニッケルめっきの部分が曇っていたので……
それを磨いておりました」
検死官　ミスター・ミンターンの姿を見たかね？　飛びこんでくるところを。
イーストン　「はい」
検死官　ライフルはどこにあった？
イーストン　「隅に置いてありました」
検死官　ミスター・ミンターンがライフルを持ち出すのを見たかね。
イーストン　「はい、見ました」
検死官　向こうもきみに気がついたのか。
イーストン　「はい」
検死官　どうしてわかる。
イーストン　「わたくしのほうをまともにご覧になったからです」
検死官　それから彼はどうしたね。
イーストン　「ライフルを持って出ていかれました」
検死官　で、きみはどうした？
イーストン　「めっきを磨きつづけました」
バートレット　信じられん！

イングリス　検死官、わたしにも質問させてください。あなたは銃声を聞きましたか。
イーストン　「はい」
イングリス　どのくらいあとに？
イーストン　「何秒かあとです」
イングリス　それでどうしたのですか。
イーストン　「磨く作業をつづけました」
検死官　それから何が起こった？
イーストン　「しばらくして――」
イングリス　しばらくとはどのくらい？
イーストン　「一分ほどでしょうか。気にしておりませんでしたので」
検死官　先をつづけて。
イーストン　「ミスター・スティーヴンズが車庫にはいっていらっしゃって、こうおっしゃいました。〝タムズ、あいつが自殺したぞ！〟」
検死官　で、きみはなんと答えた。
イーストン　「〝そうでございますね〟と申しました」
イングリス　これはこれは！　だれが自殺したのかとすら尋ねなかったのですか？
イーストン　「ミスター・スティーヴンズのほうへ顔を向けたら――死体が見えたのです」
イングリス　それであなたは――

イーストン　「〝そうでございますね〟と」
イングリス　とりあえず、ミスター・ミンターンが自殺したのには、まともな考えの人間がじゅうぶん納得できる理由があるとして、ミスター・チャールトンが撃たれた件についてはどう思いますか。
イーストン　「お知りになりたいのですか？」
イングリス　はい。
イーストン　「では、申しあげましょう」――ちょっと待った。まだつづくぞ――「よりによって、ミセス・ベネットが七十回目のお誕生日を祝っていらっしゃる日に、ミスター・チャールトンを射殺するなどというのは――まったく――まったく――」もう一度言ってくれ、ミスター・タムズ――「良識に反する許しがたい行為でございます」
検死官　何か質問はあるかね。
バートレット　証人はまだ何ひとつ答えてないぞ。
イングリス　そうは思いませんね、ミスター・バートレット。強く反論します。
検死官　もう行っていいよ、ミスター・タムズ……順番が来たとミセス・ベネットに伝えてくれ。
イーストン　「承知しました……ひとつお願いがあるのですが……」
検死官　なんだね。

イーストン　「お願いと申しますのは……陪審員のかたがたに……ミセス・ベネットが大変な心労をこうむっておられることを……そしてお体の調子がよくないことを、いま一度お伝えいただきたいのです」

検死官　できるだけ心がけるよ、ミスター・タムズ。

イーストン　「はい……恐れ入ります……」

検死官　全部聞こえたかい、アンジェロ。

イアニチェリ　はい、ミスター・スローカム。おかげさまで。

検死官　陪審員諸君、ミスター・タムズの要望は聞いたね。みんな配慮してくれるものと思う……どうだろう、ミセス・ベネットが入室するときは、全員起立して迎えるというのは——

イングリス　そして着席されるまで、起立したままで。

検死官　そうしよう……そろそろお出ましのようだ……

高名な作家の見解

1

ミスター・スローカム、ご覧のとおり、ミス・ハーモンに同席してもらうことにしました。わたしの話すことはすべてミス・ハーモンが速記で書きとります。

あなたのお嬢さんが同じことをしていらっしゃるのは承知しています。

お嬢さんの能力をとやかく言うつもりは毛頭ありません――それどころか、まだお若くて経験は浅いのに、おそらく立派にこなしておられるのでしょう――けれども、わたしはミス・ハーモンに口述するのに慣れていますので、ふだんどおりにしたいのです。

それで差し支えありませんね？

ミス・スローカムも、お好きに書きとっていただいてかまいません。わたしは早口ですし、歳のせいであまり明瞭には話せませんから、よい練習になると思いますよ。

もし聞きとりそこなっても、ミス・ハーモンが自分の記録を見せてくれるはずです。

わたしの使う独特な単語の綴りも教えてくれるでしょう。ある批評家が指摘したとおり、わたしのことばは高尚で奥深いのです。わたしにはぴったりあてはまる一語を的確にとらえる才能があります。慣れ親しんだ語り方を変えるつもりはありません。わたしの流儀に合わせるのが筆記者の本分でしょう。いかなる場合であろうと、わたしのほうが合わせることはありえません。

2

いいえ、質問にはお答えしません。

「はい」だの「いいえ」だの「記憶にありません」だの「おみごとですわ！」だのと言う気もありません。

巧みに誘導されて、些細なことを大仰に言われるのもごめんです。

なぜそんなことをしなくてはならないのです？

ミスター・スローカム、あなたは真実を――それがすぐ目の前にあるにもかかわらず――探り出したいとのことですが、あなたの質問に答えるつもりはありません。あなたはわたしの言わんとすることをねじ曲げて、ほかの者にとっては明々白々な事実を、意味不明の戯言《たわごと》に変えてしまうに決まっていますから。

わたしから情報を得たいのですね。

ベン・ウィリットにも、ミスター・ピーボディーにも、ミス・ハーモンにも、それに執事のタムズにも問うたのでしょう？　その人たちが洗いざらい話したのに、まだじゅうぶんではないのですか。

なぜわたしにまで会うのかわかりませんが、現にこうして会っています。わたしがどれほど感じやすく、どれほど取り乱しているかを承知していながら、こんなふうに話をさせるのは無慈悲というものです。とはいえ、外で起こったことは何も知りませんが、この家の人たちのことならだれよりもよく知っています。ですから、その人たちのことを何もかもお話ししましょう。

ただし、質問にはお答えしませんからね。ぜったいに。

七十歳にもなって、しかも図書館をいっぱいにできるほどの著書を持つわたしが、郡の小役人の尋問に頼るなんて——悪気はないのですよ、ミスター・スローカム、いつもこんな調子なので——ばかばかしいではありませんか。助けを借りないほうがずっとうまく話せるのですから。

わたしは共著を出したこともありません。だれの助けも借りずに本を書いてきました。視力が衰えはじめて以来、口述筆記をまかせているミス・ハーモンのことを助手と呼ぶなら別ですが。だとしても、ミス・ハーモンは植字工や印刷業者や出版業者や書店と同じ意味で助けてくれるにすぎません。そうした人たちはわたしの作品を大衆のもとへ送り出してくれますが、彼らから小説のアイデアがもたらされることはありません。自慢ではありませんが、それは神からもたらされるのです。

うまく伝わっているでしょうか？

尋ねるまでもありませんね。わたしはその道の専門家なのですから。

ミス・ハーモンはわたしの口述を書きとります。そして原稿をタイプします。その原稿を読みあげてもらって、わたしが手を入れます。

ミス・ハーモンは校正もします。わたしの文体を知りつくしているので、ちょっとした訂正ならこなせるのです。書くことに長年携わっていると、一定の法則が確立するものでしてね。そして大衆もまさにそれを求めています。

そう、当然のことです。読者がわたしの本を買うのは、求めるものがそこにあると知っているからです。読者に忠実であること——そして自分に忠実であること——それがわたしの信条です。

あなたの意見など尋ねていませんよ、ミスター・スローカム。話をお聞きなさい。

わたしは読者を高みへ導こうとつとめています。わたしの作品にはそれができるのです。愛国心と、女性の高潔と、男性の清廉をわたしは信じています。あの名高い題辞はなんだったかしら。〝息子たちはみな勇敢で、娘たちはみな廉潔だった〟。この一文がわたしのすべての本のカバーに記してあるはずです。悪は罰せられ、正義は勝つ。品性の下劣さを、わたしはけっして美化しません。邪悪なものを、わたしはいっさい容赦しません。わたしの娘時代にあった道徳観念がもはや通用しないとしたら、戦慄を覚えます——そして感じたままを読者に伝えます。

《アメリカン・マーキュリー》誌から〝ラ・ベネット〟などとあだ名をつけられ、〝彼女にとっての人生とは、夜ごとに差す月明かりにすぎない〟などと書かれようと、それは変わりません。

〝ラ・ベネット〟ですって？

ふん！

くだらない！

あの雑誌の編集者のメンケンが子供の時分に、わたしはもう小説を書いていました。あいつはきっと悪たれ小僧だったにちがいないわ――ヘミングウェイも、フォークナーも、ルイスもね。わたしの本を読んで育ったら、あの人たちもよきキリスト教徒になったでしょうに。読まなかったから、いまだに嘆きつつ歯嚙みをしつつ、闇から抜け出せずにいるのです（マタイ伝八章十二節〝御国の子らは外の暗きに追い出され、そこにて嘆き、歯嚙みすることあらん〟より）。

あんな人たちと掛かり合うつもりはありません。わたしを理解できないでしょうし、こちらも軽蔑していますから。

わたしは三十三年にわたって、徳は報いられ、悪は罰せられると説いてきました。急進主義者、共産主義者、社会主義者、無政府主義者、多妻主義者、多夫主義者、ほかにも〝主義者《イスト》〟と名のつくものはみんなきらいです。ただし、メソジストと会衆派信徒《コングリゲーショナリスト》とバプティストは例外ですよ。わたしの本を買ってくれますから。

〝汝《なんじ》は顔に汗して食物を食べ（創世記三章十九節より）〟――わたしはそれを実践しました。自然界には神の裁きというものがあります。〝怠る者よ、蟻のもとに行け（箴言六章六節より）〟――勤勉は報われるのです。母性は神聖なものです。煙草の煙で肺を満たし、大量のアルコールを胃に流しこむ世慣れた都会人が束になっても、作業ズボンと青いシャツを身につけた素朴な労働者ただひとりに、品格ではとうていかないません。

〝われ、むかし歳若くしていま老いたれど、正しき者の捨てられ、あるいはその裔《すえ》の糧《かて》乞い歩くを見しことなし（詩篇三十七篇二十五節より）〟。

わたしの最良の作のひとつ、『主は捨てたまわず』の題名はそこから採りました。みなさんにもう少し文学的素養がおありなら、わざわざ説明するには及びませんけれどね。

メンケンは一度、胸の悪くなるあの論説のなかで、この題名について書きました。がまんがならないというのです。

ともあれ、語るべき内容があれば、協力者は必要ありません。あれやこれやを思い出させるための質問も必要ありません。あなたがたはきのうとおといにここで起こったことが知りたい。わたしのために集まってくれた人たちのことが知りたい。では、話しましょう――ただし、自分のことばで――あなたがたの助けを借りずにです。

ミス・スローカム、わたしの早口についてきてくれているといいのだけれど。

ミス・ハーモンはひとことも漏らさず書きとっています。

わたしが死んだら、ミスター・ピーボディーがわたしの日常の談話を数冊にまとめて出版することになっているのです。

契約もすませています。

ミス・ハーモンは何年もそれを書きためてきました。

わたしが庭へ出てバラを愛でるとき、ミス・ハーモンはいつもそばにいて、わたしのことばを記録にとどめます。

大雨のあとに太陽が輝くと、ミス・ハーモンはそばにいて、わたしの感じたことや発したことばを後世の人たちのために書き残します。

真夜中にある考えが浮かぶと、わたしはそれを紙切れに書きつけます。ミス・ハーモンは、末永く失われることがないよう、朝いちばんにそれを書き写します。

手紙をくれたファンのためにサインをしたり、か弱い女を食い物にせんとする出版業者との契約書類と悪戦苦闘したりの折にも、ミス・ハーモンはそこにいて、わたしがもっと商魂たくましい下劣な作家だったらどんなにか羽振りがよくなっていただろう、などと書き留めるのです。

もちろんミスター・チャールトンは力になってくれました。

ミス・ハーモンもそうです。

世間との交渉事において、ミス・ハーモンはわたしの楯となってくれます。文学の才能はありませんが、実務に明るいのです。

けれども、語りを進めるときには、わたしはだれの力も借りません。

何もかも隠さずお話しします——ただし、ひとつ言っておきますよ。わたしの述べることを証拠として使うのはかまいませんが、活字にするのはおことわりします。

その点ははっきりさせましょう。

もし活字にするのなら、印税の前払いを要求します――さらに、売り上げに応じた印税も、通常の作品と同じ条件にすること。校正の費用はすべて出版業者に負担させます。ラジオ放送や映画化の権利はわたしが所有します。連載や舞台上演の権利も出版業者には分与しません。とはいえ、わたしは商売上のことには疎いのです。〝非凡の才を与えし者に、神は実務の才を与えたまわず〟。これはだれのことばだったか思い出せません。引用句辞典を引いてみてちょうだい、ミス・ハーモン。もし載っていなければ、わたしの創案ということだわ。

そこの眠たげな目つきの陪審員が、ガムだか煙草だかを嚙むのをいいかげんにやめて、それからミスター・スローカム、あなたがどうにかして、もうちょっと理知的な表情でこちらを見てくだされば、いまからわたしの知っていることをお話ししますよ。

3

わたしは七十歳です。

生まれたのは七十年前の日曜日です。

七十年前、ニューイングランドの、岩に囲まれた荒涼たる海岸地帯で、ひとりの女の子が生を享《う》けました。その子が将来名声をつかむ運命にあるとは、身内のだれも想像していませんでした。

その地はマサチューセッツ州フーサトニック。

ミスター・スローカム、フーサトニックが百マイル以上も内陸にあって、当然ながら海岸など存在せず、岩に囲まれた荒涼たる地形であるはずがないことは、重々承知しています。とはいえ、ニューイングランドの一部であるのは事実ですし、幸運にもその聖なる地に生まれた者にとっては、海辺も山地も含めた隅々までがすべて故郷なのです。ニューイングランド人であるのは、地理的にというより心理的にそこに属しているということです。いままでそんなふうに言った人がいないなら、わたしがここで申します。

ミス・ハーモン、いまのをわたしの『小語録』の新版に入れること、とメモしておいてください。

それからもう一点、印刷に出す前にミスター・ピーボディーと相談すること、ともね。わたしの読者は中西部にもたくさんいますし、〝なんと言っても人は人〟というバーンズの名言もありますから。

わたしはフーサトニックとシェフィールド、そしてニューヨークで教育を受けました。子供のころ、父が数年間ニューヨークに住んでいたのです。母は兄とわたしがまだ幼いときに亡くなりました。

シェフィールドのことは『放蕩息子』に――自伝ではありませんよ、ミスター・スローカム――書きました。ニューヨークのことはいくつかの小説に書きました。

父は裕福でしたので、わたしは学業の締めくくりにヨーロッパを訪れました。ひと月ほどロンドンに滞在しました。『イライザ・ブライス』はこの街を舞台にしています。ランベスに住む貴族の令嬢の物語で、清純なその娘は、ある夕べにジャーミン街を散歩していて出会った伯爵と、やがて婚約します。

読者のなかには、どうやってそんな短期間でロンドンの街にくわしくなったのかと尋ねる人もいました。

それはこういうことです。ランベスには大主教の公邸がありますから、物語の舞台にふさわしい地区だとわかりましたし、ジャーミン街の角にある銀行へほぼ毎朝郵便物をとりにいっていたので、その界隈のことは知りつくしていました。

観察こそが、わたしの成功の秘訣でした。観察を怠ったことはありません。《サンタモニカ・センティネル》紙の批評家は、わたしが〝透徹した観察眼を持っている〟と言っています。

パリにも行きましたが、書きたいと思うことは何も見つかりませんでした。

わたしはさながら、見るものすべてに衝撃を受けるからと、角灯を手にひたすら探索をつづけたディオゲネスのようでした。

ある女の売り子に衝撃を受けました。

どうしてああいう生き物に人々が耐えられるのか理解できませんでした。

『ラ・ボエーム』を英語版で読んで、衝撃を受けました。あれに比べれば、オペラのほうがずいぶん慎みがありました。

フランスのご婦人がたが食事のときにしこたまワインを飲むさまを見て、呆気にとられました。

ホテルの部屋に石鹼がないことに愕然としました。

わたしは不便な生活を耐え忍びました。のちに西部でもそういう暮らしをしましたけれど。

株で損をした父から、アメリカへ帰国するようにと電報が届いたのはそのころでした。

どれほどうれしかったことか。

神の国アメリカ！

わたしは船の渡し板を駆けおりて、父の腕に飛びこみました。

そして額にキスをして言いました。「お父さま、なんてうれしいんでしょう！」

父は驚いているようでした。

祖国の人たちのもとへ帰るのがどんな気持ちか、父にはわからなかったのです。

その逸話については、『異国に生まれて』のなかでふれています。数作ある自伝小説のうちのひとつです。

わたしと父はニューヨークにとどまりました。

父が格別人望のある社交家だったことはお話ししましたか？

夜になると、とびきりすてきな若い男性が父の家に集まってきました。

父は株で損をしたとはいえ、わたしを社交界へ無事送り出すまで家を維持していける程度のお金は持っていました。

兄のトムは――チャーリー・プラットの父親ですが――マサチューセッツへもどりました。父がそこに土地を持っていて、トムは昔から農業に興味がありましたから。

わたしにはニューヨークの文化のほうが魅力的でした。美術や、音楽や、父の家で知り合う聡明な若い紳士たちとの交友といったものです。

ハンサムな巻き毛のイギリス人、ジェフリー・ベネットと出会ったのも父の家でした。夜ごとに詩を朗読してくれたものです。キーツや、シェリーや、バイロンを。

とにかく趣味のいい人でした。

社交界での最初の季節が終わるのを待たずに、わたしはジェフリーと結婚しました。

4

ミスター・スローカム、あなたと陪審員のみなさんが聞きたいのは別の話だと承知のうえで、わたしは自分の話をしてきました。

これは習性なのです。

この小さな村の人たちは、自分たちの身近で暮らしてきた女流作家がどれほど卓越しているかをまるでわかっていませんが、わたしの読者は知っています。

読者のだれかがこんな手紙をよこさない日は一日とてありません。〝親愛なるミセス・ベネット、あなたの結婚生活にまつわることがほとんど世に知られていないのはなぜですか〟。

その質問に対しては、公言を一貫して避けてきたからだと答えています。オーレリア・ベネットは偉大な作家かもしれませんが、ミセス・ジェフリー・ベネットはよき妻でいることに満足していました。

ジェフリーは広々とした土地での暮らしを好みました。

コロラドに牧場を買った夫に、わたしはついていきました。その牧場で何年も暮らしました。牧場での生活については『スージー・シャーウィン』のなかで書いています。

わたしは乗馬を覚えました。

投げ縄や射撃は無理でした。手首の強さが足りなかったのです。けれどもジェフリーから、自然を愛することを教わりました。比較的目のきく批評家は、その点をかなり好意的に評してくれました。

そのころ、わたしは物を書く才能があると自覚していたでしょうか。

いいえ。

ジェフリーでさえ、わたしのひ弱な体にこれほどの想像力が宿っているとは思いもしなかったでしょう。

無理もありません。夫はとことん屋外志向でした。心身ともに健康で、活動的な人で、ひとつの欠点も思いつかないほど、夫に求められるすべてを具《そな》えていました。

夫婦であちこち旅をしました。シアトル、ポートランド、タコマ、スポケーン、サンフランシスコ、ロサンゼルス、サンディエゴ、ロングビーチ、ソルトレークシティ、デンヴァー、ビユート、ビリングズ、カンザスシティ、セントルイス、シカゴ。広大な西部がわたしたちを待ち受けていました。訪れなかった街はほとんどありません。西部のことは、多くの小説に書きました。

当時のわたしは、お金の心配とは無縁でした。いくらあるのかとジェフリーに尋ねたこともありません。ほしいものを買うお金には不自由しませんでした。「あなた、この十ドルの帽子を買おうかしら、でもこっちの二十ドルのか、それともこの五十ドルのがいい?」わたしがそんなふうに言うと、ジェフリーは答えたものです。「ねえきみ、なんなら三つとも買ったらいいよ、たいしたことはない」

わたしの人生のその時期については、軽くふれるだけにしておきます。すてきな思い出がたくさんありすぎるからです。そんな日々も、最愛の夫が亡くなって、あっけなく幕を閉じました。そしてわたしはたったひとりで人生に立ち向かうことになったのです。助言をしてくれる人もなく、世間に立ち向かうよすがはニューイングランドの良識だけでした。

ジェフリーが死んで、わたしはひどい苦境に立たされました。信じられないことに、牧場が抵当にはいっていたのです。利息を支払う余裕などとてもなかったので、手放しました。

父はすでに亡くなっていて、なんの財産も遺しませんでした。

わたしは数ドルのお金と着ている服のほかは何も持っておらず、手に職もありませんでした。三十女がひとりで生きていくのは、昨今でも並大抵のことではありません――よほど特別な準備をしてきたなら別ですけれど。わたしがそれに挑んだいまから四十年近く前には、ほとんど不可能なことでした。

わたしは働きました。さまざまなものを売った――いえ、売ろうとつとめたのですが、なけなしのお金も使い果たし、どうにもなりませんでした。

近ごろ、働く女性からよくこんな手紙をもらいます。〝親愛なるミセス・ベネット、これこれの物語をお書きになったとき、あなたはわたしを思い浮かべていらっしゃったにちがいありません〟。

わたしはいつもこう答えます。〝そうですよ――というのも、わたし自身があの女性だったのですから〟。

ドワイト・チャールトンと出会ったのはそのころでした。

あれは西部のどこか、たしかカリフォルニアだったと思います。

ドワイトはまだ若かった――わたしよりはです。

野心的な人間でした。

いろいろな目論見を持っていました――それらがどれほどうまくいったかはご存じですね。

それに、身のこなしがとても魅力的でした……

わたしたちは一時間いっしょに過ごして別れました――のちにどれほど親しい友人となるか、そのときは知る由もありません。実のところ、ドワイトのような人がいてくれなければ、それから三十余年のわたしの人生はどうなっていたでしょうか。

夜にすれちがう船（ロングフェローの詩Tales of Wayside Innの一節から）のように、わたしたちは挨拶を交わしました。

ドワイトは将来の計画を語り、わたしはその話に聞き入るあまり、自分のために知恵を貸してもらうことに思い至らなかったほどでした。

何年ものちに、ドワイトは言ったものです。「オーレリア、あのときひとこと話してくれていれば……」

けれども、わたしは話しませんでした。

わたしには自尊心がありました。

自立心もありました。

助言は望んでいませんでした。

あとになってそれを悔やみました。

ドワイトは去り、わたしは女ひとりで世の中を敵にまわしての、勝ち目のない闘いをつづけました。

すべてが悪いほうへ転がりました。

脚の骨折。

減る一方の蓄え。

退院するとすぐ、わたしはニューヨークへ出ました。そして手もとに残ったお金を五つに等分しました。おのおのが一か月ぶんの生活費です。わたしは四つを費やして小説を書こうと決めました。残りの一か月で出版の話をまとめようというわけです。

その月が終わるまでにいい知らせが来なければ、資金は尽き果てます。

そのときはいったいどうなるのか、自分でもわかりませんでした。

わたしは篤い信仰心をつねに持ちつづけてきました。自殺など考えたこともありません。人生に絶望したと書いてくる人には、よくそう言って返事を出したものです。そういう人にうってつけの文面が用意してあって、それでおおぜいの命を救ってきました。

そのとき書きあげた小説が『放蕩息子』でしたが、そのときのわたしほど困窮していた放蕩者など、ついぞいなかったはずです。

いくつかの社に出版をことわられました。のちに向こうから頼んでくるようになりましたけれどね。

そして五月のある日の午後、ミスター・ピーボディーが出版を承諾してくれました――わたしはその日の午前中、ただの使用人でいいから仕事が見つからないかと、職業紹介所を訪ね歩いていました。贅沢三昧に育てられた、このオーレリア・ベネットがですよ！

ひとつ秘密を打ち明けましょう。わたしはそれ以来毎年、その記念すべき日には料理人に休みをとらせ、自分で食事をこしらえています。一度も欠かしたことはありません。それをすると謙虚な気持ちを思い出すのです。

その本が――また、その後立てつづけに出た本が――どうなったかは、世間で知られているとおりです。そしてある朝、ドワイト・チャールトンがふたたびわたしの人生に現れました。

いくらか歳をとっていました。

お互いさまです。

わたしの本を一冊読んだ、と。

そして全作品を読んだ、と。

それからミスター・ピーボディーのところへ行って、わたしの住所を聞き出した、と。

なんとすばらしい！

ドワイトがやってきたとき、わたしは、連作小説をばかばかしいほど安く買いとろうとする編集者と揉めている最中でした。

ドワイトは事態を察しました。

そしてこう言いました。「オーレリア、あなたの仕事は書くことだ。ここはまかせて。代わりにぼくが談判しよう」

ドワイトはそれをやってのけました。結局その編集者は、ほぼわたしの希望したとおりの額を払ってくれました。

ミスター・ピーボディーとの契約にも、同じようにみごとな手腕を発揮してくれました。ミスター・ピーボディーの作ったとんでもない契約書類をドワイトが持ち帰ると、わたしは癇癪《かんしゃく》を起こしたり泣きだしたりします。自分の商才のなさを痛感し、いかに甘く見られているかを思い知らされるからです。

そんなとき、ドワイトはわたしの肩に腕をまわしてこう言います。「しっかりするんだ、オーレリア。まだ署名をしたわけじゃない。出向いて話し合うのはまたあした――」

「〝またあした、またあした〟」と、『マクベス』を引いてわたしは応じます。そして契約を結べ、有利にまとまった暁には、ふたりでお祝いをします。

品位のあるやり方でですよ、ミスター・スローカム。

ポートワインをあけ、ふたつのグラスに注いで、乾杯するのです。まもなく出る本を祝してではありませんよ。それはもう片づいているのですから。すでにわたしの頭にあるつぎの本を祝してです。

なぜドワイトと結婚しなかったのかと訊きたいのでしょう。

そんなことはまったく考えもしませんでした。

わたしはドワイトよりも年嵩ですし、お互いにそういった気持ちをいだいたこともありません。

ドワイトは筋金入りの独身主義者でした。

わたしはジェフリーとの結婚生活があまりにも幸福だったので、ほかの男性と同じようにいくはずはないと知っていました。〝なぜ再婚しなかったのか〟という質問をする読者には、それを想定して作った文面で返事を出します。みなさんはお気づきでないかもしれませんが、未亡人の書いた本は、平凡な妻が書いた本よりも確実によく売れるのですよ。

最後のくだりは削ってちょうだい、ミス・ハーモン。妻であることはけっして平凡ではありません。

よき妻となることはひとつの偉業です。

わたしは作品のなかで再三そう述べてきました。

結婚とは尊い制度で、わたしの結婚も成功でした。しかしそれが終わったとき、もう一度試す気力はありませんでした。心はすべて仕事に向いていたのです。「そのほうがいいのよ」とわたしは言い、ドワイトとわたしはよき友人の関係にとどまりました。

わたしの生まれ故郷であり、作品にもその精神が息づいているニューイングランドに家を買ったのも、ドワイトに勧められたからです。

賢明な選択だとミスター・ピーボディーは言いました。ニューイングランドの作家は、南北ダコタやモンタナやオクラホマ在住の作家よりも重んじられるからと。

わたしも同感でした。

ここニューイングランドにいると、かなたの地のことも確たる視点で書くことができました。ほかの地に住んでいては不可能だったでしょう。ニューイングランドの揺るぎない道徳観には、背筋を伸ばしてくれるものがあるのです。いまのことばも書き留めてちょうだい、ミス・ハーモン。その大地を踏みしめて、爽涼な空気を吸いこむと、世界が目の前に開け、この土地の基準に照らして物を考えることができました。ミスター・ピーボディーがいつも言うように、批評家にもニューイングランド出身の人は多いのですから、もっと好意的な評価をしてくれてもよさそうなものですけれど……

ともあれ、わたしはこの先も、いままでどおりの純朴な人間でありつづけます。こうして成功の頂点にいるわたしの心をいま占めているのは、愛する友――最愛の友が、わたしの七十歳の誕生日を祝いにきてくれて――命を落としたことです。

5

自分の話はこのくらいにします。

わたしがお話しできるわずかな事実について、あなたがたは知りたいのでしょう。

それらをわたし自身がどう解釈しているのかもね。

いいですとも。

日曜日の誕生祝いの午餐に出席した人たちの名簿はお持ちですね。親戚の者たちが数人、ドワイト、わたしの版元の経営者とその奥方、ミスター・スティックニー。それからミス・ハーモンもです。長年わたしのもとで働いてくれている彼女を差し置くことなどありえません。タムズが給仕をし、ベン・ウィリットが配膳室を手伝いました。食事を用意したのは料理人のジュリアです。

頭数を数えてみました。家には、わたしも入れて、十六人の人間がいました。

心なごむ祝宴でした。わたしのために詩が読みあげられました。ミスター・ピーボディーは美しく装丁したわたしの作品集を贈ってくれました。何人かのスピーチもありました。ミスター・スティックニーでさえ愛想よくふるまっていました。もっとも、アリスに――ミセス・ミンターンに色目を使いすぎていましたけれどね。

何かがおかしいと感じはじめたのは、食事がすんでからのことです。

わたしは二階の自室へ引きあげました――ドワイトが上まで手を貸してくれて、それからこう言いました。「オーレリア、タイプライターを使わせてもらいたいんだ」妙なことを頼んできたものです。実務家はふつう、何か大切なことを思いついても、封筒の裏に二、三走り書きするだけですませます。日曜日にたっぷりのごちそうをいただいたあとで、あわただしくタイプライターに向かって、望みの文書を作るということはまずしません。ミスター・スローカム、こんなことが言えるのは、作品のなかで数多くの人間の特性について鋭く観察してきたからですよ。けれども、そのときはただこう答えました。「いいわよ、ドワイト」

わたしは彼をこの部屋へ通しました。

ドワイトの使ったタイプライターが、そこのミス・ハーモンの机の上にあります。ミスター・スローカムがすわっているあたりに。

わたしは言いました。「ドワイト、あなたがタイプを打てるなんて知らなかったわ」

「打てるよ――いちおうはね」

「何か口述したいのならミス・ハーモンを呼ぶけれど」

「いや、けっこう！」と、強い口調であわててことわったので、わたしは驚いてドワイトを見ました。顔が真っ青でした。

わたしは言いました。「ちょっと、ドワイト！　どうかしたの？」

ドワイトは答えませんでした。「オーレリア、昼寝の時間じゃないのかい」

「ええ、でも、そんなことより――」

「昼寝をしたまえ」

食いさがっても無駄だと知りつつ、こう言わずにはいられませんでした。「ドワイト、心配事があるように見えるわ。わたしにできることがあれば――どんなことでも――」

ドワイトはさえぎりました。「この扉には鍵がついているのかな。それから、ほかの扉はどこへ通じているんだろうか」

わたしは教えました。ミスター・スローカム、あなたの右手にある扉の向こうは物置で、文房具が保管してあります。その先の扉は、わたしの〝隠れ家〟とミス・ハーモンが呼ぶ場所へ通じていて、奥まったその小部屋には、テーブルがひとつに椅子が二、三脚、それと調べ物に使う本があるだけです。ひとりになりたくなると、ときどきそこへ行きます。

ドワイトは言いました。「すると、出入口はここだけなんだね。中から施錠したいから、鍵をくれないか」

わたしは驚くと同時に、心配になりました。「なぜ鍵をかけなくてはいけないの?」

「ほんの気まぐれと思ってくれたらいい」

わたしは鍵を渡しました。「ドワイト――」

「きょうはあなたの七十歳の誕生日だよ、オーレリア。だから幸せな気分でいてもらいたい。ぼくたちはずっと仲よくやってきたじゃないか」

「ええ、とても仲よくやってきたわ」

「なら、これ以上は訊かないでくれ。いい子だからゆっくり寝るんだ」

みなさん、これがわたしの聞いたドワイトの最後のことばでした。

ドワイトはわたしにキスをして――ずいぶん感情が高まったときにしかそういうことはしないのですが――わたしは自室にもどって休みました。もう歳ですし、祝宴で疲れきっていましたから。そしてドワイトは、気高い紳士のごとく、この部屋に鍵をかけて腰をおろし、のちに――すべてが終わったのちに――手のなかで見つかったあの恐ろしい手紙をしたためたのです。わたしを不安にするようなことばはいっさい口にしないまま、彼を守るために何か手を打つこともまったくさせないままに。

ドワイトはなぜそんな道を選んだのでしょう。

恐れる理由があったのなら、なぜすぐさま警察に通報しなかったのでしょう。

勇敢な人で、そんなやり方はおのれの信条に反したからです。

ドワイトは西部で暮らしていましたから――わたしたちが出会ったのもそこです――西部の考え方が多く体にしみついていたのです。そのひとつが、男はおのれの闘いの決着を自分でつけるべきだというものでした。人に頼る男は腰抜けなのです。〝悪しき者は追う者なけれど逃げ、正しき者は獅子のごとく勇まし（箴言二十八章一節より）〟。

わが友はそんなふうに考えていたにちがいありません。

ドワイトはタイプライターに向かい、あなたが読みあげた例の手紙を苦心して打ち終えました。もっとも、わたしはその内容を人づてに聞いただけですけれど。

手紙を折りたたんでミス・ハーモンの机にあった封筒に入れ、封をすると、ドワイトはこの部屋から――この家から――出ていきました。まっすぐ前を見据え、胸を張って、何が来ようと立ち向かう構えで。

みなさん、事実を見いだすのがあなたがたの役目なら、何よりもまず、ドワイト・チャールトンがわたしのためにすべてを一身に背負い、最後まで紳士らしく敢然と死に臨んだという事実を心に留めてください。

わたしはいわゆる探偵小説を一度も書いたことがありません。たくさん読んだのですが、どうも好きになれませんでした。

ああいうものは、創意の凝らし方を誤った習作にすぎません。作者は何人かの人物を登場させます。凡庸で頭の鈍い、似たり寄ったりの人間ばかりです。殺人が起こります。殺されるのは金持ちの老人と決まっています。死体は中から鍵のかかった密室で発見されることもあれば、人里離れた荒れ野で見つかることもあります。

ほかの人物はすべて容疑者です――最後に犯人だと判明するひとりを除いては。登場人物のだれもが――ひとりを除いて――被害者の死を望む明確な理由を持っています。作者はご苦労にも――読み手からすると迷惑にも――矢継ぎ早に偽《にせ》の手がかりを繰り出します。

あげくの果てに、あまりにも退屈で存在すら忘れていた人物が真犯人だとわかるのです。

そんな小説をわたしは認めません。

なんの教訓も得られません。

そういうものは犯罪を賛美しています。殺人のふたつや三つ起こってこそホームパーティーだなどという認識がまかり通っているのですから。

書かれている人生訓もでたらめです。死ぬのはたいがい世の役に立つ人物で、その人を死に追いやるのはたいがい役立たずの厄介者なのです。

この世に正義があるなら――わたしはあると信じますが――その逆でなくてはいけません。

本職の作家であり技巧派であるわたしから見て何より醜悪なのは、モルヒネ中毒者だの、美食に溺れる巨漢だの、異国訛りの珍妙な英語を操る男だの、探偵といえば変人ばかりなのに、犯人はその探偵が到着するのをじっくり待ってから人殺しに取りかかるという点です。

犯人は「腕利きの探偵が来ている。あいつが帰るまで手をくだすのはよそう」とひとりごつのではなく、「腕利きの探偵が来ている。さっさと手をくださないと、作者は本を書きあげられない！」と考えるらしいのです。

死を描いた場面は、悲痛でもおごそかでもありません。読者が涙することもありません。感情を揺さぶられないのです。死を数学の問題さながらに扱うように仕向けるなんて……

そんな小説は人生ではありません。そして、人生でないものは芸術でもありえないのです。

いまのわたしたちの状況は、探偵小説とは似ても似つきません。

定石に従えば、もしこの場でだれかが殺されるとするなら、それはわたしだったはずです。

わたしは金持ちの老女ですよね。しかもわたしは、日曜日にこの屋根の下にいたほぼ全員が自分の死によって恩恵を受けることを、じゅうぶん承知しているではありませんか。

親族がいました。やつれてお腹を空かせ、家じゅうを歩きまわっては、家具の値踏みをしたり、つぎにここの家主におさまるのはプラットだ、スティーヴンズだ、ミンターンだ、と言い争ったりする人たちです。

出版業者もいました。わたしの命があるかぎりお金を巻きあげようとし、死後にはどうにか遺産をかすめとるであろう人です。

使用人もいました。料理人と、執事と、秘書です——クララ、あなたまで加えてしまって悪いわね。わたしが死んだら遺産のおこぼれを頂戴できると多かれ少なかれ期待して、いつになったら死ぬのかと思っている人たち……

本気で言っているわけじゃないのよ、クララ。泣くのはおやめなさい！

ミス・スローカム、クララが何か書き落としたら、あなたの記録を写させてもらえるかしら……

スティックニーもいました。わたしを毛ぎらいしている文芸批評家です。わたしにどれほど見くだされているかを知って、ますます嫌悪は募ったことでしょう。ここへ着いてからはずっと酔ったままでした。そのうえ、射撃の名手ときています。

まちがいなく庭から発射されたあの銃弾は、もしかしたらわたしの命を狙ったものかもしれない。そんな考えは浮かびませんでしたか？

午後も遅くなると、阿舎《あずまや》はいつもずいぶん暗くなります。その暗がりに腰かけた人間が男なのか女なのかを見分けるのは容易ではなかったでしょう。

わたしに殺意を持っただれかが、庭の明るい日差しに慣れた目で阿舎を見やったとしたら、そこにいる黒い人影をわたしだと思いこんでも不思議はありません——とりわけ、そこでわたしが長時間静かに過ごす習慣があることを、だれもが知っているような場合には。

こういったことをお話しするのは、わたしにとっては自明のことが、みなさんにはきっと、同じようにはっきりとは見えていないからです。単純で素朴な仕事に慣れたあなたがたの頭では、物事の奥底まで見抜けと言うのは酷というものでしょう。分相応の理解力はお持ちなのですから、それ以上は求めません。

いま言ったことも書き留めてちょうだい、ミス・ハーモン……

この家にいた人たちのなかで、わたしを殺す動機がなかったのはドワイト・チャールトンただひとりです。

理由を説明しましょうか。

先週作成したばかりの新しい遺言状で、わたしは全財産をドワイトに遺しました——ところが彼はそれを望まなかったのです！

ミスター・スローカム、これがその遺言状の写しです。読んでくださってかまいませんよ。内容は見せていませんが、ミス・ハーモンと、タムズと、料理人のジュリアがそれぞれ証人になりました。この州の法律で、証人を三人立てるよう決められているのです。

なぜ親戚の者たちに何も遺さなかったのかとお尋ねなら、その答は、あの人たちよりもドワイトのほうがうまく財産を管理できるから、ということに尽きます。使用人たちに――あるいは、ここにいるミス・ハーモンに――何も遺さなかった理由も、まったく同じです。ドワイトは以前から、ミス・ハーモンのちょっとした蓄えをうまく運用しています。それがどれほど成功しているかについては、彼女も証言すると請け合ってくれました。彼女が窮することがないよう、ドワイトはしっかり心がけていたことでしょう。

遺言状の作成にかかる前に、わたしは自分の意志をドワイトに伝えました。

ドワイトは反対しました。「オーレリア、ぼくには必要ないよ。自分でじゅうぶん持っている」

わたしは言いました。「それはわかっているわ」

「単に体裁のためで、ほかに理由がないのなら、そのお金をあてにしている人たちに分け与えるべきだ。チャーリー・プラットにこれだけ、アリス・ミンターンにこれだけ、ハワード・スティーヴンズにこれだけ、ミス・ハーモンにこれだけ、タムズにこれだけ――」

けれども、わたしは自分がどうするかを知っていました。「親族のなかでお金の扱い方を知っているのはただひとり――ウィリアム・ミンターンだけよ。ほかの人たちよりもはるかに知識があるから、きっとひとり占めしようとするわ。わたしが避けたいのはまさにそれなの」

ミスター・スローカム、わたしがウィリアム・ミンターンをどう思っているか、これでおわかりでしょう。いずれ分与されるわたしの遺産だけを目当てに甥の娘のアリスと結婚した、傲慢で、身勝手で、薄情な男です。ウィリアムはお金のことで頭がいっぱいで、ほかのことにはなんの関心もありませんでした。でなければ、アリスと結婚するものですか。将来転がりこむ遺産のために、数年はアリスの両親の存在にも目をつぶるつもりでいたのです。

わたしはあの結婚に不賛成でした。

チャーリーもそうです。

メイベルがウィリアムをきらっていたことも、アリスが自分を犠牲にしようとしていたことも、わたしは知っていました。

しかしウィリアムはあの一家を手の内にまるめこみ、犬か馬でも買い入れるかのように、打算だけでアリスをわがものにしました。チャーリーとメイベルは毒のない人たちです。あの結婚が計算ずくの契約だとわかっても、受け入れるしかなかったのです。ウィリアムのおかげで少しはましな暮らしができるし、わたしが死んだら格段にいい暮らしができるとわかっていたから、あの男に頭があがりませんでした。

ドワイトはそうした事情をすべて承知していたので、強く反対したのです。「オーレリア、もしあなたの遺産をもらったら、親戚の人たちは今後生きているかぎり――向こうもこちらもだよ――ぼくに脅しをかけてくるだろう。そんな責任を負わされるのはごめんだ。そうなったら、ぼくは全員の信託財産を作って――」

「まったく異存はないわ」

「遺言状をもう一通作って、自分で準備したらどうだね」

わたしはドワイトの手をとって、まっすぐ目を見つめました。「これには理由があるの、ドワイト。この世であなたほど信用できる人はほかにいない。だからこそ、こんな大変な役目をお願いするのよ」

ドワイトは無理だと言いましたが、あてにしていいとわたしは信じていました。

6

どうしてああいう悲劇が起こったか、そろそろおわかりかしら?

わたしには最初からわかっていました。

あなたがたがなぜ気づかなかったのか、不思議でなりません。

クララ、わたしは気が立ってなどいませんよ。

消去法で考えれば、おのずと真実にたどり着いたはずなのです。

ドワイト・チャールトンが撃たれたのが事故ではなかったとして——断じて事故ではありませんが——ここにいた人たちのなかでそれを実行できたのはだれでしょうか。

ふたりを除く全員です。ふたりというのは、オーレリア・スティーヴンズとわたしですよ。あの子はまだ小さいし、わたしは年寄りですから、だれかに支えてもらわずにライフルを構えることはできません。

ほかの人たちのなかで、ドワイトを亡き者にする明白で決定的な動機を持っていたのはだれでしょう。

ひとりしかいません。

クララ、わたしはまだ疲れていませんよ……

どんな手を使ったかはわかりませんが――どうにかして――ウィリアム・ミンターンは、わたしが新たに遺言状を作ったのを知ったばかりか、その内容をも探り出しました。

これもどんな手を使ったかはわかりませんが――どうにかして――ドワイトはウィリアムがその情報をつかんだことを日曜日に知りました。

だからドワイトは午餐のあと、あれほど動揺していたのです。

そしてタイプライターを使わせてくれるかと尋ねたのです。

ウィリアムのほうからドワイトに話したのです。遺産を自由にできると踏んでいたウィリアムが、ドワイトが介入すると知って、素直に納得したはずがありません。あの男なら脅すくらいのことはしたでしょう。

けれどもわたしは、ウィリアムが意をとげるためにどんなことでもしてのけるとまでは思っていませんでした。ところがドワイトはそう確信していたのです。

ミス・ハーモン、わたしは声を荒らげてなどいませんよ！

こうやって穏やかに――落ち着いて――乱れのないことばで話しているではありませんか……

ウィリアムは機をとらえました。

あの男はほかの人たちといっしょに庭にいました。

その手にはライフルがありました――ああ、あんなものはとうの昔に、タムズに焼き捨てさせればよかった！

ウィリアムはドワイトが家を出るのを見ました。

阿舎へはいっていくのも見ました。

そして集団から少し遠ざかり、何をしているのか見られないよう、ライラックの生け垣に身を隠しました。それから阿舎のほうを向き、慎重に狙いをつけて発砲したのです。

なぜそんなことを知っているのか？

そのくらいは簡単に推理できたでしょうが、その必要もありませんでした。ウィリアム・ミンターンが翌日の午後に部屋へ駆けこんできて、ぐっすり寝ていたわたしを起こし、みずから告白したのです！

おわかりですか、みなさん。

ウィリアムは面と向かってわたしに自白したのです！

「やつを撃った。そう、わたしが撃った。だからあんたの助けが要る」

わたしに体力があったら、あの男に飛びかかってその場で絞め殺していたでしょう。けれども、恐ろしくてことばも出ませんでした。

ウィリアムはわめきました。「助けが要るんです！」

わたしは答えました。「ウィリアム、指一本動かす気はありませんよ！」

「よく考えてください！　わたしはアリスと結婚してるんですよ！　チャーリーとメイベルはどうなります？　アリスのことを考えて！」

「当然考えています！」

「こんなごたごたにあいつらを巻きこみたいんですか？」

　わたしは返事もしませんでした。

　ウィリアムはわたしをにらみつけました。「チャールトンがあんな手紙を持っていなければ――」

　わたしは言いました。「〝神の意志は人には計り知れず（ウィリアム・クーパー『オルニー賛美歌集』より）〟――」

　ウィリアムはさえぎりました。「やつがあれをタイプしてから、一時間とたっていなかったはずだ」

「そうですよ」

「知ってるんですか？」

　そのあたりのことはすでにお話ししましたね、みなさん。

「だが、あの手紙は証拠にならない！」ウィリアムは博識で、法律も少々かじっていました。「撃たれたあとで、〝ミンターンが自分を撃った〟とチャールトンが言ったのなら、わたしは縛り首になるだろう。しかし、撃たれる前に〝ミンターンが自分を殺そうとしている〟と書いたからといって、なんの意味もないんだ。どんな法廷だって証拠と認めるはずがない。証明できるのは、あの男が恐れていたということだけだ」

ウィリアムは目の前に立ちはだかって、わたしの肩を強く揺さぶりました。相手は力の強い大男で、わたしはか弱い老女ですよ。「不利な証拠があの手紙だけなら、きっとどうにかなる。だが、あんたの助けが要るんだ！　わたしはやっていないし、やれたはずがないと証言してくれ！　わたしを救うことだ――命が惜しければな！　一度ためらわずに撃ったんだ、二度目もためらうものか！」

ウィリアムは怒鳴りました。怒鳴ったのですよ、みなさん！　それでもわたしは反撃しました。

いまと同じくらい落ち着いてこう言ったのです。「ウィリアム、二度目も辞さないというのは実にけっこうだわ！　ライフルのありかは知っているわね、自分で片づけたのだから。いまから行って探しなさい。弾薬も見つけなさい。そこへ行って、その銃で自分を撃ちなさい！」

あの男は息を呑みましたが、わたしは容赦しませんでした。

「ウィリアム、絞首刑を免れる機会はいましかないのですよ！　五分もしたら、もう遅すぎるかもしれません。あと一分でも、遅すぎるかも！　行きなさい！　さあ早く！」

ウィリアムは部屋を飛び出しました。

わたしも懸命にあとを追いました。

七月四日でしたから、爆竹の音がずっと聞こえていました。そのうちのひとつは、銃声だったかもしれません。

階段の下にミスター・ピーボディーがいました。

わたしは泣きながら、その腕に飛びこみました。
だれかがはいってきて——だれだったかは忘れました——何が起こったのかをみんなに知らせました。
めまいがしました……
けれども、正義がなされたことはわかりました……
ミスター・ピーボディーが、倒れるわたしを支えてくれました。
検死官　ミセス・ベネット、われわれ一同、あなたに感謝したほうがよさそうですね。
バートレット　これで事情が呑みこめたよ、まちがいなくね！
ニューマン　同感だ！
検死官　ふたつばかり質問があるのですが——
ミス・ハーモン　質問はご遠慮願います。
証人　質問にはいっさいお答えしないと言いましたが、恐れてはいません。どういう質問ですか。
検死官　では、ひとつ目から。ミンターンが銃で自殺したのなら、なぜ封筒の裏に——その、ああいうことを——書いたのでしょうか。
証人　本人が書いたのではありません。死人は字を書きません。
検死官　ではだれが書いたのです？

証人　どこかのばかないたずら者でしょう。ミスター・ピーボディーから封筒を預かった巡査かもしれませんね。
検死官　ミス・ハーモンが本人のものだと思ったくらい、筆跡が似ていたのですがね。
証人　封筒を見せてください……へたくそに真似てあるだけですね。ミス・ハーモンはまぬけです。もうひとつの質問というのは？
検死官　ある人から、あなたに訊くようにと頼まれましてね。
証人　ミスター・スティックニーからですか？
検死官　まあ、名前を伏せる理由もないですね。ええ、ミスター・スティックニーです……ミスター・ミンターンの部屋でこの瓶が見つかりましてね。〝一日三回毎食後、茶匙一杯ずつ服用〟と書いてあります。こちらは丸薬で、〝就寝前に一個服用〟。もうひとつは〝必要に応じ、十滴水に溶かして服用〟となっています。
証人　全部メイベルのでしょう。
検死官　それが、すべてミスター・ウィリアム・ミンターンに処方した旨が書かれているのです。これらをお見せしたうえで、あらかじめ紙に書き留めておいたことをお尋ねします。「健康に問題がないのに重病ではないかと恐れる人間、いわゆる心気症患者が自殺をした話を聞いたことがありますか」
証人　ええ、ええ。千回はありますよ。
検死官　では、このくらいにしましょう……どうもありがとうございました、ミセス・ベネット。陪審員は起立してミセス・ベネットをお送りするように……議事規定に従い、休廷の動議を出す。

（休廷）

第四回公判

検死官リー・スローカム閣下と検死陪審員列席

検死官　陪審員は静粛に……ところで、悪い知らせがある。
バートレット　ああ、電話で聞いたよ。
ニューマン　突然だったよな――まったく。
イングリス　うちの使用人はベン・ウィリットから聞いてきました。
イーストン　郵便局長のハーヴィー・ダンが教えてくれたよ。
検死官　まだ聞いていない者はこのなかにいるかな。アンジェロ、きみはどうだ。
イアニチェリ　ミスター・スローカム、よく聞こえないんです。
検死官　わかった、ほかの者たちが知っているなら、きみも知っておくべきだろう。ミセス・ベネットが卒中の発作を起こした。これで二度目だ。
ハッチンズ　おれも聞いてないぞ！
検死官　きみはひとり者で、共同電話で噂を聞きつける女房がいないからさ……きみたちも見ていたとおり、ミセス・ベネットは元気にこの部屋を出ていった。それから十五分とたたないうちに、目を閉じて揺り椅子にすわりながら、鼻で荒い息をしているのをミス・ハーモンが見つけた。揺すってみても反応がないので、ドクター・フェアレスを呼びにいったということだ……二度目の発作だし、今回は助からないかもしれない。

イングリス　それはお気の毒に。

検死官　みんなそう思っているよ。

イングリス　あの人はいい隣人でした。さびしくなります。しかし、手遅れになる前に、できるかぎりの協力をしてくれました。

検死官　それにもみんな同感だと思う。

イーストン　もし亡くなったら、この審問で興奮したせいかもな。

検死官　ああ、それと、その前に起こった出来事のせいだ。

バートレット　リー、きみは法に従って自分の役目を果たしてるんだ。やましく思うことはないさ。

検死官　そうだな。

バートレット　で、証拠もじゅうぶん出そろったし、そろそろ評決にかかっていいんじゃないか。

検死官　ちょうどそう言おうと思っていたんだが……みんな、ウォーレンと同じ気持ちなら、隣の部屋へ移って、鍵をかけて投票をはじめてくれ。

イングリス　あなたから何か指示はないのですか、ミスター・スローカム。

検死官　まあ、あるともないとも言える。法によると、きみたちは死体を検分するよう求められている。昼食のあと、全員に見てもらったな。法によると、きみたちは評決を出すよう求められている。これはわたしの助けがなくてもできるだろう。ふたりの男が死んだ。なぜ死んだのか？　第二の男が第一の男を射殺し、自分はあとから自殺したことを全員が承知している。だが、そういったことをたしかめるすべはない。だれかが殺人を犯したとしても、それを審査するのは大陪審であって、検死陪審員ではない――わたしの理解が正しければ、そうなる。

バートレット　そのとおり。

イングリス　ちょっとよろしいですか？　犯罪を立証するのはわれわれのつとめではないと？

検死官　もちろんちがう。

イングリス　だったらなぜ、われわれは二日にわたって証言を聞いてきたのです？　帳面一ページごとに五十セントがあなたに支払われるからですか？

検死官　それもあるがね、ミスター・イングリス、主たる理由は、ここでの証拠が大陪審の役に立つ――

イングリス　罪を犯した当人が死んでいて、起訴できないのにですか。

検死官　そんなのはわれわれの知ったことじゃない。きみたちが答えるべき質問はただひとつ――ふたりの男に何が起こったのか、だ。死因は日射病か、脳卒中か、老衰か、それともほかの原因か。ドクター・フェアレスとはみんな話したな。ふたりの頭部から見つかった銃弾についての説明も聞いたろう。若い娘が行く場所ではなかろうと思って、フィリスは立ち会わせなかったがね。きみたちは先生のことばを覚えているはずだ。おそらく評決文の参考になるのではないかと思うが……

バートレット　たしかに。

検死官　そう期待しているよ……隣の部屋のテーブルに葉巻がひと箱置いてある――わたしのはじめての検死審問を記念してね。それもいい葉巻だ。十セントの上物だぞ。さあ、ゆっくりやりたまえ、諸君。気がすむまで話し合ってくれ……陪審員は退室してよろしい……全員出たら扉を閉めてくれ、フィリス。きっちりとな。鍵はここに置いていったかね？　では鍵をかけて……本法廷はまだ開廷中だ。法廷速記者に命じて、証人のスティックニーを出廷させる……どうぞ、ミスター・スティックニー……そこへかけて、ミスター・スティックニー。

スティックニー　陪審員はどこです？

検死官　隣の部屋で――評議している。

スティックニー　なら、おれに用はないでしょう。

検死官　いや、あるのです。

スティックニー　へえ。

検死官　ミスター・スティックニー、あなたのことが最初に話に出て以来ずっと、興味を持っていたのですよ。

スティックニー　いつおれの話が？

検死官　この土地へは列車で来られましたね。お忘れかもしれませんが、あなたはジム・エスタブルック――わたしの義弟に、殺人にはもってこいの日だと話した。ええ、あなたの予言はみごとに的中したわけです……それからこんな話を聞いて、ますますあなたに興味を持ちました。お昼どきや夕方、あなたはだれも見ていないときを狙って、隣に住むミスター・イングリスと、敷地の塀の門越しに長話をしていたそうですね。

スティックニー　それが何かまずかったんですか？

検死官　さらにフィリスから、あなたが帳面一ページにつき二十五セント払って審問記録の写しを手に入れていたと聞いて、なおさら興味が湧きました。

スティックニー　別にいいでしょう？

検死官　かまいませんよ。フィリスの生活費の足しになりますから。

スティックニー　だったら何に文句をつけてるんです。

検死官　まだ話は終わっていませんよ！　ミスター・スティックニー、わたしはこの審問を自分なりの流儀でやってきました。陪審員にも好き勝手にしゃべらせました。なぜか？　そんなふうにすれば、みんなが自然にふるまうし、わたしみたいな新米検死官の目を警戒することもないでしょうからね。ミセス・ベネットの家にいる人たちに対しては、敷地の外へ出ることを禁じただけで、あとはなるべく干渉しないようにしました。それはなぜか？　罠を仕掛けたら、何かがそれにかかって暴れる音が聞こえてくるまで、ほうっておくのがいちばんだからです。ひっきりなしに見にいったりしたら、獲物が怪しんで逃げてしまうのが落ちです——そういう結果には終わらせたくなかった。わかりますか？

スティックニー　そんなことだろうと思ってましたよ。

検死官　やはりそうでしたか……ミスター・スティックニー、あなたもずっと見張られていたのですよ――誕生日の午餐に顔をそろえたほかの人たちと同様にね。あなたの行動はすべて把握しています。

スティックニー　すべて？

検死官　ほとんどすべてと言っておきましょう……チャールトンが死んだとたん、あなたは彼の書類を調べましたね。

スティックニー　ミスター・ピーボディーが証言したんですね。

検死官　妙なことをしたものだ。

スティックニー　おれは新聞記者ですよ。

検死官　それならよけいに妙です。新聞記者なら、検死官が到着する前に現場を荒らしてはいけないと知っています。ただ、そのことをよく考えると、ミスター・ピーボディーの封筒の裏に〝わたしが自殺だと？　冗談じゃない！　ウィリアム・ミンターン〟と書いたのがだれだかわかる気がしますね。

スティックニー　おれが書いたんですよ。

検死官　そうでしょうとも。あなたはミスター・ピーボディーが日記をつけているのを見かけ、書き終えたらその紙を手近にある封筒に入れることを知った。そこで、居間の机にあった封筒を、一枚だけ残して全部持ち去った。その一枚に例の文句を書いておいたのでしょう。

スティックニー　見てたんですか？

検死官　いいえ。開廷中でしたからね。ちょっと頭を使っただけですよ、ミスター・スティックニー……チャールトンの書類鞄にミンターンからの手紙がはいっていたから、筆跡を真似できた。そうでしょう？……わたしはそう考えました。で、あなたがそんなことをしたのは——

スティックニー　検死審問をつづけてもらいたかったからです。

検死官　つづけるつもりでしたよ……その同じ晩、あなたはニューヨークへ長距離電話をかけ——

スティックニー　事件ですからね。

検死官　ではなぜ、夜遅くに人目を忍んでかけたのです？

スティックニー　それは、昼間そんなところを見られたら、おれが目尻に銃弾を食らう羽目になってたかもしれませんからね——チャールトンみたいに。

検死官　それはもっともな理由ですね、ミスター・スティックニー。

スティックニー　決定的な理由ですよ、検死官。

検死官　ほんとうにそのとおりならね……案の定、けさの新聞にあなたの記事が載りました。ここにあるのがそうです。〝友人を殺した男が自殺〟。これを読みあげて審問記録とします。

〝七月三日から四日にかけてコネチカット州トーントンの小村で事故があり、二名の死者が出た。独立記念日の前日にあたる日曜日、ウィリアム・ミンターン（四十七歳）がライフル射撃の練習中に発した銃弾が、友人であるニューヨーク在住の実業家ドワイト・チャールトン（六十六歳）に図らずも命中し、同氏は死亡した。翌日この事実を知ったミンターンは、同じライフルにあらためて装弾し、みずからの頭を撃ち抜いて即死した〟。

これで全文です――内容は嘘八百だ。なぜこんなものを記事にしたんですか。

スティックニー　なぜって――その時点では検死審問を打ち切らせたかったからです。

検死官　理由はアリス・ミンターンですかね……なるほど……ミスター・スティックニー、まだ陪審員を選んでもいない段階で、わたしはニューヨークの警察に電報を打って、あなたの身元を照会したのです。

スティックニー　履歴にやましいところはありませんが。

検死官　おおむねそうですね――ある些細な点を除いては……ミスター・スティックニー、今回の事件では、最も重要な証拠のいくつかは死者から出ています。まずはチャールトン。そしてミンターン。それから、あなたもそのひとりのようです。

スティックニー　つまり――おれは死者だと？

検死官　察しが早いですな。ニューヨークの警察からの返信によると、あなたは八年前にウッドローン墓地に埋葬されたとか。これを否定しますか？

スティックニー　いや、しません。

検死官　あなたは死んでいるのですね？

スティックニー　正確には、死んで八年になります。

検死官　それを聞いてひと安心ですよ。こういう些細な点をはっきりさせることは重要ですからね。もうお気づきかと思いますが、ミスター・スティックニー、わたしは見かけほどまぬけではないのです。

スティックニー　とっくに気づいてましたよ、検死官。

検死官　それはほめことばなのか、皮肉なのか、どっちととるべきかわかりませんが——

スティックニー　ほめことばです。

検死官　——まあ、ほかの候補者よりはりこうだと見こまれたからこそ選ばれたのだし、この場はそういうことにしましょうか……ところでミスター・スティックニー、あなたは耳寄りな話をたくさん知っている気がするのですがね。ここにはわれわれ三人しかいませんし、フィリスも新しい帳面を用意しています。彼女がけさ書いた記録を見る機会はなかったでしょうが、特に差し支えはないはずです。この部屋でおこなわれた陪審員たちの話し合いを、あなたも聞いていたのは知っています。

スティックニー　どうしてわかったんですか。

検死官　わたしは陪審員たちが来るだいぶ前に、椅子やら何やらを並べさせておきました。それらがすべて、隅の物置の近くへ寄せられていたのは偶然のはずがありません。

スティックニー　物置のなかにいました。

検死官　そこであなたはじっくり話を聞きたかった——わたしはそう考えたのです。だから、あえて扉をあけませんでした。だれがいるのかわかっていましたから……だれがドワイト・チャールトンを撃ったのか、あなたは知って——

スティックニー　うすうす感づいている、としてください。

検死官　あなたが心配だったのは、その人物に撃たれるかもしれないと——

スティックニー　きっと撃たれる、です。

検死官　だから用心していたわけだ。

スティックニー　その証拠に、まだ生きています。

検死官　ウッドローン墓地のことをお忘れですね。

スティックニー　忘れたきりですが……

検死官　話をもどしましょう……ミスター・スティックニー、こう言いましょうか。チャールトンを撃ったのがあなた自身でないとして、あなたはだれがやったのか知っていると。

スティックニー　はい。

検死官　では、これからあなたが話すことは記録外とします。フィリスは書きとりますが、わたし以外のだれもそれを見ることはありません。あなたと同じく、わたしもとにかくこの審問を終わらせたいですから。あなたはまだ撃たれていません。当分危険はないでしょう。陪審員が評議にかかりきっているあいだに、あなたの供述を——

スティックニー　告白です。

検死官　告白ですね。さあ、はじめてください、ミスター・スティックニー。よかったら葉巻をどうぞ……いや、わたしはけっこう。パイプ党なんでね……さて、心の準備はいいですか？　よろしい。ではどうぞ。

生きている死者の告白

1

はじめに名乗ったほうがいいんでしょうね。

だけど、たいして意味はないと思います。

おれはスティックニーではありません。だから、〝ミスター・偽《にせ》スティックニー〟とでも呼んでください。〝オリヴァー〟がいいなら別ですが、そっちもおれの名前じゃない。あまりに失敬なやつじゃなければ、どう呼ばれても返事をしますよ。

六か月前、このあたりに来ていたおれの仲間のひとりが、〈サリー・イン〉でのちょっとした騒ぎに出くわして、とびきりのネタをものにしました。ドーティーってやつです。フィリップ・フェニモア・ドーティー。その記事はきっとお読みになってますよ。ビーク・チコッティがジョージ・アンダーソンを追って、ひそかな隠れ家であるはずの〈サリー・イン〉へ向かったけれど、着いてみたら相手の姿はなく、しかもひそかな隠れ家でもなんでもなかった、ってやつです。

そう、いまこの場にいるのもドーティーだったはずなんですが、歳が若すぎるもんで――これについてはあとで説明します――あいつはニューヨークにいて、自分がこっちに来られないのを悔しがりながら、おれの電話を待ち構えているんです。

でも、そんなことはあなたの職分外だし、いま知りたいのはスティックニーのことですよね。おれはスティックニーじゃありません。なぜなら、飲みすぎて命を落とした八年前から、スティックニーはこの世にいないからです。

あるいは、別の言い方をお望みなら、本人が死んでからずっと、おれたち全員がスティックニーだったんです。文学的野心を持つ駆け出しの記者はみんな――つまり、卵からかえった記者はひとり残らず――スティックニーになりすました経験があります。

そう、たとえ当の本人が死んでいようと、その名は葬り去るに忍びなかったんです。

スティックニーはずば抜けた批評家でした。つかの間酔いから醒めてタイプライターに向かい、ある本をほめれば、ほかの批評家たちもタイプライターの調子を整え、こぞって右へならえの評を書いたものです。その本の作者は成功を保証されたも同然でしたからね。スティックニーがある本をけなせば、その作品をあえて推す者はいませんでした。そんなことをしたら、批評家としての立場が危うくなりますから。スティックニーの文体は鮮烈で、そこに値打ちがあったんです。

熱烈な支持者を持つ書き手が新聞社にとってどれほど貴重か、知ったら驚かれるでしょうね。スティックニーには、彼の書評目当てに新聞を買うファンがいました。信用取引で買ったクライスラー社の株がいくらさがったかをたしかめるよりも先に、書評欄を開くんです。その書評について知人に話し、同じ新聞をとるよう勧める、という具合に輪がひろがります。最高ランクの文芸批評家といえども、連載漫画の作家ほどのファンは持っていません。高尚すぎるんです――ただ、いかした車やミンクの外套を買うのは高尚な人種で、そういう人たちが購読してくれるからこそ、われわれは一流企業の広告をとれるんです。この国には、自分で読む気はないくせに、ある本を評する気のきいた文句だけは知りたがる手合いが確実にいます。そういう連中にとって、スティックニーの存在は天の恵みでした。文句なしに興味をそそる、ディナーの席での手ごろな話題を提供してくれるからです。宣伝部長のことばを借りると、コース料理を食べるあいだ、ひと口頬張るごとに本の話をせずにはいられない人間が、この国にはうようよしているんだそうです。

スティックニーが例のごとく痛飲したあげくに行方をくらましたとき、うちの新聞社は何か手を打つ必要に迫られました。書評欄を埋めなくてはならなかったんです。抜けたまま発行するのは避けたいんですが、締め切り前日までにスティックニーが入稿したことなど一度もありませんでした。そこで編集局長は、優秀な若手記者三、四人にスティックニーの書評をいくつか読ませ、似たものをでっちあげるよう命じました――それを彼の署名入りで掲載したんです。

うまくいったのかって？

それが、ファンの目をまんまと欺いたばかりか、なんとスティックニー自身の目も欺いたんです！

酩酊状態から醒め、千鳥足でオフィスへもどってその記事を読んだスティックニーは、これまで書いたなかでも会心の作だと言いました。酔っていたほうがいいものが書けると確信したんです。これこそ自分にしか書けないものだと。

そんなわけで、つぎにスティックニーが大酒を食らって行方をくらましたときには、すんなり対処できました。幸運でしたよ。というのも、映画でよくあるみたいに、ある日とうとうスティックニーは、飲み騒いで姿を消したきり、帰ってこなかったんです。

いつまでたっても。

ほうぼう捜しまわって、結局遺体安置所で見つけました。いつものように薄笑いを浮かべ、いつものように酒のにおいがぷんぷんする、見慣れたスティックニーでした。でも、死んだことはぜったいに世間に知らせるわけにはいきません。

スティックニーの最新の皮肉とともに味わわなければ、フィレステーキの美味も半減するというものです。素人評論家の面々は、スティックニーまかせにせず、自分たちで本を読まなくてはいけなくなります。自分の頭を使うしかなくなるんですよ——スティックニーより出来の悪い頭をね。おまけに、うちの新聞の発行部数も減ります……

スティックニーは死んではならない。それだけのことでした。

彼は孤児で、身寄りもなかった。われわれにはなんの障害もありませんでした。

死亡記事は出しませんでした。

事実を揉み消したんです。

遺体はとびきり丁重に埋葬しましたが、書評欄の見出しにはそのままスティックニーの名前を残しました——そして、それ以後に入社した優秀な若手記者はひとりの例外もなく、過去の記事を研究して、スティックニー流の切れ味鋭いことばと本人の署名を入れた書評を書いているはずです。一度要領をつかんでしまえば、むずかしいことではありません……

この十五年か二十年、スティックニーがオーレリア・ベネットの本を批評しつづけていると聞いたとき、あなたがたはあることに気づくべきだったんです。

ベネットの本の批評をはじめたとき、スティックニーはすでに文学界の大物でしたから、若造のはずがありません。

いま生きていれば、もう六十歳を超しているでしょう——当然ですね——ところが、スティックニーのファンで、大先生の書くものには欠かさず目を通すというミスター・イングリスでさえ、おれと握手をしたらいたく感激して、手放しの賛辞を浴びせるばかりでした。スティックニーがいまも存命だとして、控え目に見積もったその年齢よりも、おれが二十歳は若いということには気づきもしなかったようです。

そんなわけで、ドーティーは来たくても来られなかったんです。おれみたいに四十がらみなら、六十の人間のふりをしてもどうにか通用します。特に、髪が薄くて分厚い眼鏡をかけていたりすればね。でも、ドーティーのように三十にもなっていないんじゃ、どうしようもありません。

ミスター・イングリスとおれが、ミセス・ベネットの敷地との境にある門のところで、いつも事件の話をしていたのはご存じでしたね。あの人は議論好きだし、お隣さんが検死陪審員だというのは、こっちとしても重宝しましたよ。といっても、話していた時間の半分は、どんな本を読むべきかって問答ですけどね。株の極秘情報か何かみたいにありがたそうに聞いていましたよ。ところがこのおれは、スティックニーの書評を書いたことのない、部内でも数少ない人間のひとりなんです。おれは取材記者で、ほうぼう駆けずりまわって過ごしてきましたからね。どこにいてもニュースを仕入れるのに忙しくて、世界最高の文学なんか気にしちゃいられなかったんです。

オリヴァー・ブライ・偽スティックニー、外まわりの記者。それがおれの正体です。そして電話線の向こうにはフィル・ドーティーが控えています。

2

すべての発端は、署名のない一通の手紙でした。

しかし、あの手紙ときたらまったく!

批評家はよくその手の手紙を受けとります。どんなことを書こうと、その批評家をぼんくらだと決めつけて投書する人間がかならずどこかにいる——しかもそういう手合いは、手紙の終わりに署名をしようとしないんです。

その手の手紙の行き先ははじめから決まっています——屑かごですよ。けど、今回のやつは一風変わっていました。あんまり風変わりなんで、どうにかして行間を読みとろうと、部内で回覧したくらいでした。

それを読みあげますよ。

〝おまえは人でなしだ〟。

挨拶抜きです。〝親愛なるミスター・スティックニー〟もなし。〝拝啓〟すらもありません。

そんなふうに、すばらしく友好的な書き出しなんです。

ほかの連中は特に気に留めなかったけど、ドーティーはちがいました。


〝おまえは人でなしだ。

極悪非道の人でなしだ。

憐憫の心も持たない……〟。


ドーティーはこれで二ドル損をしました。〝憐憫も心も〟のはずだと言って、賭けに負けたんです（ヨハネの第一書簡三章十七節〝憐憫の心を閉ざす者に……〟より）。だれがこの手紙を書いたにしろ、聖書をよく知っていて、正確に引用できる人物だと言えます。

そう聞くと、なんとなく思いあたりませんか？

〝おまえは下種《げす》のなかの下種、性悪のなかの性悪だ。

二十年のあいだ、おまえは首に掛けられた大いなる挽き臼（マタイ伝十八章六節〝大いなる挽き臼を首に掛けられ……〟より）

のごとく、わたしにつきまとってきた。何をするときも、おまえのことが頭を離れなかった。何を書くときも、わたしと紙のあいだにおまえの顔が見えた。わたしは自分のために――それ以上におまえのために――肝胆を砕いてきた……〟。

どことなく聖書のような響きがあるのに気づくでしょうか。牧師がひとつの節を唱え、会衆がつづく節を唱えるさまが目に浮かびませんか。

このことから、だれかを思い出しませんか。

〝おまえは世の財を存分に手にした――それはわたしのおかげだ。おまえが富み栄えるとき、わたしは苦境にあえいだ。おまえは蛆虫《うじむし》や寄生虫のごとく、わたしを食い物にして肥え太った……

それでもおまえの欲望は満たされない。

与えることで、いっそうおまえの強欲をそそるばかりだった。

おまえは求め、際限もなく求めつづける……〟。

理不尽だと思いませんか？　スティックニーが他人に何を求めたというのでしょう。すぐれた新聞記者であり、飲んだくれでもあったけれど、施しを求めはしませんでした。それに、スティックニーが手にした世の財と言えば、給料日と給料日のあいだに着ていたシャツだけでした。

スティックニーに酷評された作家が、その恨みを詩のごとく書き連ねたとも考えられますが、それならこんなくだりまでも入れるでしょうか。


〝わたしはもはや耐えられない。力のかぎり闘ってきたけれど、もはやその力もない。おまえの好きにするがいい。わたしの誕生日の午餐に来て、ほくそ笑むがいい。だが警告する。報いを受ける日がいつか訪れる。そのときおまえが、わたしの評判を落とす武器を使える立場にないとしたら——〟


これでおしまいです。

一枚の紙に書かれていて、文の途中で切れたままです。この手紙はオリヴァー・ブライ・スティックニーに宛てて郵送されました。八年前に死んだのに、書き手はそうとも知らず……

これがその封筒で、消印はトーントンです。

われわれは推理をはじめました。

トーントンは大きな村ではありません。

『名士録』を調べました。

それに掲載されるほどの有名人は、トーントンにはひとりしかいませんでした。日ごろから聖書もどきの文体で書く、作家のオーレリア・ベネットです。しかも、八インチ半×十一インチのサイズの、消しゴムで破れにくい丈夫な原稿用紙を使う、村でただひとりの人間でした。

そこでドーティーは、署名のないその手紙の送り主はオーレリアだと言って二ドル賭けました。すると翌日、紙こそちがうけれど、同じタイプライターで記されたオーレリアからの招待状が届いて、〝憐憫の心も〟で損したぶんを取り返したんです。


唇が読めますか?

いま、わざと声を出さずに話してます。

何を言ってるかわかりますか?

顔をゆっくり動かして、物置の扉のほうを見てください。けさ、おれが隠れていた物置です。

物置の扉を見て。もうわかりましたか?

中にだれかいます。もう一度言いますよ。中にだれかいるんです。

扉が半開きになっています。

動くのを見たんですよ。

物置にだれかいて、おれの話を盗み聞きしてるんです。

そのまますわっていてください——でも扉からは目を離さずに。

銃はありますか?

それを手近に置いて。

さあ、話をつづけますよ……

話をすると喉が渇きますね。だもんで、煙草を一服させてもらいますよ……

3

招待状が届いたとき、それに応じるのはおれがうってつけだと同僚たちは考えました。何かおかしなことが起こっている感じはしましたが、それがなんなのかまではわかりませんでした。ドーティーがスティックニーになりすますのは無理でした。歳が若すぎたからです。かなりの落ちこみようでしたよ。でも、おれならできた。無作法にふるまうことと、人をファーストネームで呼ぶことと、目についた酒を飲みつくすことさえ心がければね。それがスティックニーの流儀で、世間にもよく知られていました。酒飲みだと印象づけるために、とめどなく飲みつづける必要はありません。そうじゃなきゃ身が持ちませんよ。人が見てるときに二杯あおって、瓶に残ったぶんは流しに捨ててしまえばいいんです。それでベン・ウィリットもだまされたし、タムズもミス・ハーモンもだまされました。それに、茶匙一杯の酒で口をゆすげば、一クォートは飲んだみたいに酒くさくなるんです。アリス・ミンターンは飲みすぎをいさめようとしました——うれしいことだ！——おかげで、ふたりきりになる口実もできましたしね。それでほかの人たちが気分をそこねようとかまわなかった……

どこまで話しましたっけ。

ミス・ハーモンが招待状について証言しましたね。〝犬畜生のスティックニー！〟ではじまる、十行余りの無礼な手紙のことです。

あれがヒントになったはずです。

なりませんでしたか？

あんな愚かしい手紙をわざわざ批評家に送りつける女がどこにいます？

腹を立てていたせいだとミス・ハーモンは考えています。オーレリアの心理状態を、自分の解釈でそう説明しました。

十七年間もいっしょに仕事をしてきたのに、オーレリアがめっぽう賢いことに気づかなかったとはね！

オーレリアは腹を立てているふりをしたんですよ。そして、そうすべき理由があった。

まだ思いあたりませんか？

オーレリアは目がよくなかった。

彼女はスティックニー宛の一通をのけて、机の上にあった招待状すべてに署名しました。

スティックニーなんかに会いたくはないし、ミス・ハーモンにどれだけ焚きつけられようと、招待する気はなかった。心は決まっていたんです。

それから、宛名の書いてある封筒に招待状を入れました。そのときうっかり、スティックニー宛の封筒にも、あるものを入れてしまったんです。

そして翌朝になってそのことに気づきました。スティックニー宛の招待状は屑かごのなかから出てきたものの、宛名の書かれた封筒のほうは見つかりません。オーレリアはその封筒を捜すために、ミス・ハーモンを部屋から追い出したにちがいありません。

ミス・ハーモンが困惑する一方で、オーレリアは懸命に頭を働かせました。スティックニーに何かを郵送してしまったけれど、それがなんなのかがはっきりしない。だから、できるかぎり無礼な手紙をあらためて書いたんですよ。ぜったいに来る気が起こらないように！

スティックニーに会いたくなどなかったし、その気持ちはけっして変わりませんでした。それから毎朝、返事が届くのではないかと郵便物をたしかめました。

しかし届かなかった。

もはや来ないものと確信していたオーレリアは、スティックニーが姿を現したのを見て、わけがわからなくなりました。批評家といえども多少の自尊心は持っているはずで、それを徹底的に打ち砕いてやったつもりだったんですから。

まともな紳士ならあんな招待をはねつけたんでしょうが、スティックニーは応じました。オーレリアはどうにか切り抜けるしかなかった。手紙でいらっしゃいと言っておきながら、むげに追い返すわけにもいかなかったでしょう……

けさミス・ハーモンが言ったことを覚えていますか？　オーレリアには、出すつもりのない手紙を書く癖があったという話です。まずい習慣ですね。うっかり送ってしまうこともありますから——特に、視力のよくない老婦人が、疲れているときに、手紙に署名して、折りたたんで、封筒に入れるという作業をさっさとすませたい場合なんかにはね。

オーレリアがやらかしたのはまさにそれでした。だれか別の人物に向けて書いた手紙を、ミス・ハーモンが用意したスティックニー宛の封筒に入れてしまったんです！　だから、〝極悪非道の人でなし〟で、〝富み栄え〟ていて、〝報いを受ける日がいつか訪れる〟とオーレリアが評したその人物がだれなのか、おれとしては何よりそれを知りたかったんですよ。

オーレリアと血縁のある人たちは問題外でした。富み栄えているどころか、まともな暮らしができている人すらひとりもいませんからね。可能性のある人物は五人にしぼられました。甥の娘の夫ミンターン、親友のチャールトン、出版業者のピーボディーとその妻……

四人しかあげていないって？　第五の人物についてもすぐお話ししますよ。

オーレリアはそのうちのひとりを憎んでいました――そして、疑われずにすむのなら、いざというときに手を貸した親族が少なくともふたりいました。

七月四日の喧騒は銃声を掻き消したことでしょう。そして車庫にはライフルがあり、その近くに弾薬もふんだんに用意されていました。

そういうことがたまたま重なったと思いますか？

あるいは意図されたことだと思いますか？

チャールトンは誤って撃ち殺されたと思いますか？

それとも、庭にいただれか――たとえばピーボディーが、オーレリアだと思って撃ったんでしょうか。彼女の友人たちは射撃が得意だったようですが、〝人でなし〟本人が恰好の的に向けて撃ちこむというのも、ありそうなことです……それにオーレリア自身が指摘したように、庭にいた人間はみな、二歩さがってライラックの生け垣に身を隠せば、だれにも見られずに阿《あず》舎《まや》めがけて発砲することができました。

ところで、タムズは何をしていたんでしょうか。

検死官、タムズこそが〝人でなし〟でありうる第五の人物です。出すつもりのない手紙を書く癖のある女性が、家のなかの人間に向けてそれを書くことも当然ありえます。

それに、タムズにはほかの人間にない利点がひとつありました。それを忘れちゃいけない！執事だから、どんなときも人目につかなかったんです。おれが部屋を横切れば、だれかの注意を引きますが、執事が横切っても、だれも気に留めません。屋敷の使用人というのは壁紙みたいなもので、その場にいても、だれもまったく目を向けないんですよ。

あの小型のライフルはタムズのものでした。

ここにあります。

よく見てください。

ウィンチェスター・ライフルで、銃身にはニッケルめっきが施され、銃床も特別あつらえです——頬当ての部分を見ればわかりますね。持ちあげてください。みごとにバランスがとれているのがわかりますか。肩に構えてください。ポインター犬みたいに、ひとりでに標的を探しあてそうな感じでしょう。すごく精巧にできていて、まるで人間です。実際に撃ちましたけど、はずしようがないくらいでしたよ。

そうでしょう？

これがタムズのライフルですって？

だとしたら、こんな高価なおもちゃを買うお金を、ただの執事がどこで手に入れたんでしょう。

タムズは射撃が好きだった。ベン・ウィリットがそう話してましたね。

だから練習を積んだ。にもかかわらず、腕前はひどいものでしたよ。

これは自分の銃で、しかもなかなか見つからないほどの逸品なのに。

ところで、あなたはタムズという人間をどんなふうに表現しますか。誠実な働き者で、あまり知恵はまわらないけれど、給仕と肉のスライスをうまくこなし、雇い主に尽くしながらも、子供じみた趣味を追い求めるために二か月ぶんの給料をつぎこむような男でしょうか。あるいはその逆の部類の、〝人でなし〟でありうる第五の人物――すなわち、オーレリアを食い物にして肥え太り、おのれの享楽のために彼女の金を好き勝手にかすめとって、いまなお際限なく求めつづけている男でしょうか。

唇を見てください。

物置の扉が動くのを見ましたか。

もうじきだれかが出てきますよ。

急がせちゃいけません。

おれがしゃべればしゃべるほど、そいつは興味を持ちます。

さて、だれでしょうね。

おれには見当がついています――これ以上発砲沙汰は起こらないと請け合いますよ。

ええ、命を賭けてもいいです……

4

えへん！　えへん！

記事の掲載を取りやめることはもうできません。ニューヨークで電話の前に陣どってニュースを待っているフィル・ドーティーに、おおかた伝えてしまいましたから。アリス・ミンターンには明かせる範囲で話をしてあります。彼女は煉瓦のように気丈に耐えていますよ……

万が一のことがあったら――

こうやって二日のうちにふたつの命が失われるのを見ると、人は死ぬ運命であるとか、その手のことを思い知らされますね。

学生のころにもっと聖書に親しんでいれば、ここでうまい引用ができたんでしょうが。

フィリス、何かいい文句を知っていたら、書き添えてくれないか……

物事にはそれぞれ根源があります。

遠い過去に端を発することもある――今回の場合のようにね。

今年の七月三日と四日。この二日間に起こった出来事の種は、三十年以上前に蒔かれました。

その根源と、新聞というものについての愛らしくも浅はかな思いこみが、ふたりの人間の死を招いたんです……

もっとも、どちらの命も救うに値しませんでしたが……

ええ、思ったとおりのことを言ってるんです。

証言を振り返ってください。

オーレリアは西部を旅しました。

訪れた街は、おれもそらで言えます。シアトル、ポートランド、タコマ、スポケーン、サンフランシスコ、ロサンゼルス、サンディエゴ、ロングビーチ、ソルトレークシティ、デンヴァー、ビュート、ビリングズ、カンザスシティ、セントルイス、シカゴ。

本人もそう言いました。

ほかの人間にもたびたび話して聞かせたので、ベン・ウィリットも、ミス・ハーモンも、ミスター・ピーボディーも、三人ともそっくりそのまま覚えてしまいました。

旅行者の選ぶ道筋にしてはなんとも奇妙です！

鉛筆で地図をたどってみてください。できそこないのWの字みたいになりますね。左半分が大きくて右半分が小さい、端の部分をごてごてと飾り立てたような形です。

いちばんおもしろいところをいくつか飛ばして、くそおもしろくもないところをいくつか訪れています。旅行者なら、グランドキャニオンとペインテッド砂漠はなんとしても見逃すまいとするのでは？

オーレリアはそうしませんでした。

シアトルからタコマへ行くのに、ポートランドを経由しています。二階から一階へおりるのに、いったん屋根にのぼるようなものです。どういうわけでしょう?

《アトランティック・マンスリー》誌と《ハーパーズ》誌のあいだに《ビルボード》誌の最新号がはさまっているのを見つけたとき、ぴんとくるべきだったんですが、おれにはわからなかった。ところがドーティーは、おれが電話で話したとたんにからくりを見抜きました。

オーレリアは旅芸人だった!

そう!

旅まわりの一座に属する寄席芸人だったんです!

その一座の小屋がある街にだけ立ち寄って、ほかは飛ばしたわけです。オーレリアはいつも同じ順に地名を並べあげました。というのも、それがパンテージズ（二十世紀初頭の米国で名を馳せた大衆演芸の興行主アレグザンダー・パンテージズ）の時代の、お決まりの巡業ルートだったからです。ドーティーが古手の芸人何人かにたしかめたら、地名も順番もそれでまちがいないと言っていたそうです。

驚きました?

とらえ方にもよりますがね。

ニューイングランドのよき道徳の擁護者で、若い娘が憧れる家庭生活を小説にたっぷり描いてきた作家のオーレリア・ベネットが、かつて寄席芸人だったんですよ!

舞台で何をしていたんでしょう。歌っていたのか。踊っていたのか。サラ・ベルナール気どりで演じていたのか。アシカに芸をさせていたのか。小喜劇の主役をつとめていたのか。

それは難なく判明しました。彼女は当時も〝オーレリア〟という名前を使ってましたからね。でも、まだ答の見当がつかないようなら、教えるのはもう少しあとにしますよ。かつて一日に三度舞台に立ち、脚を骨折して芸ができなくなったために引退したオーレリアと、いまではお堅くなりすぎて演芸場に顔を出すこともできず、《ビルボード》誌にまだわずかに残る寄席の記事を読むのだけを楽しみにしているオーレリア・ベネットが同一人物であることに、同世代の人々までもが気づいていないのなら、わざわざおれが蒸し返すこともないでしょう。

誕生日の午餐の席には、オーレリアの過去を知る人物がふたりいました。そのうちのひとりは信頼できる友で、もうひとりが〝極悪非道の人でなし〟です。

唇を見てくれていますか？

そのひとりが、物置に隠れて耳をそばだてています。

そのひとりは、オーレリアのことを知りつくしています——何もかもすべて。

〝人でなし〟のほうは、それで楽な暮らしができるくらいの情報を握っています。

ある女が寄席に出ていたからといって、その人を強請《ゆす》ることはできません。すさんだ暮らしだったにしても、出演すること自体はなんの罪でもありません。

それでも強請りはおこなわれました。寄席芸人だったことよりもはるかに問題のある事実を相手が知っていたからこそ、そしてオーレリアのほうもそのことが明るみに出るよりは口止め料を払いつづけるほうがましだと考えたからこそ、それが成り立ったんです。

オーレリアは払いつづけました——三十年にわたって。

抜け出す道を模索しましたが、機会がありませんでした。

増長しつづける要求にも応じてきました。

やがて要求は途方もないものになり、それにも屈しました。しかしその前から――その何年も何年も前から――オーレリアはぜったいの信頼を置く男に、きわめて特殊な指示を与えはじめていたんです。その男なら、いつか必要が生じたときに、すべきことを果たしてくれるはずでした……

物置の扉が開きますよ。

さあ出てこいよ、ミスター・タムズ。

5

まっすぐ立ってごらん、ミスター・タムズ。

もっと背筋をまっすぐに。

ほら！

背丈が六フィートはあるじゃないか……

もうちょっと大きな声で頼むよ。

聞こえなかったろう、フィリス？

六フィート一インチだと言っている。

立派な体格じゃないか！　若いときはもっと立派だったんだろうな。

何か言いたいことがあるのか？

もうちょっとだけ大きな声を出せないかな。

気持ちはわかるよ。ミセス・ベネットが重体に陥ったとなれば、落胆して当然だ。ずいぶん長い付き合いなんだろう？

で、何を言おうとしていたんだ。

正確に書き留めてくれよ、フィリス。「告白いたします」

つづけて。

「わたくしはミスター・チャールトンを庭から撃ちました」

つづけて。

「造作ないことでした。お客さまに頼まれて弾をこめなおしていたので、ライフルを手にする機会は何度もありました。最初の一発であの人を仕留めました」

射撃がうまいんだね、タムズ。もしも最初の一発が命中しなかったら、もう一度やったのか。

「はい」

だが、練習によって技は完璧になるから、やりなおす必要はなかった。五十フィート先の標準の的を狙って、あんたがとれる最高得点は五十点満点で二十五点だった。なのに、百フィート先にいる人間のこめかみに、一発で弾を撃ちこむことができたと言うんだな。

ほんとうなのか？

「その気になればいつでも四十八点はとれます」

へえ！　それを聞きたかったんだよ。

つづけよう。なぜチャールトンを撃ったんだ。

「あの人が憎かったからです」

タムズ、からかってるんじゃないだろうな。

「あの人はわたくしのお金をだましとりました」

あんたの金を？

ほかの人たちみたいに？　金を預けて投資を頼んだのか？

「いいえ」

だったら、あんたの金というのは？

「ミセス・ベネットが約束してくださったんです。ご自分が――ご自分が亡くなるときには、わたくしにもいくらかお金を遺すと」

いまつっかえたところも省かずに書いてくれよ、フィリス。大事な点だから。この執事は女主人を愛しているから、ためらいもなくその死を口にしたりできないんだ。

「そうです」

それなのに、たかだか五百ドルか千ドルのために、主人の親友を撃ち殺すことは厭わなかった……

何も言う気がないらしいな。

ゆっくり考えよう……

あんたはいくつだい、タムズ。

「七十三歳です」

聖書で人間の寿命とされる七十歳は過ぎているわけだ。ぶしつけで申しわけないが、老い先は短いと言える。千ドルの遺産をもらったとしても、生きているうちに使いきれないかもしれない。それに倹約家だから、おそらく何年ぶんも給料を貯めこんでいるだろう。

「いいえ」

嘘をつくのはよしたほうがいいぞ、タムズ。預金の額は簡単に調べがつく。いまさら千ドル余分に手にしたところで、たいして役立つとは思えない。ただし、ライフルみたいな値の張る品に金をつぎこむ癖があるのなら、もちろん話は別だが――

「はい」

はい、と言ったな。自分でそう言うなら、そのとおりなんだろう。

タムズ、ほかにはどんなものに浪費する癖がある？

返答がないな。

だけど、懐はじゅうぶんあたたかいはずだろう？

「いいえ」

いいえ、か……おれに推理してみろと言うのか。いいだろう。あの尻切れとんぼの手紙を書いたのはあんただった。首に掛けられた大いなる挽き臼だなんて悪態をついたのはあんただった。

「はい」

物が言えるようになったな。

おれの推理は正しいし、タムズもそれを認めている。

これも書き留めてるだろうな、フィリス。

一語一語がひとつの絵柄で、それらがすべてぴたりと合わさる――そんな気がしないか？

ほかに言いたいことはあるのか、タムズ……

ミンターンもあんたが撃ったのか？

返事がない。

あんたがチャールトンを撃ったのなら、なぜチャールトンはミンターンに殺されそうだなんて書いたんだろう……チャールトンはきっと見こみちがいをしていたんだな――人の本性を見誤ったんだ……それに、なぜミンターンは犯行を認めたんだろう。ふだんからそんなに従順だったんだろうか。

やっぱり返事がない。

タムズ、なぜ自白するんだ？

あんたに不利な証拠なんかひとつもないのを知らないのか？

自白しなければ、あんたの有罪を立証することはできないんだぞ……

ここはおれにまかせてください、ミスター・スローカム。自分のやっていることはわかってます……

タムズ、あんたは有罪になりたいのか？

「はい」

良心の咎めを感じるのか？

「はい」

だけど、たったいまおれに嘘を並べ立てたことはかまわないのか……

返事がない。

タムズ、あんたはいま、この部屋でおれの証言を聞いた。あの署名のない手紙を書いたのがあんたじゃないのはよくわかってる。ミセス・ベネットが書いたのはよくわかってる。タムズ、〝極悪非道の人でなし〟とはだれなんだ。

返事がない。

タムズ、おれは知ってるんだぞ！……

ミスター・スローカム、手ぬるいやり方じゃだめなようです！

タムズ、〝極悪非道の人でなし〟はミセス・ベネットのどんな弱みを握ってたんだ？……人に知られたくないどんな秘密をつかんでたんだ？……なぜ長年強請りつづけることができたんだ？

ミセス・ベネットのせいで夫が死んだとか、たとえばそういうことか？

「ちがいます」

おや、しゃべったぞ。

どうやってそれを証明する？　もう一度訊くが――おや、答えるつもりか？

「夫は生きていますから」

生きている？　ミセス・ベネットによれば、夫は四十年以上前に死んだと――

「たしかに生きています」

よく言った、タムズ。はじめからそうじゃないかと思ってたんだが、ゆうべそれを確信したんだ。

おれは夫が生きてることも、それがだれなのかも知ってる。もっと言えば、おれが知ってるのをあんたは知ってる。

タムズ、ここに紙切れがある。

おれがあんたの味方だってことはそろそろわかってもらえたと思う。だとしたら、オーレリアの夫の名前をここにフルネームで書いてくれ。そうしたら、おれは紙切れを折りたたんでポケットに入れる――で、それを検死官に見せるかどうかを自分で判断する。それを審問記録に加える必要はないんだよ、タムズ。陪審員はいま隣の部屋にいて、評決を出そうとしている。この場の出来事は評決にまったく影響しないんだ……

こういうやり方にさせてください、検死官。この検死審問は何から何まで変則ずくめなんだから、もうひとつつくらいかまわないでしょう。

タムズが書きましたよ……

なるほど。ファーストネームとラストネームはわかっていたし、ミドルネームも一部は察しがついていた。さあタムズ、ミセス・ベネットが知られたくなかった秘密を教えてくれ……

タムズ、言いたくないのはよくわかるが、選択の余地はないんだ。おれがあててみよう……

ミセス・ベネットがかつて舞台に立っていたのは知ってる。たぶんこういうことじゃないか

――実のところあてずっぽうなんだが――たぶん、舞台に出ていたころ――

「ちがいます」

ちがう？……じゃあ、舞台から退いたあと？

「ちがいます」

ちがう？　なら、出はじめる前か――

おれが言うから、タムズ、あんたはただ首を縦に振るだけでいい。舞台に出はじめる前、オーレリア・ベネットは、いまの本人なら〝不謹慎な女〟とでも呼ぶであろうことをしていた……

見ましたか、検死官？　タムズがうなずきましたよ。

タムズ、つらいだろうけど、もう少しくわしく訊かせてもらうよ……〝不謹慎な女〟なのは周知のことだったのか？……

そうか……

タムズ、なんとなくわかってきたよ。そうだ！　わかった！　オーレリアが結婚したのは西部へ行ったときじゃなくて――

タムズが認めてるぞ。

夫を持ったのは芸人を辞めたあとだな――

うん。

夫はオーレリアの過去をすべて知っていた――

「はい」

――そして、おそらく――夫がいまも生きているなら、ほぼ確実だが――夫はオーレリアといっしょに舞台に立って――

「はい」

――芸の手助けをしていた――

「はい」

その芸がなんだったのか、おれにはわかってる……オーレリアはなぜ結婚したのか？　日に三度の舞台をこなしながら国じゅうをめぐる男と女が、たいてい夫婦になるのはなぜか？　それは、小屋の責任者がふたりにひとつの楽屋をあてがうからだ。ホテルの受付係がふたりを相部屋にするからだ。そのほうが安あがりだからだ――とりわけ、その芸人たちが一座の花形ではなく、高給をとっていない場合は――

「はい」

まるでジグソーパズルだな。何ピースかうまくはまれば、残りは勝手におさまっていく。タムズ、ちょっと話をもどそう。もしも、ある性根の悪い人間がオーレリアの過去を知っていて――

「はい」

――彼女が舞台に立っていたころには気にも留めなかったのに――

「はい」

――別の畑で名をあげはじめたあとで思い出して――

「はい」

――彼女を見つけ出し、自分の知る昔話を思い起こさせたとしたら――

「はい」

――そういう人間は大いなる挽き臼にも、蛆虫にも、寄生虫にもなりうる――

「はい」

だから、そいつを殺しても正義に反しないと思ったのか？

うなずいています……

殺す機会は何度もあったけれど、そいつの要求が大きく――途方もなく大きくなるまでは、見合わせてきたんだな。

「はい」

検死官、もっと聖書にくわしかったら、よりふさわしい文句がひらめいたかもしれませんが、さしあたりはこれしか思いつきません。「〝よいかな、善かつ忠なる僕《しもべ》（マタイ伝二十五章二十一節より）〟」でもなんだか『天路歴程』からでも引用したように聞こえる……

タムズ、いまあんたがいるべき場所はどこかわかるね。

そこへ行くんだ。

心配は無用だ。七十三歳の人間は心配する必要なんかないんだよ。自分を苦しめるものなど、この世に存在しないんだから。

さあ行って……

検死官、呼びもどしたいときには、そこへ行けばいますよ。逃げやしません。

6

電話線のこちらにはおれがいて、向こうにはドーティーがいます。社内でも抜群に切れるやつです。行き詰まったときにはあいつに電話しますけど、いまは終わりまで全部見通せていますよ。

つじつまの合わない点を取り除きましょう。たくさんありましたね。

さて、何が残るでしょうか。

オーレリアはニューイングランドの生まれですが、当地の道徳に生き方を縛られず、音楽好きの男とヨーロッパへ渡りました。まだ若く、世の中を知りたかったんです。そして知りました。

やがてその男とともにアメリカに帰り、その後捨てられました。

なぜそんなことを知ってるのかって？

日曜の午餐の前に本人から聞いた話によると、ヨーロッパでは年じゅう音楽会に出かけていたらしいのに、帰国してからは行くのをやめてしまったようだからです。おれは彼女の本を六冊、歯を食いしばってどうにか読みきりました。若いころ浴びるように聴いたというのに、音楽の話なんかひとことも出てきません。

オーレリアはさすらいました。あの手の女はさすらうものです。

友人たちの行く先々へついていきました。当時のアメリカの姿が目に焼きついたはずです。のちにそれを小説に書きました。

オーレリアは才知に長けていました。

男から男へと渡り歩くうちに、その才知に磨きがかかりました。

男たちのひとりが、オーレリアのある能力を見いだしました。それが並はずれていたので、舞台芸人として暮らしていけるまでになったんです。オーレリアはある芸を披露していました。それがなんだったのか、まだ思いつきませんか？　寄席に出る生活は何年もつづきました。やがて、舞台で自分の助手をつとめていた男と結婚しました。その後、脚を骨折して芸人を辞めざるをえなくなったんです。ピーボディーの日記を覚えていますか――初対面のとき、オーレリアがはた目にもわかるほどひどく足を引きずっていたというくだりを。ピーボディーという人は、あの日記からすると、周囲のことをあまり気に留めずに生きてきたらしいのに。

オーレリアが小説を書こうと思い立ったのは、そんな事情からでした。骨がつながるのを待つあいだ、何か月もベッドに寝たきりで、時間を持て余していたんです。原稿が手書きだったのはなぜだと思います？　世事に疎くて、手書きの原稿などほとんど見向きもされないのを知らなかったんでしょうか。あのオーレリアがまさか！　ベッドのなかで書いたからですよ。枕で体を支えた女が使えるほど小型で軽量のタイプライターは、まだ開発されていなかったんです。持ち金が底を突いていなければ、できあがった原稿をだれかにタイプで清書させたにちがいありません。

処女作は予想以上に大あたりしました。二作目はそれ以上でした。

オーレリアは巧みにその状況に処しました。新進気鋭の女流作家にとって、夫の存在はなんの得にもなりません。だからひそやかに世間の目から隠しました。聖書の引用だらけの教訓小説を書く慎み深い未亡人になりきったんです。

そしてここで、〝極悪非道の人でなし〟が登場します。それがドワイト・チャールトンだったことはもうおわかりですね？

ドワイトはかつて西部のどこかでオーレリアと出会いました。その後、彼女が有名になってから訪ねていき、がっちり食らいついたんです。

オーレリアは、有利な契約を結ぶ手助けをドワイトがしてくれたと言ってましたね。

その話を信じますか？

彼女ほどの知力と男っぽい気質を具《そな》えた女には、助言者など必要ないと思いませんか？　仮に必要だったとしても、自分の商売もうまくやれなかった人間を参謀に選ぶでしょうか？

ドワイトはさんざん職を変えてきた男です。ベン・ウィリットの証言がそれを裏づけています。ある日手にとった新聞で、ドワイトはオーレリアの成功を知りました。出会ったときには不遇だった彼女が、生まれ持った才能ゆえにそこから這いあがったことに気づいたんです。

ドワイトはオーレリアの住まいを突き止め、訪ねていって、口止め料を乞いはじめました——あの男の鞄にあった小切手帳がその証拠です。オーレリアが新聞というものを、自分の本が腐されるからといって悪魔の発明品並みに見なすのではなく、もう少し好意的にとらえていれば、ドワイトが握っていたようなネタを記事にする見さげ果てた三流新聞社は国じゅうのどこにもない、とわかったでしょうにね。

今回の事件にかかわった全員が、新聞社が品位を保とうとつとめていることを知ってさえいたら、ふたりの人間が死ぬことはなかったでしょう。さして痛ましくはないですけどね。ただ、オーレリアは三十年も地獄を見ずにすんだでしょうし、アリスだってあんなろくでなしとは結婚しなかったでしょう。それはまた別の問題ですが。

オーレリアはひたすら金を払いつづけました。小切手の額面は大きくなるばかりでした。抜け目のないドワイトは、オーレリアを小さな村へ移り住ませて、家にスパイをもぐりこませるのが良策だと考えました。

だれのことか?

ミス・ハーモンです。

本人はオーレリアに精いっぱい尽くしているつもりでいます。実際そのとおりです。しかし、ドワイトはミス・ハーモンの数ドルばかりの蓄えをうまく投資して、年に百パーセントの配当がつくようにしてやったわけで――そのぶんは自腹を切っていたんですが――そうして手なずけられたミス・ハーモンは、ドワイトの忠実な友となり、オーレリアの力になってもらいたい一心で、彼女の行動を逐一報告するようになりました。どんな書類も保管用の写しをとってドワイトに送っていたと、ミス・ハーモン自身が言っていたでしょう?

ミス・ハーモンの存在のせいで、オーレリアが苦境を脱するのはずっとむずかしくなりました――実のところ、脱しようとはしていたんです。

この土地へ移ってきた当初に、彼女は計画を立てはじめました。

タムズがなぜ、あの小型のライフルで欠かさず射撃の練習をしていたと思います? 五十点満点で二十五点ぽっちしかとれないのに。

オーレリアはなぜ庭ですわって練習を見ていたと思います?

そして、その練習はなぜ、チャールトンになんでも伝えるミス・ハーモンが昼食のために家を出ている時間帯におこなわれたんでしょうか?

訊くまでもないですね。オーレリアはタムズに射撃を教えていたんです。悪いところを指摘して上達させ、最終的に彼が習得したようなみごとな撃ち方を仕込もうとしていました。

オーレリアは、だれもが知るとおり視力はよくありませんが、タムズにとってはすばらしい教師だったんです。

7

ではそろそろ、オーレリアが舞台でやっていた芸のことを話しましょうか……

そのライフルを貸してください。

弾ははいってませんね？

見てください！

身の丈六フィートを超すタムズがなぜ、別あつらえのわりには体格に合わない、こんなちっぽけな銃を使っていたんでしょうか。

ライフルの話のついでに言うと、なぜこの銃身にはニッケルめっきが施してあるんでしょう。

こういうライフルは森のなかでは役に立ちません。銃身に太陽の光が反射するので、獲物が怯えて逃げてしまいます。こういうライフルが使われる場所はひとつだけ——舞台の上です。

小屋から小屋へ旅して芸を披露する曲芸射手だけが、こういうものを持つんです！

これでやっと、オーレリアが長年何を生業《なりわい》にしていたかわかったでしょう？

そうです！

オーレリアはぴかぴか光るライフルを手に登場します。

観客にお辞儀をします。

その様子が目に浮かびますか？　とびきり目新しい見世物です。女の射撃名人ですから。

衣装はタイツだったでしょうか。わかりません。革のオーバーズボンを穿いて、ソンブレロ帽をかぶっていたのかも。

助手がくわえ煙草で歩けば、その煙草を撃ち落とします。

トランプのカードを手に持っていれば、マークを撃ち抜きます。

頭の上に角砂糖を載せれば、助手にかすりもせずに吹き飛ばします。

舞台には特製のピアノがあり、その鍵盤にうまく弾をあてて曲を奏でます。

助手がほうりあげるガラス玉を、つぎつぎと撃ち砕きます。

いいえ、オーレリアの演技を見たわけじゃなくて、ほかの芸人たちのを見たんです。それに、シアトル、ポートランド、タコマ、スポケーンなどの街をまわるあいだ、契約を打ち切られなかったわけだから、うまい芸人だったにちがいないし、射撃の腕前はだれにも引けをとらなかったはずですからね。

ところがドワイト・チャールトンは、舞台に立つ前のオーレリアの暮らしぶりは知っていたものの、なんの芸をしていたのかは知りませんでした。そして強請りの常習犯だったドワイトは――調べてみたら常習とわかったんですが――自分の餌食のひとりに、おそらくは当代一護身に長けた女を選んだんです！

オーレリアは道義心の強い女です。だから、はじめて金を巻きあげられたとき、相手を撃ちはしませんでした。知ってのとおり、舞台芸人というのはおおらかな人たちです。古い友人を助けているのだと思えば、惜しくもなかったんです。

しかしその後、ドワイトの要求はしだいに増長し、オーレリアの視力は衰えはじめました。誤解しないでくださいよ！　男に近寄ってその体に銃弾を撃ちこむのに、プロの技は必要ありません。けれども、その人がオーレリア・ベネットという名で、〝ニューイングランドの道徳〟が主題歌となっている場合には、そんな真似はとてもできないんです。

オーレリアは、チャールトンを本来の住みかである地獄へすぐにも送り返したかったはずです。でも、意を決するまでには長い長い時間がかかりました。そして、真っ当な人間があの男を抹殺したかどで吊し首になるのも見たくありませんでした。

その問題に何年も頭を悩ませているうちに、チャールトンの要求はどんどん厚かましくなり、そのせいでオーレリアは心から愛する親戚の者たちを思うように助けてやれませんでした。彼女の稼いだ金は一セントに至るまでチャールトンを介してはいってきたこと、だからこそどの程度までしぼりとれるかも見透かされていたことをお忘れなく。

のっぴきならない状況に陥ったのは、チャールトンが自分に有利な遺言状を作るよう強要したときでした。それがかまんの限界でした。哀れな老婦人はうまい策を思いつかず、すっかり希望を失いました。

そして遺言状を作成しました。逃れる道が見つからなかったんです。

それから、出すつもりのない手紙を書きました――ところが、あまりにも腹を立てていたせいで、その手紙をオリヴァー・ブライ・スティックニー宛の封筒に入れてしまったんです。

オーレリアの誕生日は独立記念日の前日です。これはもっけの幸いでした。朝から晩まで爆竹が鳴っているなかでは、一発やそこら銃声が交じっても気づかれないでしょうからね。とはいえ、彼女はそういうことを意図したわけではありません。

オーレリアはミンターンに悩みを打ち明けました。いけ好かない人間ではあっても、身内のなかで対処できそうなのはあの男だけでした。

その前にタムズにも話していました。いつか役立つ日が来るなどとは思いもせずに射撃の練習をつづけて、ずいぶん年月がたっていました。タムズはさほど聡明ではないものの、主人を愛していました。すべてが起こるべくして起こったんです。

チャールトンはミンターンに脅され、怖じ気づいてタイプライターのもとへ走りました。そのあとでちょっと恥ずかしくなって、阿舎へ行ったんです。タムズは自分が使うつもりであの小型ライフルを車庫に置いておいたんですが、ミンターンが射撃をするのに持っていってしまったので、計画が狂いました。それでもなんとか機会を見つけて、致命傷となるところに弾を撃ちこみました。

タムズがそんな行動に出ると思っていなかったオーレリアは、事がなされたあと、別の人間のしわざに見せかけてタムズを救おうと全力を尽くしました。でも実は、助けを求めればかならずそれに応えてくれる男がこの世にひとりいることを知っていたんです。その男はかつて舞台で彼女の助手をつとめていました。のちに夫になりましたが、有名作家にとってはその存在が邪魔になるからと、執事の地位に落とされました。それから三十年以上も、番犬のように彼女を慕い、しっかりと距離を置きつつ愛情を注ぎつづけました。それがこの紙切れに自分のフルネームを書いた男――ジェフリー・タムズワース・ベネットです。

検死官　ミスター・偽スティックニー、本法廷はあなたに深く感謝します。

スティックニー　それはどうも……オーレリアの夫の話は初耳でしたか。

検死官　ええ。

スティックニー　記録に残しませんよね？

検死官　残しません。陪審員が列席していないから、証拠にはなりませんよ。

スティックニー　では、オーレリアが寄席芸人をしていた話は？

検死官　それについては、ご想像に反して、そう耳新しくはありませんでした。あのぴかぴかの銃身と手細工の銃床を見てすぐに、その手の射撃をする女性のためにあつらえられたものだと察しました。これでも昔はなかなかの撃ち手だったのでね。

スティックニー　へえ。

検死官　これからニューヨークへもどるのですか。

スティックニー　ドーティーに電話をかけたあと――はい、もどります。

検死官　アリス・ミンターンをどうするつもりです。

スティックニー　検死官、おれはアリスの死んだ夫――そもそも彼女と結婚する資格のなかったあの男よりも十歳は若いですけど、飼い慣らしたノミを養えるほどの稼ぎもないんです。妻を持つなんてとても。

検死官　アリスにはたっぷり遺産がはいるよ。

スティックニー　なら、いつか再婚したくなったとき、四年前に婚約していた青年とやりなおせばいい。アリスはいい娘《こ》だから、幸せになってもらいたいです。

検死官　ミスター・偽スティックニー、あなたにはまったく頭がさがるよ。

スティックニー　おれのことなんかどうでもいい。アリスが心配なんです。ずっと取り乱してましたからね。まだ若いし、連日の出来事がひどくこたえたんでしょう。日曜にはじまって、きのうも、きょうも――

検死官　きょう、と言ったね？

スティックニー　もっと早く伝えるべきでしたね。おれがここに呼ばれる何分か前に、ミセス・ベネットが息を引きとったんです。

検死官　それは気の毒に。

スティックニー　もしかしたら――たぶん――おれはもうしばらくこの村に残ったほうがいいのかもしれないな。

検死官　それも当然だよ。

スティックニー　この知らせがニューヨークへ届いたとたんに、記者連中が大挙してここへ押しかけるだろうし、おれならアリスを守ってやれるかも――

検死官　おそらくね。

スティックニー　やってみるか……ああ、そう言えば、ドーティーの小型カメラを尻ポケットに入れてたんだった。〝迷ったときは、写真に残せ〟と言われてね。たくさん撮ったんだけど、アリスの写真ばかりだ。ドーティーは喜ばないだろうな。

検死官　アリスは喜ぶだろうよ――将来ね。話のついでに言ってもかまわないだろうが、アリスが四年前に婚約していた青年は、三年七か月前から別の女性と所帯を持っているよ。

スティックニー　えっ！　ほんとうに？　知りませんでした。教えてくださってありがとう……ではまた、ミスター・スローカム。さよなら、フィリス。

検死官　ごきげんよう、ミスター・偽スティックニー……もう行ったかな。扉を閉めてくれ……感じのいい男じゃないか。そこそこ頭もいい。自分で思っているほどではないがね――だが、ほんとうに頭のいい人間がどれほどいるものか……さて、陪審員たちはどうしているだろう。鍵穴からのぞいてくれるかい、フィリス……ああ、思ったとおりだ。葉巻が残っているうちは評決は出ない。一本吸って、一本はポケットに入れ、こっちの部屋にもどる前に、さらにもう一本に手をつけるはず……何？　ミスター・イングリスは吸っていないって？　それならウォーレン・バートレットが六本ポケットに入れて埋め合わせをするだろう。わたしの知っているウォーレンなら、きっとそうする。別にかまわないさ。わたしのはじめての事件だし、なかなか手応えもあった。フィリス、記録した帳面は何枚になった？……ほんとうか！……一枚につきわたしに五十セント、おまえに二十セントはいるということは、あの最新式の車を手に入れることを考えてもいいかもな。

だが、いまここで使った帳面のぶんは請求しないよ、フィリス。それをやったら公正ではなくなる。ミスター・偽スティックニーが話したことは、記録外の発言として、わたしとおまえの胸にとどめておこう。ふたりだけで読み返して、母さんにも見せない。母さんはおしゃべりだが、わたしたちはちがう。心の奥深くにしまって、そのまま忘れたほうがいいことも世の中にはある――今回の事件のようにな。

ミスター・イングリスがあと二、三、質問をしていたらね――だが、質問しなかった。ミスター・偽スティックニーがあとほんの少し頭がよかったらね――だが、よくなかった。

フィリス、ページのいちばん上に〝リー・スローカム閣下の結論〟と記したうえで、これから話すことを書きとってくれ。

リー・スローカム閣下の結論

1

やったのはミセス・ベネットだ。

もちろんそうだ。

まずひとりを撃ち、それからもうひとりを撃った。

〝悪は罰せられ、正義は勝つ〟――みんなが口にしたが、それが現実に起こったとはだれも考えなかった。

ミセス・ベネットがその手の作品を書いたことはみんなが口にしたが、これが彼女の最後の作品であり、ほかと同様のものだったことは、だれも見抜けなかった。

ミセス・ベネットはすべてを綿密に計画した。何年もかけてそうした。

チャールトンが憎かった。

ミンターンも憎かった。

だから順番に、ふたりとも片づけた。事を終えたとき、彼女を指し示す証拠は露ほどもないはずだった。

だが、ほんとうになかっただろうか？

ミセス・ベネットは七月四日にかけてパーティーを開く計画を立てた。そしてミンターンも。チャールトンが来ることになっていた。そしてミンターンも。

チャールトンが誤って撃たれ、だれもその責任を問われないとしたら、実に好都合だった。自分が憎むもうひとりの男のしわざに見せかけることができたら、さらに痛快ではないか？

しかし、ふたりとも卑劣な人間であり、報いを受けて当然だ。彼女は処女作のことを思い起こしていたにちがいない。ミスター・ピーボディーの日記にこうあったのを覚えているかね――″悪人同士が仲たがいし、うまい具合に殺し合います″。そうなれば万々歳だったが、そこまで仕向けるのは無理だった。だから、ほぼ同然の筋書きを考え出した。

まずチャールトンに、彼の望みどおりの遺言状に署名したと告げた。

そして証人たちの前で署名した。ただし、一分後には破棄しただろうがね。

それから、署名入りの遺言状を日曜日に渡すと手紙に書いた。

なぜわかるかって？

その手紙の写しが、ここにある彼女の机にはいっているんだよ。

チャールトンはそれを信じた。署名がすんだことをミス・ハーモンから聞いていたからだ。

そして誕生日の午餐のあと、ミセス・Bに手を貸して二階へあがった。

彼女はタイプライターに向かって何か打った――内容はなんでもいい――キーを叩く音をベン・ウィリットに聞かせるのが目的だったからだ。それから、封をした大きな封筒をチャールトンに渡し、阿舎《あずまや》ならひとりになれるから、そこへ行って、自分が約束を守ったことをたしかめてくれと言った。

そうだとも！

ベンはタイプライターの音を聞いた――たどたどしく打つ音をな！

たどたどしく――チャールトンが打っていると思わせたくて、そんなふうにしたんだよ。

ところが、チャールトンはタイプライターに手をふれていなかった！

フィリス、おまえなら、身の危険を感じていて、いまにもだれかが自分を殺しにきそうだというときに、わざわざ時間を割いて部屋のしつらえを描写するか？〝花柄の更紗のカーテン〟だの、〝フックド・ラグ〟だの、〝趣味もたいそういい〟だのと書き連ねるか？

そんなことはしまい！

さらに考えてみると、チャールトンにそんな描写ができただろうか？ミスター・ピーボディーに言ったことばを覚えているだろう。〝あのなんだかよくわからない敷物〟に、〝見かけ倒しの家具〟に、〝炉棚の上に掛けてある石版画〟だぞ。

調度品のことを、あの男はその程度しか知らなかった。それなのに突然くわしくなったのはどういうわけだ？

聖書からの引用もあった。調べてみたところ、一言一句まちがっていない。しかもそれは、たいていの人間がまちがって覚えるものだ。

そんな引用句がだれの頭から出てきたと思う？聖書になど見向きもしなかったチャールト

ンか、それとも毎日欠かさずそれを読む人間か。

チャールトンは母屋から出ていった。

そこまではいい。

封筒を持って阿舎へ行き、午後に日のあたるただひとつの隅にすわって、そこで封筒をあけた。

さて、なぜそんな行動をとったのか。

自分で書いたばかりの手紙を、なぜ読み返す必要があったのか。

物忘れがひどかったとしても、何を書いたか忘れるほど時間はたっていなかった。

それに、なぜ手に持っていったのか。ああいう手紙はふつう、自分の身に何かあったあとで見つかるよう、胸ポケットにしまっておくものだ。つまり、恐れる相手がその気になれば簡単にとれるところに、おおっぴらに出したりしないはずだ。

そう考えるのが筋じゃないか？

胸ポケットに入れるには大きすぎるから、手で持たざるをえなかったとしよう。だが、それならなぜ、あの二枚の紙を小さい封筒に入れなかったのか――わざわざいちばん大きい封筒を選ばなくても、この部屋には小さい封筒がいくらでもあったのに。

しかもなぜ、タイプした二枚のほかに、白紙が八枚はいっていたのか。

おまえは書いた手紙を封筒に入れるとき、肉屋がステーキ肉を包むみたいに、まっさらな紙で包むか？

わからないかい、フィリス。

その封筒に封をした人物は、何かかさばるものがはいっているとチャールトンに思わせたかったんだよ——たとえば、しっかりした法律用箋を使った遺言状だ！　手紙を書いた人物は、チャールトンの筆跡の見本を山ほど持っていたので、そっくりな署名をするぐらいなんでもなかった。彼女があとどのくらい長生きしそうか、いつになったら遺産の争奪戦をはじめることができるのかと、憎いふたりが様子を見に訪れる日に合わせて爆弾を準備するのも、たやすいことだった。

〝悪は罰せられ、正義は勝つ〟——しかるべき人間のちょっとした手助けがあれば、百回のうち九十九回はそうなるんだよ！

2

頭のよい人間も誤った道筋をたどるというのはおもしろい。

ミスター・偽《にせ》スティックニーが、タムズがライフルの練習をしていた話をはじめたときには、真相を言いあてるんじゃないかと思った。

だが無理だった。

タムズは隠れ蓑だった——それだけのことだ。

頭の鈍いタムズは事情をよく呑みこめていなかった。ミセス・Bからは何も打ち明けられなかったが、検死審問がこんなふうに長引きだしたので、のこのこ出てきて隙だらけの自白をした。ミセス・Bが気を揉みはじめたからだ。妻のミセス・ジェフリー・タムズワース・ベネットに心労をかけたくなかったんだな。

タムズはミス・ハーモンが昼食に出ているあいだに射撃の練習をしていた。

なぜか。

練習をしていたのはタムズではなく、ミセス・Bだったからだ！

ライフルにはどことなく人間と似たところがある。扱いに慣れ、ずいぶん遠くの的にもほぼ毎回命中させられるようになると、愛着が湧いて手放したくなくなる。

彼女がこの土地へ来てからも射撃をつづけていたのは、それだけが理由だったのかもしれない。だが、ちがうかもしれない。視力が衰えだして、うまく狙いが定められなくなると、射撃はあまりおもしろくないからね。しかし、ベン・ウィリットが芝地で弾薬を見つけたときには、とっさに話をこしらえる必要があった。そこで、タムズが撃っているところを見にこないかと本人から誘わせたところ、ベンは信じこんだ。

タムズはうまい撃ち手だったはずだとミスター・偽スティックニーは言っている。最高得点は二十五点で、いまや歳をとって、まっすぐ立つのもおぼつかず、皿洗いもベン・ウィリットの手を借りなくてはならない。おまけに肺が弱くて、蚊の鳴くような声しか出せない。そんな男が本気になれば四十八点とれるという。

そんなことがありうるだろうか、フィリス。

あるわけがない！

撃つ姿勢からしておかしかった、とベン・ウィリットが言っている。〝構えもなってなければ、引き金の引き方もなってなかった〟というのが本人のことばだ。もしミセス・Bがタムズに教えていたのなら、真っ先にそういうことを叩きこむはずじゃないか？　射撃の名人なら、狙いどおりにいい点をとるのと同様、悪い点をとるのも思いのままだ。だが名人が性能のいいライフルを手にして、大地をしっかりと踏みしめ、撃ち合いではだれにも負けないという気概をもって構えたとしよう。それで全力を出さずにいられたら人間じゃない。そんなことをつづけられる人間などいない。

ライフルをとっておくれ、フィリス。

もうひとつのほうだよ。

ミスター・偽スティックニーは、そのニッケルめっきのライフルが曲芸射手の持ち物だと推察した。わたしには、はじめて見たときから見当がついていた。ふつうの人間ならただでももらいたくない代物だからね。ともかくあの男は、ミセス・Bが寄席の舞台で使っていたものだと考えた。あるいは、仲間のミスター・ドーティーの考えだったのかもしれない。だがそれなら、どんな曲芸射手でも、持っている銃は一挺ではないこと、しかも舞台で芸を披露するなら、そっくりな銃を最低二挺はそろえているということには、なぜ思い至らなかったのだろう。一挺が空になれば、弾がこめられたもう一挺が手渡される。それが空になるころには、最初のやつが装塡済みだ。このウィンチェスター・ライフルのように気に入った型がある場合は、同じものを三挺、四挺と持っておく。そうすれば、どれかひとつが壊れてもショーをつづけられる。弾丸がどの銃から発射されたかを特定することができる、と何かで読んだことがある。顕微鏡で弾丸を拡大すると、刻まれた線が見えるらしい。専門家なら、この弾はこの銃から、あの弾はあの銃から発射されたと断定できるわけだ。

しかし、わたしがいましているように、二挺の銃をいっしょくたにしてしまったら、わたしにはどちらがどちらかわからなくなるよ。こうなると、車庫から庭へ持ち出された銃から発射されたものなのか、母屋の窓から突き出たぴかぴかの銃から発射されたものなのか、だれが区別できるというのか。

このうちの一挺は、陪審員がもどる前にさっさとしまったほうがいいな。ミスター・イングリスが見たら、だまってはいまい……

少し話をもどそうか、フィリス。

ベネット邸に着いたミスター・偽スティックニーは――迎える側はあの男が来ないと思っていたことを忘れるなよ――家じゅうでいちばんいい部屋のひとつに通された。阿舎と庭がよく見える東南の部屋だ。では、そんなにいい部屋があるのに、なぜほかの客に使わせなかったのか。

答は簡単じゃないか?

ミセス・Bが使うつもりだったから、あけておきたかったんだよ!

プラット夫妻にはあまりよくない部屋を、ミンターン夫妻にはもっとよくない部屋をあてがった。スティックニーが現れたときには、ほかに空き部屋が残っていなかったから、いい部屋をもらえたわけだ。

ミセス・Bにとって、あの男が来たのは迷惑でしかなかった。前々から練ってきた計画が台なしになりかねなかったからだ。けれども、あの男が酔っているのを見て――というより、酔っていると思いこんで――計画の妨げにはならないと考えた。それで快く迎える気になった――どうせ酔っぱらいには何もわからないからね。

ミセス・Bが昼寝をしに二階へあがったとき、ミスター・偽スティックニーはほかの客といっしょに庭に出ていた。

だから少しも邪魔にはならなかった。

だがわたしはこのライフルを見て、こういう手のこんだ道具の持ち主はもう一挺同じものを持っているとあたりをつけた。それで、ミセス・Bがここで証言しているあいだに、エイモス・スクワイアに家のなかを探らせた。指示したとおり、ミスター・偽スティックニーの部屋からあらためたところ、古着が詰まった化粧だんすのいちばん下の抽斗から、目当てのものが出てきた。ミスター・偽スティックニーが現れる前に、ミセス・Bがその抽斗に隠しておいたんだ。そして部屋の窓からその銃で撃ったあと、またもとの場所へ隠した。

そのライフルにミセス・Bの指紋がべたべたついていたとしても、わたしは驚かないね。

おまえはどう思う？

だけど、ハンカチできれいに拭いてしまったから、いまはもう指紋はひとつもついていないだろう――わたしの以外はね。

3

頭の右側にある銃創を見て、右にいる人間が撃ったとだれもが決めつけるのは不思議なことだ。

たいがいの人間の頭は――少なくともわたしの頭はそうなんだが――軸受けの上の玉みたいに回転するものだということや、阿舎の日のあたる隅に腰をおろして、左から差しこむ午後の光で新聞でも読もうとするときには、チャールトンがしたように首をひねるはずだということを、みんな忘れているんだ。

年老いた婦人の目がほとんど見えないからといって、銃の台尻と鑿《のみ》の柄の区別もつかない若造並みにしか銃を扱えないとみんなが決めこむのも不思議だね。

黒丸は的のど真ん中にあるってことや、的さえ見つかれば黒丸もかならず見つかるってことを、みんな忘れている。

フィリス、あのライフル射撃の名手ジョン・ヘッションが、二十年前、ニュージャージー州のコールドウェルで、千人を超す腕自慢の射手たちを抑えてウィンブルドン杯を勝ちとったのを、もちろんおまえは見ていない。だが、わたしは出場していたんだ。最初の五百人に残れただけで満足だったよ。ひどい雨降りで、やんだらこんどは霧が出てきた。競技時間の半分は、望遠鏡を使っても黒丸が見えなかった。ピットにいる監的手が照準点を示す六インチの黒い円盤をつけてくれてはいたが、ほとんど役に立たず、的にあたったのかはずれたのか、ピットに電話をかけて訊かなくてはならなかった——ほとんどはずれていたがね。ところがヘッションは、百点満点で九十九点をとった。たとえ黒丸が見えなかろうが、それが的の真ん中にあることを覚えていたから、的に照準を合わせることを心がけるだけでよかったんだよ。

それと同じことに、ミセス・Bは射撃の練習をするなかで自然と気づいた。黒丸はもはや見えなかったが、毎週舞台に立って現金をもらっていたころと変わりなく命中させることができた。

とはいえ、五十フィートや百フィート離れたところからは人の顔を見分けられないし、誤って友人を撃ち殺すようなことはしたくなかった。そこで綿密な計画を立てた。チャールトンが大きな白い封筒を手に持って母屋を出ていき、阿舎にはいるのを見届けてから発砲するようにしたんだよ。封筒のおかげでチャールトンだと確信できたわけだ。ミンターンに対しては、ライフルを持って阿舎へ行くように言ったんだ。こんどは、ライフルを持ち歩くのを窓から見て、ミンターンだと確信できた。長年あたためた計画というのは、土壇場でうまく運ばないことがあるものだが、ミセス・Bは話の帳尻を合わせる達人だったから、今回もまさに思いどおりの結末になったというわけだよ！

銃を持って阿舎へ行くよう、どうやってミンターンを言いくるめたんだろうか？　それはわからない——だが、どう言えば動くかを考える時間は何年もあったからな。たぶん、阿舎の隅にすわった人間を庭から撃つのは不可能だ、実際に狙いをつけて、射程内にはいるかどうかを見るといい、とでも言ったんだろう。ミンターンはうまく乗せられて、急いでたしかめようと母屋から駆け出していったんじゃないか？　しかしミセス・Bのことだから、もっと気のきいた話を用意したかもしれないな。何しろ、話を作るのが商売なんだ。

そこのライフルは隠しておいてくれよ、フィリス。一挺だけをな。どっちのでもかまわない。陪審員がいなくなったら、二挺ともうちへ持って帰って、三、四か月たったころ、月が出ていなくて、アリス・ミンターンが恋人と――ひょっとしたらミスター・偽スティックニーと――さてどうかな――散歩していそうもない晩にでも、どちらか一挺をマッジ池のいちばん深いところへ捨てにいこう。そんなことをするのは忍びないよ。この手のライフルは、ミスター・偽スティックニーも言ったとおり、人間並みに賢いものだからね。だが今回の事件の結末は、ミセス・ベネットの作品と同じにしなくてはいけない。悪は罰せられ、正義は勝つ。無知こそ幸い、という場合もある。

陪審員がもどってくるようだ。

いま書いていた帳面は隠すんだ。だれにも見せるんじゃないぞ！

検死官　さて、どうなったね。

バートレット　リー、みんなあの葉巻を気に入ったよ。

検死官　それはよかった。

バートレット　それから、評決も出た。このミスター・イングリスはあんまり納得してなかったんだが、犯人を割り出すのはわれわれのつとめじゃないとあんたが言ってたのを思い出させて、了解してもらった。これで全員一致だ。

検死官　その評決を聞こうじゃないか。

バートレット　〝故人は〟――ふたりともだよ、リー――〝神経系の損傷により死に至ったものと決議する〟。これが評決だ。

検死官　とてもいい評決が出たな。議事規定に従い、閉廷の動議を出す。

ハッチンズ　だれか扉を叩いてるぞ。

検死官　入れてやりなさい。

スティックニー　検死官、いま長距離電話でドーティーと話したんです！　すごい剣幕でしたよ！　おれはとんでもない考えちがいをしてたらしい。あいつが言うには――

検死官　あとで個人的に話しましょう、ミスター・スティックニー。いまここで、フィリスにまた記録をとらせて郡の出費を増やすのは無意味なことだ。記事にするときには、おのれの本分を見きわめて全うした役人に出会ったと書いてください。では、これにて閉廷とする。

（閉廷）

解説

杉江松恋

『検死審問─インクエスト─』が復刊されるんですって。

え、『検屍裁判』じゃないの？　というあなたは、年季の入ったミステリ・ファンですね。

そうそう。この作品はかつて『検屍裁判──インクエスト』の訳題で、「別冊宝石」十三号（一九五一年）、東京創元社「世界推理小説全集」第二十七巻（一九五六年）、新潮文庫（一九五九年）と三つの版が刊行されていた。訳者は「別冊宝石」が元検事の橋元乾三、他の二冊は黒沼健である。三つの版が存在するというのは、本書が定番の「名作」として評価されていたことの証でもある。江戸川乱歩という推薦者に恵まれたことが幸いしたのですね。

乱歩は「雄鶏通信」一九四七年十一、十二月号に「英米探偵小説界の展望」と題した評論を発表した。その中でハリソン・R・スティーヴス（コロンビア大学英文学教授）が「ハーパーズ・マガジン」一九四一年四月号に発表した書評 A Sober Word on the Detective Story と、ミステリ作家レイモンド・チャンドラーが「アトランティック・マンスリー」一九四四年十二月号に発表した評論 The Simple Art of Murder（「簡単な殺人法」の邦題で創元推理文庫『チャンドラー短編全集2 事件屋稼業』に収録。他にも邦訳あり)の二篇に、秀作としてPercival Wilde, Inquest(1940)が挙げられていることを紹介している。

この時点で乱歩が本作を読んでいたかどうかは不明だ。しかし翌一九四八年に「英国映画」第一号に発表した「イギリス新本格派の諸作」という評論に「米作家パーシヴァル・ワイルドのInquestという探偵小説は、非常に優れた風変りな本格ものであるが」という一文が出てくることからして、その時点ではすでに読了しているものと思われる。

右に挙げた二つの文章は一九五一年五月に岩谷書店から刊行された評論集『幻影城』に収録された。同書の「欧米長篇探偵小説ベスト集」は、一九四七年八月に乱歩が発表した『随筆探偵小説』(清流社)の附録「世界探偵小説傑作表」を部分的に再録し、加筆改稿したものである。この時に乱歩は「1935年以後のベスト・テン」という表を追加している。発表年度順なので順位はないが、ここにもやはり『検死審問』が挙げられているのである。このベストに名を連ねたことで、本書はその地位を不動のものとしたといえる。

参考までに他の九作を記すと、フランシス・アイルズ『殺意』(創元推理文庫)、リチャード・ハル『伯母殺人事件』(創元推理文庫他)、マージェリー・アリンガム『判事への花束』(ハヤカワ・ミステリ)、F・W・クロフツ『クロイドン発12時30分』(創元推理文庫)、マイケル・イネス『ある詩人への挽歌』(創元推理文庫)、ニコラス・ブレイク『野獣死すべし』(ハヤカワ・ミステリ文庫)、レイモンド・チャンドラー『大いなる眠り』(創元推理文庫他)、レイモンド・ポストゲイト『十二人の評決』(ハヤカワ・ミステリ)、ウイリアム・アイリッシュ

『幻の女』（ハヤカワ・ミステリ文庫）というラインアップだ。乱歩がベストを作成した時点で邦訳があったのは『幻の女』一作のみである（『ある詩人への挽歌』などは一九九三年になってようやく翻訳された）。乱歩は原書でこれらの作品を読んでいたわけだ。このベストは「乱歩好み」の基準を示すものともいえる。以降その基準によって選択された作品が順次翻訳・刊行され、ミステリ・ファンの読書嗜好を形作っていくことになる。その中に『検死審問』が加わっていたことは、改めて銘記すべき事実である。

こうして書いていくと「なんだ歴史的価値ばかりの古物か」と早呑みこみをする読者も出てきそうかな。それはまったくの誤解です。さすが読み巧者の乱歩が見こんだだけあって、『検死審問』は時代の波に少しばかり洗われたところで少しも錆びつくことのない、鋼鉄の強度を誇る作品だ。その魅力についてもう少し乱歩の言葉を借りると、先の「非常に優れた風変りな本格」という評言に加え、「〇〇〇〇の犯人の〇〇〇なるが故に生ずる一種とぼけた無邪気な感じ」（『幻影城』所収「英米短篇ベスト集と「奇妙な味」」。伏字部分の原文はネタばらしがある）、「興味の中心をあくまで謎とその解決に置きながら、しかも旧来の本格ものに見られなかった異様の構成を案出している」（同「「不連続殺人事件」を評す」）という分析が抽出できる。

乱歩が「奇妙な味」と見たぬけぬけとしたユーモア、そして構成の美、その二つが本書の価値であるということは間違いない。これにつけ加えるとしたら、見事に描き分けがなされた人物造形かな。『悪党どものお楽しみ』（ちくま文庫）、『探偵術教えます』（ちくま文庫）といった既刊では笑いの中に一抹のペーソスが漂う、味わい深い人間喜劇が展開されていたが、本書にも一筆書きのように簡潔、しかし墨書のように鮮やかな輪郭を持った人々が登場する。巻頭早々に現われて陳述を行う村の芝刈り人ベン・ウィリットの堅実な処世観は多くの読者の共感を得るはずだ。また、無頼な行動をとりつつもどこか憎めないところのある文芸批評記者オリヴァー・ブライ・スティックニーなどは、虚構の登場人物とは思えないほどの存在感を示すのである。本書の物語の舞台であるアメリカ・コネチカット州はワイルドが長く居を構えていた地で、ニューイングランドの典型のような土地柄だ（コネチカット州を舞台にした作品を書く作家には他に、『事件当夜は雨』などの作者ヒラリー・ウォーがいます）。本書の登場人物たちは、ワイルドの多年にわたる住民観察の賜物として誕生したものだろう。根無し草のような人物として造形されたわけではなく、基礎の部分にはしっかりとした地域性が織りこまれているのである。レイモンド・チャンドラーが先に挙げた評論の中で本書を「巧妙で地方色ゆたかな推理小説」（稲葉明雄訳）と評価しているのは、この辺のことを言っているのではないかな。

さて。ではこの辺で小説の内容について触れておきましょう。といっても、あらすじを紹介しただけでは本書の魅力を十分に伝えることはできない。構成に美点があるということは、「何を書くか」ではなく「どう書くか」に意味のある作品だということだからである。私の考えでは『検死審問』は、構成の技巧ゆえに少なくとも二度の再読に堪える作品になっている。

まずは初読時だ。最初に目を通したときには誰もがこれを「おもしろい」「可笑しい」ミステリとして認識するのではないだろうか。ユーモア・ミステリとしての側面だ。本書はコネチカット州トーントンの検死官リー・スローカム閣下が、六人の陪審員を招集し検死審問を開くことから始まる小説である。審議されるのは、ドワイト・チャールトンという人物が死亡した一件。彼は出版代理人で、クライアントである作家オーレリア・ベネットの七十歳の誕生日を祝う催しに参加し、さなかに右こめかみへ銃弾を受けて死亡したのだ。

検死審問というのは法的に死因を特定するためのものであるから（後述）、本来ならば死体の検分が必須のはずだ。しかしスローカムは、審問の場に死体を登場させようとはしないのですね。それればかりか、さして必要とも思われない証人に証言を求めたり、逆に重要と思われる証人を出廷させず手記の読み上げで代用させたりと、一見脱線としか思えない行動のかぎりを尽くすのである（「ふたりの検死官との夕べ」と題されたプロローグによれば、こうした恣意的な進行は検死官の権限として認められたものだという）。しかもスローカムは意味もなく（と見える）審議を引き延ばす。なぜならば検死陪審員には一日三ドルの日当が出るし、検死官には一ページぶんの証言に耳を傾けるごとに二十五セントが支給される決まりになっているからだ（死体が一体から二体に増えると、陪審員の日当も倍になるんだって）。陪審員の中にはそんなスローカムのやり方に不満を覚えるイングリスのような人物もいるのだが、他の陪審員の同意は得られず、だらだらと審問は続いていくのである。堅物のイングリスがカリカリするごとに、読者はニヤニヤさせられる仕組み。そして最後に――ドキリとさせられる。ユーモアの糖衣にくるまれた中に、ミステリの謎という強固な芯があったことが判るからだ。

かくして再読が始まる。今度の読みは、あえて頻発するギャグから目を逸らし、文章中にさりげなくちりばめられた伏線を探す試みに徹することから始まるだろう。その気になって探せば、あるわあるわ。たとえば犯人の動機を示唆する伏線は冒頭近くですでに与えられており、真相を知った後に読むと、その投げ出したような大胆な書きっぷりに驚かされるのである。

ネタばらしにならない程度に書いておく。主要な登場人物がみな複数の視点人物によって多面的に描写されていることに注意されたい。登場人物AについてBはこう考える。しかしCはBとは若干違った印象を抱いているのである。現実の世界では、ある人物について周囲の人間がみな同じ人物観を持つはずはなく、観察する立場によって千差万別なのが当然だ。だが、その常識で虚構の出来事について判断しようとすると、とんだ目くらましに遭ってしまうはずである。わざわざ文中で「BのA観とCのA観は違う」と断っているというからには、それなりの意味があるのだ。本書の場合、ミステリとしての最大の詐術は、そうした些細な人間描写の違い、迂闊な読者なら見過ごしてしまいそうな触感レベルの差異に込められているのです。ワイルドは「ふたりの検死官との夕べ」の末尾にこう記している。

最後に、この作品はどのような意味においても、ありきたりの無味乾燥な推理の問題として世に出すものではない。主たるからくりは、聡明な読者ならば、わたしが解決を示すよりはるかに早く見抜いてしまうにちがいない。わたしがおもに関心を持っているのは人物とその背景である。（後略）

この一文を指して「作者の狙いは、謎解きよりも〈人間を描く〉ことの方にあった」などと言うのはあまりに皮相な見方だ。ワイルド自身が言うとおり、本書で提示されているトリック自体はさして斬新なものではないし、中途で真相を見抜いてしまう読者もたしかに現われるだろう。しかし、それを見抜いただけでは不十分なのである。本書の謎解きでもっとも重視されるのは、真相を導く手がかりがどのような形で文章中に織りこまれていたかという「書きっぷり」の方だからだ。そこに気がつくと、読者は矢も盾もたまらなくなり、三度《みたび》本書のページを繰ることになる。

で、再々読だ。このときはぐるっと一巡りして、再び本書のユーモア小説の部分に着目したくなっているはずである。ここまであえて書かずにきたが、本書の叙述は検死審問の審理録の形式をとっている。リー・スローカムと陪審員たちとの会話と、証人たちの証言（あるいはその手記など）が交互に繰り返される形で物語は進んでいくのである。したがって前述の芝刈り人ベン・ウィリットの口述のように魅力的なモノローグが何度も披露される。

ことに魅了されるのが、作家オーレリア・ベネットの堂々たる陳述だ。この老作家は最初からスローカム閣下の指示に従うことを拒否し、逆に審問の場に居合わせた全員を従えようとする。なにしろ「わたしの述べることを証拠として使うのはかまいませんが、活字にするのはおことわりします」と来たものである。「もし活字にするのなら、印税の前払いを要求します」というのだからたまらない。

万事がこの調子である。もしあなたが病膏肓《こうこう》に入ったミステリ・マニアなら、さらに彼女の証言を楽しめるはずだ。勢いに乗ったオーレリアは「わたしはいわゆる探偵小説を一度も書いたことがありません」と、文芸批評まで開始する。このくだりは単純に読んでもたまらなく可笑しいギャグになっているし、メタフィクショナルな言及として小説の深度を深める効果も上げている（たぶん、チャンドラーはこのくだりにも感心させられたのでしょうね）。そしてもちろん、ミステリの謎解きにつながる重要なピースとしても機能しているのである（この主張の後に、オーレリアは謎解きに関して一つの仮説を披露する）。この重層性が素晴らしい。彼女以外でも、たとえば出版業者ジャック・L・ピーボディーの証言などは、売れる本といい本の違いをシニカルに言い表した出版批評としても読める。オーレリアのデビュー作を読んだ彼の部下のミス・マクリアリーが書いた報告書がまた傑作なのだ。

こうした具合で、新しい証人が登場するごとに「次はどんな事実が明かされるんだろう」という好奇心と「どんなおもしろい語りを聞かせてくれるんだろう」という関心とが同時に満足させられる。このたびの新訳に意味があるのはこの点で、旧版の黒沼健訳も流麗で悪い文章ではないが、各人の性格や語りの特質に着目し、その手触りを失わないように留意して翻訳するという点において、今回の訳文はさらに手がこんでいるという印象を受けた。なかでもオーレリアの堂々たる語りは、越前訳の本領発揮というところでしょう。

本書を読んでいると、先を急ぎたい気持ちと、いつまでもその場にとどまって語りに耳を傾けていたい気持ちとを、ともに掻き立てられる。そういえばリー・スローカム閣下に対する関心というのもあるな。この頓珍漢な検死官殿は果たしてどんな人物なのか。本当に見かけどおりの間抜けなのか、それともそう振る舞っているだけで、真の顔は名探偵のそれなのか。その答えは最終章まで明かされないのである。まあ、やきもきしながら読んでください。

パーシヴァル・ワイルド（一八八七～一九五三年）はニューヨーク生まれで、コロンビア大学出身、本業は劇作家である。一幕物の喜劇を得意とし、ヴォードヴィル用に書いた寸劇などを含め、長短合わせて八十余冊の著書がある。ミステリの長篇としては本書に先立ち、Mystery Week-End（一九三八年）という著書がある。雪に閉ざされた山荘を舞台にした作品で、四人の登場人物が次々に交替しながら語り手を務めていく形式をとっており、やはり構成に凝った作品である（『ミステリ・ウィークエンド』の題で原書房より二〇一六年刊）。本書に続けて発表したDesign for Murder（一九四一年）は、殺人ゲームの最中に本当の殺人が起きてしまうというお話。その次のTinsley's Bones（一九四二年）は、本書と同様リー・スローカム閣下が登場する検死審問の話で、山荘で作家が焼死した事件が扱われる。陪審員の顔ぶれもほぼ重なっている。本書で唯一スローカムに対して批判的な立場を崩さなかったイングリスが今度は陪審員長に昇格し、物語の語り手としても中心的な位置に就く。となれば元来の石頭ぶりが十二分に発揮される。間違った方向に行こうとする審問を正しく導くべく、彼は審理録にいちいち註釈を入れ始めるのだ。本人は大真面目であるだけにその迷走ぶりは救いがたく、とんでもない椿事《ちんじ》が次々に起こる。本書に続いて本文庫から『検死審問ふたたび』として二〇〇九年に刊行された。ワイルドのミステリ長篇はこの四冊でおしまい。

　ミステリ系の著作ではこの他に短篇集が二冊ある。『悪党どものお楽しみ』（一九二九年）は改心して引退した賭博師のビル・パームリーが、純朴な人々をカモにしようとするイカサマ師たちを、あの手この手の技を使って撃退するという連作で、〈クイーンの定員〉の一冊に選ばれたことでも知られている。早期のコンゲーム小説としても重要な作品集だ。パームリーものの短篇は、この作品集に入った他にもう一篇「堕天使の冒険」が『世界推理短編傑作集3』(創元推理文庫)に収められている(ちくま文庫版には新訳で追加収録された)。

もう一冊の短篇集は『探偵術教えます』(一九四七年)。主人公ピート・モーランはアクミ・インターナショナル探偵通信教育学校の通信課程をとっただけで「探偵」として独立してしまったという人物である(本業はお抱え運転手)。当然その行くところには騒動が持ち上がるわけで、その迷惑極まりない行動が笑いどころである。本書の特異な点は、全篇が主人公モーランと彼の指導教官である〈主任警部〉との手紙や電報のやり取りだけで構成されている点で、ここまで徹底した往復書簡形式の連作というのは他に例がないはずだ。構成に凝った作品という点では、ワイルドのミステリ著書のうちでも群を抜いた存在です。なお、この連作の初出は主として本国版「EQMM」だが、同誌一九五一年八月号に掲載されたきり単行本未収録だったP. Moran, Personal Observerは「P・モーランの観察術」としてちくま文庫版に追加収録されたされている。

これ以外の戯曲作品もミステリ味のあるものは少なくないようである。戦前に寸劇が十篇ほど「新青年」に翻訳されているが、機会があればぜひ長尺のものも訳出してもらいたいものですね。ちなみにその中の一篇が一九三二年に映画化され、日本でも公開されている。ヘンリー・キング監督作品「十三号室の女」である。残念ながら、ソフト化はされていない。

最後に訳題について触れておきましょう。inquest は日本にない司法制度であるため訳語が固定していない。検死裁判、検死審問、いずれの用語も通用しているし、検視法廷と表記する場合もある。だが、法に照らし合わせて罪の有無を決める場ではないので、「法廷」の訳語は厳密には適当ではない。今回の改題も、そうした事情を勘案したものだろう。

検死審問は、あくまで死因を法的に確定させるためのものである。病気で死んだことが明らかである病死体・自然死体以外の死体（異状死体）がその対象で、検死官（coroner）は特に重要であると判断したものについて陪審員を招集し、審問を行う（公開）。そうすれば、たとえばその死が原因のはっきりした事故であった場合は、改善要求を行政に対して要求するというような再発防止措置をとることができるだろう。事件性・犯罪性の有無にかかわらず死因究明の手続がとられるという点も大事である。日本では臨床医に死因決定の権限があるために、医療過誤による異状死が発見されにくい。医師でも警察でもない第三者が必ず死因究明の過程に関わるという制度があれば、そういう事態にもならないのではないかな。これは日本でも導入したらいいように思いますね。日本のお役人には洒落が通じないから、リー・スローカム閣下のように粋な計らいをしてくれる検死官は現われそうにないけれど。

［解説中の書誌情報は二〇二四年七月時点のものです（編集部）］

検 印
廃 止

訳者紹介 1961年生まれ。東京大学文学部卒業。英米文学翻訳家。主な訳書，ゴダード「惜別の賦」「鉄の絆」，ハル「他言は無用」，ドロンフィールド「飛蝗の農場」，ブラウン「ダ・ヴィンチ・コード」など。

検死審問ーインクエストー

2008年2月22日 初版
2024年9月13日 再版

著 者 パーシヴァル・ワイルド
訳 者 越《えち》 前《ぜん》 敏《とし》 弥《や》

発行所 （株）東京創元社
代表者 渋谷健太郎

162-0814/東京都新宿区新小川町1-5
電 話 03・3268・8231-営業部
03・3268・8204-編集部
URL http://www.tsogen.co.jp
フォレスト・本間製本

ISBN978-4-488-27404-7 C0197

マイケル・イネスの最高傑作

LAMENT FOR A MAKER◆Michael Innes

ある詩人への挽歌

マイケル・イネス

高沢 治 訳 創元推理文庫

◆

極寒のスコットランド、クリスマスの朝。
エルカニー城主ラナルド・ガスリー墜落死の報が
キンケイグにもたらされた。自殺か他殺かすら曖昧で、
唯一状況に通じていると考えられた被後見人は
恋人と城を出ており行方が知れない。
ラナルドの不可解な死をめぐって、
村の靴直しユーアン・ベル、大雪で立往生して
城に身を寄せていた青年ノエル、捜査に加わった
アプルビイ警部らの語りで状況が明かされていく。
しかるに、謎は深まり混迷の度を増すばかり。
ウィリアム・ダンバーの詩『詩人たちへの挽歌』を
通奏低音として、幾重にも隠され次第に厚みを増す真相。
江戸川乱歩も絶賛したオールタイムベスト級ミステリ。

オールタイムベストの『樽』と並び立つ傑作

THE 12.30 FROM CROYDON◆Freeman Wills Crofts

クロイドン発 12時30分

F·W·クロフツ

霜島義明 訳 創元推理文庫

◆

チャールズ・スウィンバーンは切羽詰まっていた。
父から受け継いだ会社は大恐慌のあおりで左前、
恋しいユナは落ちぶれた男など相手にしてくれまい。
資産家の叔父アンドルーに援助を乞うも、
駄目な甥の烙印を押されるだけ。チャールズは考えた。
老い先短い叔父の命、または自分と従業員全員の命、
どちらを採るか……アンドルーは死なねばならない。
我が身の安全を図りつつ遺産を受け取るべく、
計画を練り殺害を実行に移すチャールズ。
検視審問で自殺の評決が下り快哉を叫んだのも束の間、
スコットランドヤードのフレンチ警部が捜査を始め、
チャールズは新たな試練にさらされる。
完璧だと思われた計画はどこから破綻したのか。

貴族探偵の優美な活躍

THE CASEBOOK OF LORD PETER◆Dorothy L. Sayers

ピーター卿の事件簿

ドロシー・L・セイヤーズ
宇野利泰 訳　創元推理文庫

◆

クリスティと並び称されるミステリの女王セイヤーズ。
彼女が創造したピーター・ウィムジイ卿は、
従僕を連れた優雅な青年貴族として世に出たのち、
作家ハリエット・ヴェインとの大恋愛を経て
人間的に大きく成長、
古今の名探偵の中でも屈指の魅力的な人物となった。
本書はその貴族探偵の活躍する中短編から、
代表的な秀作７編を選んだ短編集である。

収録作品＝鏡の映像，
ピーター・ウィムジイ卿の奇怪な失踪，
盗まれた胃袋，完全アリバイ，銅の指を持つ男の悲惨な話，
幽霊に憑かれた巡査，不和の種、小さな村のメロドラマ

2024年復刊フェア

◆ミステリ◆

『レディに捧げる殺人物語』（新カバー）

フランシス・アイルズ／鮎川信夫訳

殺人者と結婚した女性の心理を克明に描く、アイルズ畢生の大作。

『この町の誰かが』（新カバー）

ヒラリー・ウォー／法村里絵訳

警察小説の巨匠がインタビュー形式で描くアメリカの悲劇。

『フレンチ警部の多忙な休暇』（新カバー）

F·W·クロフツ／中村能三訳

賭博室つき豪華客船に絡む殺人。フレンチ、アリバイ破りに挑む！

『死体をどうぞ』（新カバー）

ドロシー・L・セイヤーズ／浅羽莢子訳

砂浜の死体が巻き起こす怪事件にかのピーター卿も途方に暮れる⁉

『煙で描いた肖像画』（新カバー）

ビル・S・バリンジャー／矢口誠訳

『歯と爪』『赤毛の男の妻』と並ぶ、サスペンスの魔術師の代表作。

『検死審問－インクエスト－』

パーシヴァル・ワイルド／越前敏弥訳

乱歩やチャンドラーも認めた幻の傑作にして洒脱な謎解きミステリ。

◆怪奇幻想◆

『淑やかな悪夢　英米女流怪談集』

シンシア・アスキス他／倉阪鬼一郎・南條竹則・西崎憲 編訳

英米の淑女たちが練達の手で織りなす、妖美と戦慄の恐怖譚12篇。

◆ＳＦ◆

『時間泥棒』

ジェイムズ・P・ホーガン／小隅黎訳

街角ごとに時間の進み方が違う？　巨匠が贈る時間SFの新機軸！